TRY48

中森明夫

ティーアールワイ
フォーティーエイト
ナカモリアキオ

新潮社

目次

TRY48

第1章　寺山修司・85歳、アイドルグループをプロデュースする

怪優奇優侏儒巨人美少女等、
アイドル大募集!!
アイドル実験室・TRY48

百合子《ゆりこ》は、目を見張った。さっぱり意味がわからない。

ただ「アイドル」という言葉に脊髄反射したのだ。

百合子はアイドル志望だった……と言っていいのかな?

まあ、いいだろう。これまで何度かアイドルグループのオーディションを受けた。そのつど第

一次の書類審査で落とされているけれど。
彼女がどのグループのオーディションに落ちたかって？
それは言わない。ただ、坂道を転がり落ちた——とのみ言っておこう。
さて、ＴＲＹ《ティーアールワイ》48だ。
ツイッターでその告知を見たが、何の説明もない。で、ググッてみた。
ＴＲＹってのは、ⓉＥⓇＡⓎＡＭＡ＝寺山の略、どうやら寺山修司のことらしい。
寺山修司？

寺山修司（てらやま　しゅうじ、１９３５年（昭和10年）12月10日―）は、日本の歌人、劇作家。演劇実験室「天井桟敷」主宰。「言葉の錬金術師」「アングラ演劇四天王のひとり」「昭和の啄木」などの異名をとり、上記の他にもマルチに活動、膨大な量の文芸作品を発表している。競馬への造詣も深く、競走馬の馬主になったほどである。

ウィキペディアには、そうあった。その後、ずらずらと長い経歴が記されていたが、ちんぷんかんぷんだ。百合子には、よく理解できない。ただ、職業欄を見ると……

歌人、劇作家、詩人、俳人、映画監督、脚本家、作詞家、評論家

とある。随分と多彩な才能の持ち主らしい。
昭和10年12月に青森県で生まれ、18歳にして短歌で認められ、その後、ジャンルを横断してさ

まざまな分野で活躍している。

それにしても、なぜ「ＴＲＹ」、なぜ「48」、なぜ「アイドル」なんだろう？

１９８３年（昭和58年）、東京都港区三田の事務所「人力飛行機舎」で仕事中に肝硬変を発症し阿佐ヶ谷の河北総合病院に入院後、腹膜炎を併発し、5月4日に敗血症のため危篤状態に陥る。47歳だった。

その後、長い昏睡期間を経て、奇跡的に快復し、復活を果たす。

（本人談）「そう、あの時、ぼくは死んだんだ。47歳で。48歳以後の寺山修司は、生まれ変わった新しい人格だと思っている。〝ＴＲＹ48〟というネーミングは、その意志の表れですよ」

なるほど、そういうことらしい。すると、アイドルとは何の関係があるのか？

さらに〈寺山修司／アイドル〉でググッてみた。

……ＡＫＢ48といえば、国民的アイドルグループだが、そのＭＶ（ミュージック・ビデオ）の監督を多彩な顔触れが務めている。

蜷川実花、岩井俊二、是枝裕和、杉田成道、樋口真嗣、中島哲也、馬場康夫……等々、映画監督や写真家、ＣＭやＴＶドラマのディレクターといった映像関連の世界で活躍する面々だ。

ことにメジャー30thシングル『Ｓｏ ｌｏｎｇ！』（２０１３年2月20日発売）のＭＶ監督を

巨匠・大林宣彦が務めたことは、大きな話題を呼んだ。大林は１９３８年（昭和13年）生まれで、同ＭＶをリリース時には、75歳だった。

このほど大林よりもほぼ二歳年長の鬼才・寺山修司が、ＡＫＢ48の最新楽曲のＭＶ監督として指名を受けた。寺山も乗り気で受諾するものと思われたが、総合プロデューサー・秋元康との打ち合わせの席で激しい口論となり、結果、この要請を拒絶した。

寺山の負けず嫌い、売れっ子に対するライバル意識の人一倍の強さは、よく知られている。「秋元康とＡＫＢ48に対抗して、独自のアイドルグループを作る！」と宣言した。

その名も、〝ＴＲＹ48〟である。

……そういうことだったのか！

この記事の大見出しには、こうあった。

寺山修司、85歳。
アイドルグループをプロデュースする!!

……85歳！

そんな年寄りだったのか。

たしかに添えられた写真には、白髪頭でシワだらけの老人の顔が写っていた。しかし、ぎょろっとした大きなその瞳は、奇妙に若々しく、さながら青年のような光をたたえている。

百合子は、その大きな瞳に射すくめられたような気がした。

……うわっ、これが寺山修司か。

なんだか、いっぺんに興味が湧いた。その夜は延々とスマホで検索をして、寺山に関する記事や画像や動画をチェックしまくったのだ。

深井《ふかい》百合子は17歳、東京都内の私立高校に通う2年生である。

まず、自分の名前が気にいっていない。今どき「子」のつく女子なんて、クラスにほとんどいない。あまりにも昭和っぽくて古めかしい。クラスメートに「東京都知事」とか「緑のたぬき」とか呼ばれるのも、最悪だった。なんだそれ？

深井という苗字も嫌だった。「深井は不快」とか「不快ユリコ」とか、さんざんいじられた。「名前は深井なのに、おまえの考え、浅いな〜」とクラスの男子に笑われ、その後、ずっと〝浅いユリコ〟と呼ばれていた。そう言われるたび、ムッときて、百合子は〝不快〟な顔になった。

名前のことは、まあ、いい。

超美人とは思ってないけれど、自分はそこそこ「かわいい」と感じている。

長い黒髪が自慢だ。肌も白い。顔が平面的で、目と目のあいだが離れているのが難点だという声もあったが、そりゃないっしょ〜。小松菜奈だって中条あやみだって池田エライザだって、みんな目と目のあいだが離れてるじゃん、最近の人気モデル顔は！　紀平梨花だって坂本花織だって本田真凜だって、顔が平面的で、目と目のあいだが離れてるよ、最近の女子フィギュア選手は！　と、思いっきり叫んでいた。

　そう、心の中で。

「うっす、ユリコ、おはよう」

大世古《おおせこ》ゆかりが、くっついてきた。クラスで唯一、そこそこ話す女子だ。

ぽっちゃり体型で、ペコちゃん顔なのに、なぜかこれが男にモテる。男性経験も豊富だという。

「どしたの、目の下、クマッてるよ。もしやセックスのやりすぎ？」

カックンときた。

ゆかりは、けらけらと笑っている。このあけっぴろげさが、モテる秘訣なんかな？

「うーん、あの、ゆかりはさ、寺山修司って知ってる？」

えっ、寺山、寺山……と呟いて、素速くスマホを操作していた。

「あ〜、あれか、知ってるよ。元カレの大学生から、これ読めって文庫本を渡されたんだ。そのー、『家出のすすめ』とか『書を捨てよ、町へ出よう』とか、寺山修司のエッセイ？　をさ」

「ふーん、どだった？」

「つまんねーよ、理屈ばっかでさ。家を出ろとか、町へ出ろとか、出ろ出ろ、出ろ出ろ、ゆってるけどさ、ただ出りゃいいじゃん。そんな、屁理屈ばっかこいてないでさ」

相変わらず、ざっくりだ。

「でも、ユリコ、なんで寺山？」

う、うん……と思わず、口ごもった。

「あのー、バイト頼まれてさ」

とっさに嘘をついた。自分がアイドルになりたい、だなんて、ゆかりにも話せない。

「バイト?」

「うん、なんか〝現代の女子高生にとって寺山修司とは?〟みたいなレポートを書けって……」

「ふーん」

「昨日、ずっとググッてたんだけど、よくわかんなくて」

「なーんだ、そんなことか」

使えそうな奴がいるから、とその場でLINEメッセージを送ってくれた。ゆかりは〝大世古親方〟とも呼ばれている、ちょっとした人脈横綱なのだ。

お礼にマクドナルドのタダ券を渡すと「ごっつぁんです!」と手刀を切って、大世古親方は懸賞金を受け取る仕草をした。

放課後、指定された場所へと向かう。

「へぇ、だけど寺山修司の芝居とかって、キモいっしょ?」

ゆかりは、そんなふうにも言っていた。

キモい。たしかに。芝居そのものは見たわけじゃない。だけど、ネットで見た、寺山が演出した舞台の写真といったら……。

スキンヘッドで丸裸の人間たちが暗がりでのたうっていた。白塗りのオバケのような女が赤い着物でくねくねしている。巨漢の女相撲取りが裸にマワシ姿で立ち、恐山で奇怪な乙女が手マリをつく。フリークスや、ピエロや、軍服姿の男や、眼帯の女や、男装の麗人、女装の老娼婦、支那人形、山高帽にヒゲの怪紳士や……なんとも怪しげな輩《やから》が、次から次へと現れ、わさわさと天こ盛りにうごめいていた。くらくらする。

なんだ、これ!? 見たこともない世界だ。これが……アングラってやつ?

ぽかんと明るいアイドルの能天気な世界に憧れる女の子にとっちゃ、刺激が強すぎた。いわゆる、なんか、見ちゃいけない？　おどろおどろしい見世物小屋のイメージだ。対して、若き日の寺山修司の写真は、なかなかにイケメンだった。目鼻立ちがくっきりとして、すらりと背が高く、いつもパリッとした格好をしている。

マフラーをなびかせ、コートをはおって、こぶしを握り締め、ボクサーのようなポーズを取ったり、線路の上を疾走している写真もあった。なんだか昔の映画スターみたい。えーと、ほら、石原裕次郎？　ちょっと似てるかな？

しゃべっている動画を見たら、これがまあ、なんとも強烈な東北なまりのイントネーションでね、「寺山修司」が「寺山すうじ」、「です」が「デシ」と聞こえる。「あ、ども……寺山すうじデシ」てな感じ。脱力した。

「ま、ここにそのー……コップがあるわけデシ」

タモリが寺山の物真似をしている動画もあった。

「ま、ボクはそのー……ノゾキと呼ばれているわけデシ」

１９８０年、渋谷の路地裏でアパートの一室をノゾいたとして逮捕され、大変な騒ぎになったらしい。その時、寺山修司がいかにも言いそうな言い訳を、タモリが寺山風にしゃべっている。

「ま、そのー……ボクがやっている演劇というのは、いつも観客に見られている……つまりノゾかれている、そう、ノゾキってのが日常的な空間なわけデシ……」

笑ってしまった。

それにしても、めちゃめちゃ多才で、ぎょろっとした目のイケメンで、出ろ出ろと屁理屈エッセイを書き、キモい芝居をやって、強烈な東北なまりで、ノゾキで逮捕された……寺山修司って

いったい何者なんだ⁉

校舎の裏のクラブハウスだった。よく陽の当たる南側には、運動部の部室がある。スポーツウェアに着替えた部員たちが、声を張り上げ、元気よく飛び出してきた。

対する北側は、暗い。どよ〜んとしている。文化系クラブの部室群だ。ざわざわ、ざわざわっと嫌な妖気を漂わせている。なんだか、あまり近づきたくない。が、指定された場所だ。仕方がない。北の果て、一番奥のどんづまり、ひときわ暗い部屋の前に立つ。

〈社会学研究部〉の看板が大きく×印で消され、その脇に汚い字で〈サブカル部〉と殴り書きされている。

百合子は、どん引きする。しばしためらっていたが、ため息をつくと、意を決してノックした。

返事はない。

もう一度、ノックして、返事がないので、ドアを開ける。

薄暗い部屋だった。

えっ、異臭がする。なんだ、これ？　もわっとした、どこか饐《す》えたような。

漫喫……漫画喫茶か、ネカフェ……ネットカフェのような臭いだ。

暗さに目が慣れると、いくつかの影が見えた。長テーブルがばらばらに置かれ、何人かの生徒が離れて座っている。本を読んだり、ノートパソコンを開いたり、スマホをいじったり……みんな無言だ。あのー、と声をかけても完全無視。

部屋に足を踏み入れ、「あのー、部長さん、いますか？」と百合子は呼びかけた。

奥のほうで人影が立ち、こちらへやってくる。

「はい？　部長の小山田ですが」

ひょろっとした小柄な男子だった。色が白く、メガネを光らせ、なよなよとしていた。絵に描いたような〝文化系男子〟だ。

小山田啓――サブカル部の部長、あいつなら何か教えてくれるっしょ～、と言われた。

「あの、ゆかりに……あ、大世古さんに紹介されて」

「あ、はい」と小山田はうなずく。壁際に座らされ、さし向かいだ。

見ると、壁全面の本棚にはびっしりと本や雑誌が並び、漫画やエッセイや小説や……ちかちかとした俗悪な色彩の背表紙の群れは、いかにも〝サブカル棚〟といった感じだ。

ヴィレヴァン……そう、サブカル雑貨本屋のヴィレッジヴァンガードを思わせる。

窓際に女子が一人、立っていた。よく見ると……人型の看板である。

広末涼子だ。

セーラー服を着ている。いったい、いつの時代のしろものなんだか。

目の前の小山田啓は、腕組みをして、う～んと難しい顔をしていた。

「ボクでわかるかなあ……」

自信なさげな表情だ。

「寺山、寺山……寺山修司ねえ」

えっ！　と声がもれて、小山田の背後の後ろ向きになったソファーから、むくりと影が起き上がった。影はソファーの背を乗り越えると、目の前に着地する。

大男だった。背が高い、というより、ガタイがいい。肉がたっぷりとつまってそう。長髪で、馬のように長い顔、目が細く、鼻の下にぶしょうヒゲ、制服を着ていない。赤い蝶ネクタイで、どこかのブランドのエンブレムらしきものをちりばめたドテラ？　をはおっている。

オシャレだか何だか意味がわからない。

「チビッコ部長くん、君はあっちへ行ってなさい」と小山田を押しのけると、前に座った。小山田はぶつぶつ言いながら、奥へと去る。

「えー、何？　君、寺山修司のこと知りたいの？」

馬面の大男は、細い目をさらに細めた。

百合子は、ぶるって声が出ない。

「あ、失敬……俺、宇沢健二。ほら、小沢健二……そう、オザケンをリスペクトしてるんで、ま、芸名ってことで、ははは」

芸名？　なんだそれ。

「このサブカル部の顧問みたいなもんっすよ」

「顧問？　先生ですか？」

「や、そうじゃない。卒業生、ま、ＯＢ」

いったい何歳なんだろう？　年齢も正体も不明だ。

「このサブカル部って、俺が作ったんだ。もともとは社会学研究部だったんだけどさ。すっかり時代が変わってね。ほら、俺があっちへ行ってるあいだに……」

あっち？

「そう、留学。フランスとかいろいろ。でね、帰ってみると、部員はダッレもいやしない。あ〜、ゼロ年代は遠く去りにけり。今の若い奴ぁ、社会学……宮台真司の本なんかまるで読まないしね。わかる、ミヤダイ？　そう、終わりなき日常を生きろっ！」

さっぱり意味不明だった。

「ま、いいや。でね、社会学研究部を、サブカル部って変えたわけ。そしたら、ほら、部員もちらほら集まってさ。なはははは」

馬面のウザケン先輩が歯をむき出して笑っている。

「あ〜、そうだった。君が寺山修司に興味を？　へぇ、意外ぃ〜。そう見えないね」

細い目を光らせて、じっとりと百合子をねめまわした。

「何、君、もしかしてメンヘラー？　ゴスロリ？　摂食障害？　自傷系？　球体関節人形がいっぱいの部屋に引きこもって、抗うつ剤を飲んで、自分探しして、毎日、リストカットしてる？」

絶句した。

「あ〜、時代が変わったんだなあ。令和よの〜。こんなニュートラルな感じの娘《こ》が、今や寺山ギャルとはねえ」

寺山ギャル？　違います！　バイトで寺山修司のこと調べていて、よくわかんないんで訊きにきたんです、と伝えた。

「ははあ、なるほど、そういうわけかあ。納得。ま、いいや。俺が教えてあげるよ。こう見えて、俺ってさ……寺山修司ハカセだから」

なんだか調子がいい。ウザケン先輩は、えへんと一つ咳払いをして、講義を始めた。

「ま、あれだな、寺山修司ってのは……サブカルホイホイだな」

サブカルホイホイ？

「うん、ゴキブリホイホイってあるじゃん。ゴキブリが入り込んで、出れなくなるやつ。入口がたくさんあって、ゴキブリが好きなエサの匂いで引き寄せる。原理としては、あれとおんなし。

サブカル少年少女を引き入れて、出れなくさせる。入口がいっぱいあるわけだよ」

ふーん。

「詩、俳句、短歌、演劇、映画、写真、競馬、ラジオやテレビドラマ、ドキュメンタリー、エッセイ……まあ、いろいろやって作品も膨大にある。入口がいっぱいあるわけだ。ちょっとしたセンシティブな少年や少女なら、どっかの穴から入ってくる。しかも、作品がどれも個性的……つうか、異端でしょ？　サブカル好きのエサの匂いがぷんぷんするよ。サブカルってのは、メインカルチャー……正統じゃない。ま、落ちこぼれだな。けど、若いから自意識があるでしょ？　ボク、アタシは正統なお勉強はできない……や、やんない、やりたくない。だって、ちょっと変わってるしぃ、普通と違うからぁ、なんてね。そんなサブカルなボク、アタシが、寺山が仕掛けたエサ……つうか、変テコな作品に触れたら、そりゃ、あっ、これわかるのジブンだけだ！　って、ホイホイ落っこっちゃうってわけさ」

ウザケン先輩は細い目を光らせて、まくしたてた。

「まあ、一番引っかかりやすいのは『家出のすすめ』や『書を捨てよ、町へ出よう』なんかの青春論だな。角川文庫でもう40年以上も、版を重ねてるしね。若い奴って、父親とか母親とか嫌じゃん。家にいると、うるさく言われて、うざいしね。そういう奴らに、家を出ろ、町へ出ろ……ってて、はっぱかけるんだから、そりゃ共感されるよな。『家出のすすめ』を読んで、実際、田舎から家出して上京してきた若い奴らを集めて、寺山は演劇を始める。劇団・天井桟敷を結成した。みんなで共同生活してね。けど、変だと思わない？　『家出のすすめ』を説いて、家出してきた若者たちで、また新しい〝家〟を作る。『書を捨てよ』っていう自分の本は読めという……矛盾だよねえ」

にやりと笑った。
「そもそも、なんでまた寺山修司ってこんなことするんだろう？　あのね、寺山って幼くして戦争で父親を亡くしたんだ。で、母一人子一人になった。その母親も米軍キャンプに仕事に行ってね、アメリカ軍の将校の愛人になったとの説もある。オメの母ちゃん、パンパンでねえの……っていじめられた。あげくにその母親は子供を置いて、米軍将校について遠い九州へと行っちゃう。寺山少年は掘立て小屋みたいなボロ家で、いつも一人ぼっちでね、寂しかった。で、友達を集めて、家へ呼ぶため、いろんなゲームや遊びを考えたっていうよ。ま、これが寺山修司の行動原理だな。85歳の現在に至るまでね。

かくれんぼの鬼とかれざるまま老いて誰をさがしにくる村祭

寺山の短歌だ。子供の頃、引っ越し少年だった寺山は、よそ者だってんで、ずっとかくれんぼの鬼にされてたっていうよ。もういーかーい。まーだだよおー。もういーかーい。まーだだよおー。そうしてやがて、やっと目隠しを取ると、誰もいない。夕暮れ、家のほうへ帰れば、かくれんぼで遊んでいた子供たちは、みんな大人になっている。自分一人だけが子供のままで。

ひとの一生　かくれんぼ
あたしはいつも　鬼ばかり
赤い夕日の　裏町で
もういいかい　まあだだよ

日吉ミミに書いた歌詞だ。寺山修司は、実は今でもかくれんぼの鬼で、そう、ずっと遊び友達を探してるんじゃないかなあ……」
ほう、と思う。なんだかシンミリした。

「……とまあ、ここまでが総論だ。さて、各論に移ろう」
ウザケン先輩は巨体をきびきびと動かし、ノートパソコンを持ってきて、それを開いて何やら操作し、薄暗い部室の壁にパワポを投影した。

◎寺山修司
新入部員用プレゼンテーション

唖然とした。
こういうものを用意しているのか！
ウザケン先輩はノーパソを操作しながら、解説を始める。

◎1954年（昭和29年　18歳）
「チエホフ祭」50首を作り、第2回「短歌研究」新人賞を受賞する。

「まあ、これが寺山修司のデビューだな。十代の天才少年歌人、現る！〝昭和の啄木〟とも称され、華々しくデビュー……のはずだった。ところが……
向日葵の下に饒舌高きかな人を訪わずば自己なき男
これが受賞作の一首だ。で、こちらが……

人を訪はずば自己なき男月見草

著名な俳人・中村草田男の俳句だよ。〃人を訪わずば自己なき男〃——なんと下の句の七七が丸パクリ！　すごいね。や、それだけじゃない。

◎莨火を床に踏み消して立ちあがるチエホフ祭の若き俳優（寺山修司）
燭の灯を煙草火としつチエホフ忌（中村草田男）
◎かわきたる桶に肥料を満たすとき黒人悲歌は大地に沈む（寺山修司）
紙の桜黒人悲歌は地に沈む（西東三鬼）
◎わが天使なるやも知れぬ小雀を撃ちて硝煙嗅ぎつつ帰る（寺山修司）
わが天使なるやも知れず寒雀（西東三鬼）

ふ〜。まだまだあるよ。なかには複数の自身の俳句を切り貼ったようなのまである。もともと俳句少年として出発した寺山だ。

◎この家も誰かが道化揚羽高し（俳句）
この家も誰かが道化者ならん高き塀より越えでし揚羽（短歌）
◎桃うかぶ暗き桶水父は亡し（俳句）
桃うかぶ暗き桶水替うるときの還らぬ父につながる想い（短歌）

自身の俳句を引き伸ばしたと覚しき短歌も、いくつも受賞作に含まれていた。これは選考委員の「短歌研究」編集長・中井英夫が、「現代俳句についてまったく無知だった」ためだと釈明しているよ。当然、俳壇も歌壇も黙っちゃいない。

〃模倣小僧〃と短歌雑誌は名指しで非難した。俳人・楠本憲吉は〃言葉のクロスワードパズル〃と斬り捨て、寺山は自身でその遊びを禁じるべきだと忠告した。天才少年歌人から盗作者、言葉泥棒へと一気に転落したんだ。模倣・剽窃・盗作・泥棒と罵詈雑言の嵐――スキャンダリスト・寺山修司の誕生だ。

〝盗作者〟というレッテルは、その後、ずっと寺山について廻る。カルメン・マキが唄ってミリオンセラーとなった寺山作詞の『時には母のない子のように』なんて、黒人霊歌『Sometimes I feel like a motherless child』のまんまじゃないか！ 『書を捨てよ、町へ出よう』だって、アンドレ・ジッドの『地の糧』の文中から拝借したって自白しているよ。大した言葉泥棒だな。これをコラージュだとかパロディだとか評するムキもあるようだけど、なんだかな〜。

　現代の音楽用語で言えば、サンプリングやリミックスでしょ？ 過去の音源の一部を拝借して切り貼ったり、複数の楽曲を再編集して新たな曲に仕立てたり、ヒップホップとかクラブDJとか、みんなやってるよ。つまりさ、寺山修司は……言語DJなんだ！」

　ドヤ顔で言い放った。馬面が興奮している。一着でゴールした競走馬みたい。

　百合子は圧倒されて目を丸くしていた。ウザケン先輩は、ふっと笑う。

「ま、ね。寺山修司は早過ぎた。誰も彼がやってることなんて、わからなかったんだよ。で、さ。音楽シーン、クラブカルチャーの発達によって、やっと時代がテラヤマに追いついた」

　細い目が、また光る。

「我がリスペクトするオザケン、そう、小沢健二ね。若き日の東大生時代に彼がやってたバンド、フリッパーズ・ギターの曲も、みんな元ネタがあるって言われるよ。シブヤ系と呼ばれて一世を風靡したもんだけど。うん、小沢健二は寺山修司の息子だ。血のつながらないね。二十歳の時の寺山の詩があるよ。

きらめく季節に
たれがあの帆を歌ったか
つかのまの僕に
過ぎてゆく時よ

夏休みよ　さようなら
僕の少年よ　さようなら
（略）
二十才　僕は五月に誕生した

どう、まるでフリッパーズ・ギターの歌詞じゃないか。そうなんだ、寺山修司は元祖シブヤ系なんだ！　ずっと渋谷のアパートに住んでるしね。ま、渋谷の路地裏でノゾキで捕まったけど……なははは」

カックンと脱力した。

百合子はおずおずと訊いてみる。

「あのー、宇沢さん……それで寺山修司は、今も短歌を作ってるんですか？」

ああ、いい質問だ、と応じる。

「１９７１年、35歳の時に彼は『寺山修司全歌集』を出版している。それまでに出した短歌集から未刊行のものまですべて収録してね。それで区切りをつけた。まあ、〝歌のわかれ〟というわけだ。「生きているうちに、一つ位は自分の墓を立ててみたかった」と本の跋文《ばつぶん》に書いているね。実は、その後もぽつぽつと短歌を作っているようなんだが、ほとんど発表していない。だけど、例外的な一首がある……」

ノーパソを操作すると、再びパワポが映し出された。

マッチ擦るつかのま皇居《もり》に霧ふかし
身捨つるほどの昭和はありや
1989年1月7日　寺山修司

「そう、昭和天皇が崩御した日に詠まれた歌だ。朝日新聞に発表された。寺山は53歳だ。けっこう物議をかもした歌でね、当時のインタビュー記事を読んでみよう」

——昭和最後の日に寺山さんが詠まれた短歌が話題を呼んでおります。

寺山　ああ、何かそうみたいですね。

——これは、かつて寺山さんが詠まれた歌……

マッチ擦るつかのま海に霧ふかし
身捨つるほどの祖国はありや

寺山さんの代表作とも言われる、もっとも有名な短歌ですよね、そのー、アレンジというか、なんというか……。

寺山　なるほど、そうですね。

——どうしてまた、この今にご自身の過去の作品を模倣というか、反復のようなことをされたんでしょうか？

寺山　あの、それはですね、昭和という時代が……ま、模倣であり、反復であった、と。たとえば、明治と昭和の年表を見較べてみると、奇妙にも並行して見えるわけです。あたかも昭和が明治を模倣し、反復しているんじゃないか？　そう、明治10年の西南戦争と昭和11年の2・26事件、それぞれ22年と21年の明治憲法と戦後新憲法の公布、43年の韓国併合・大逆事件と全共闘運動、そうして45年の乃木将軍殉死と三島由紀夫の切腹……と、ねっ、みごとに昭和は明治を模倣し、反復している。

——なるほど、本当だ。すごい！

寺山　ま、これは柄谷行人のパクリですけどね（笑）。

——えっ！　寺山さんの手クセというか、パクリ癖は直りませんねえ。

寺山　はは。でね、昭和という模倣と反復の時代を悼むのに、僕もまた自身の短歌を模倣し、反復することによって……ま、いわば〝昭和を実践した〟わけです。

「どうよ！　ねっ、君ぃ、寺山修司って、すごいじゃないか!!」

馬面が興奮している。鼻息が荒い。

ハッとした。

テーブルの上に置いた百合子の手を、いつのまにかウザケン先輩の手が握っている。百合子はとっさに手を引っこめようとしたが、がっちりと握り締められていて、離れない。彼女はとまどい「あの、あの……」とあたふたするだけだ。

「浅いっ！」

「えっ？」

女の子の声がした。時に〝浅いユリコ〟とも呼ばれる百合子は、びくっとする。

脇の長テーブルの前に座っていた後ろ姿が、くるりと振り返った。オカッパ頭の女子だ。メガネをかけている。赤いフレームの上部が無い、アンダーリムって言うのかな？　アニメキャラがよくかけてるヤツ。生身の女の子がかけているのを初めて見た。

赤縁メガネの女子は、ニコリともしない。冷たい瞳で、ウザケン先輩をにらみつけている。

「な、なんだよ……サブコか？」

一瞬、うろたえる先輩に「ふん」と鼻を鳴らして応じた。

「な、なにが浅いんだよ」と反発するウザケンに「浅いったら、浅い！」と言い放ち、ダッと立ち上がると、ドーンと先輩に体当たりを食らわせる。

うわっ！　とウザケン先輩は椅子ごと後ろにひっくり返った。「いててててっ、な、なにすんだよお」と涙声だ。

メガネ女子は百合子の手をむんずとつかむと「行こっ！」と引っぱって、駆け出す。ダダダッと部室を後にする。

「ま、待てよお、俺の子猫ちゃんを……ホイホイちゃんを返せ——っ」

ヒヒンヒンといななきながら、馬面が絶叫していた。

百合子はもうわけがわからない。メガネ女子に引っぱられるままに走る。ただ、走る。ひたすら走り続ける。

よく見ると、メガネ女子は、むっちゃ小柄だ。身長１４０センチ無いんじゃないか？　全体に丸っこい。で、馬力がある。豆タンクみたい。猛烈な勢いで引っぱられるままに、突っ走り、校門を出た。

学校前の通りにはマクドナルドとスタバがある。どっちに入るのかな？　と思ったら、するりと脇の狭い道へと侵入した。真っ黒な建物の扉を開けると、からんころんとドアベルの音が鳴る。

えっ？　何？　ここって、お店？　百合子は目を丸くする。

店内は薄暗い。そして、やけに細長い。カフェだろうか？　客は誰もいない。奇妙なことに、二人掛けのソファーが同じ方向にずらりと並んでいた。

メガネ女子に引っぱられ、百合子はソファーに座る。二人で横並びだ。何か変……あ、そうだ、列車に乗ってるみたい。

「おばちゃーん」と女子が声をかけ「はいはい」と返事があって、白いかっぽう着で和服姿の女性が現れた。髪が白く、シワだらけのおばあさんだ。笑顔がどこか白い大きな猫を思わせる。

「お茶、二つ、くださ〜い」

「はいはい」とまた奥へとひっ込む。足音もなく、老いた白い猫の足取りで。

お茶が来た。湯呑み茶碗に入った日本茶だ。目の前の小さなテーブルに置かれ、湯気がふわりと浮かぶ。

「バカみたい」

メガネ女子はそう吐き捨てると、ふうふうと息を吹きかけ、お茶をひとすすりした。

百合子はもう何も言えない。だんまりだ。ただ、メガネ女子をコソッと横からチラ見する。

「あいつ、最悪。ウザケン……うえ〜っ。あなたさ、ちゃんとググッたの？」

へっ？

メガネ女子は素速くスマホを操作すると、こちらに差し出した。〈学校名＋サブカル部〉で検索したのだ。すると、どうだろう。

ウザケン。宇沢健二。ヤリチン。インチキ。ウサン臭い。マウンティング。恋愛工学。女あさり。サブカル女食い……といった関連ワードがダーッと表示されたのだ。百合子はくらくらとめまいがした。メガネ女子は、ため息をついている。

「あいつ、有名だよ。インチキ臭いサブカル知識で女子をたらし込んでさ。サブカル部を食いものにしてる。あんなのに、だまされてちゃダメじゃん」

首を横に振って、お茶をもうひとすすりした。

「だって、あなたさ」

赤縁メガネが光った。

「……アイドルになりたいんでしょ？」

えっ！

ど、ど、どーしてわかったの？

ちっちっちっ、と舌打ちして、メガネ女子は突き立てた人さし指を振った。

ふん、丸わかり、と言う。

「だってねえ、あなたみたいな娘《こ》が、寺山修司？　おかしいじゃん。で、今、〝寺山〟でググッてみたら〝ＴＲＹ48〟がヒットして、寺山修司がアイドルグループを作るってんで、むっちゃバズッてる。ははーん、これまで寺山になんの興味もなかった、そう、アイドル志望の女の子たちが、みんな急に寺山修司のこと調べてるってわけかあ。で、さ。いきなりサブカル部に黒髪、色白の、いかにも坂道系のオーディション落ちてます的な女子が訪ねてきて、寺山修司のこと教えてくださ〜い♡　なんつったら、どーよ？　答えは明白、無言で自白、ねえ、ワトソンくん、初歩的な推理さ……証明、終わり」

やられた。ぐうの音も出ない。百合子は、あわあわするだけだ。

メガネ女子は薄笑いを浮かべ、お茶を飲んでいる。

「でもねえ、芸能界ってすごいんでしょ？　インチキ臭い奴がいっぱいいて。ツイッターやインスタのＤＭにいきなりメッセージ送りつけてきて、うまいこと言ってさ、デビューさせてあげる、佐藤健や竹内涼真、横浜流星に会わせてあげる、なあんて美味しいエサで釣って、枕営業とかなんとか？　アイドル志望の女の子たちをさんざん食いものにして……そんなハイエナどもがいっぱいいるんでしょ？　あなたさ、ウザケン程度にだまされてたら、とてもやってけないじゃん」

グサグサやられた。この娘、きっつい。百合子は、しゅんとする。

メガネ女子は〝寒川光子《さむかわみつこ》〟と名乗った。あ、「子」がつくんだ。１年生だという。なんだ、歳下か。「寒川さん」と言うと「サブコでいいよ、みんなそう呼んでるし」と笑う。「サブコちゃん」「ユリコさん」とすぐにそう呼び合うようになった。

「浅いっ！　てサブコちゃんに言われた時には、や、びっくりしたなあ」

「うん、でもねえ、ユリコさん、ウザケン程度のサブカル知識なんざ、ま、浅いっ！　と言うしかないよ」

「ふーん、そっかあ。わっ、すごい、この人、けっこうくわしい！　って感心しちゃった」

「だってさ、あいつ、俺のホイホイちゃんを返せーってゆってたでしょ。ほら、最初、寺山修司をサブカルホイホイって呼んで、サブカルのエサで少年少女らが穴にホイホイ落っこっちゃうって。ねっ、あいつ自身が寺山の真似っこで、ユリコさんをホイホイしようとしたんじゃん」

ぐぐぐ、なるほど。

「ウザケンってさ、いかにもレトロ好きのサブカル女子が落っこちそうな穴……つうか、エサ？それ系のキーワードをいっぱい検索してね、さっきみたいなパワポを作って〝釣り〟の準備してるんだ。寺山修司とか、小沢健二とか、澁澤龍彥とか、蜷川実花とか、岡崎京子とか、大人計画とか……海外だと、ソフィア・コッポラとか、ウォーホルとか……」

「ウォーホル？」

「アンディ・ウォーホル……知らない？」

サブコはすかさずスマホを操作する。

銀髪でメガネでひょろっとした、どこか病的な感じの白人の画像が出る。

「これがウォーホル」

キャンベルのスープ缶をシルクスクリーンでプリントしたポスター。

「こんなのをアートと称して、1960年代に爆発的にブレークした。ま、ポップアートの帝王だね」

銀色を貼りめぐらした建物の中に立つウォーホル。

「これが彼のスタジオ、ファクトリー……そう、工場と称してね、ポップアートを大量生産した」

キテレツな格好の若者たちに囲まれるウォーホル。

「誰でも15分間だけは有名になれる——とうそぶいて、〝有名人〟を生産した。スーパースターと名づけてね、彼の周りの若者たちを有名にした。映画も撮れば、写真も撮る、雑誌も作る、ロックバンドもプロデュースする。何でもやったんだ。あ、なんか寺山修司に似てるかなあ」

赤縁メガネが光った。

「ま、ウォーホルも14歳で父親を亡くした母親っ子で、寂しがり屋の子供だしね。うん、よし、ちょっとやってみっかな」

サブコの顔が、きりっとする。と、うつむき、猛烈な速度でスマホの画面に指を走らせ、次々とネットサーフィンし、何やら書き込み、図表のようなものを作成していた。

「アンディ・ウォーホルも、寺山修司も、寂しがり屋の父なし子で〝空虚《ポップ》な中心〟……ホイホイとそこに人々を吸い寄せる。ウォーホルがリスペクトしてファンレターを書いた作家が、トルーマン・カポーティで、寺山のほうは、三島由紀夫と。後見するビート詩人がウィリアム・バロウズで、寺山は谷川俊太郎。拠点がファクトリーと、天井桟敷と。作った雑誌が「アンディ・ウォーホルズ・インタビュー」と、「地下演劇」。二人とも、実験映画もメジャー映画も撮ってるしね。プロデュースしたロックバンドがヴェルヴェット・アンダーグラウンドで、そのボーカルがルー・リード、寺山が歌手デビューさせたのが東大生時代の小椋佳。片や歌姫ニコ、こなたカルメン・マキ。ウォーホルのスーパースター、60年代のヒロインはイーディ・セジウィック。こちらはサブカル女王・鈴木いづみかな？　二人ともポルノ映画に出たし、後にその生涯が映画化もされたし。イーディはボブ・ディランと恋をして、28歳でドラッグ死。鈴木いづみは阿部薫と結ばれて、36歳で首吊り自殺した……と、ふ〜」

よっしゃ、でけたでけた、とにんまり笑い、サブコはスマホの画面を見せ、スワイプする。

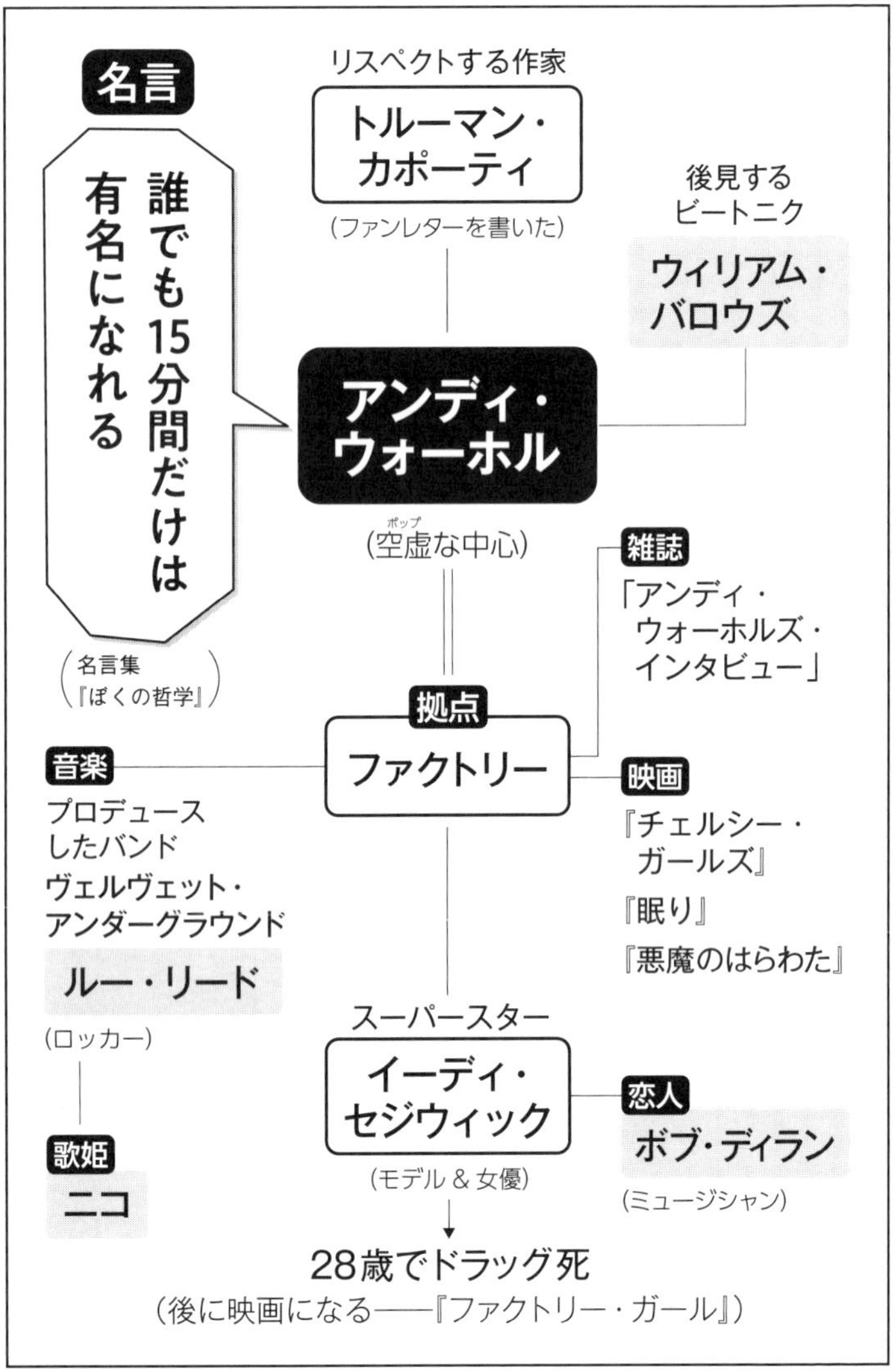
名言
誰でも15分間だけは
有名になれる
（名言集
『ぼくの哲学』）
リスペクトする作家
トルーマン・
カポーティ
（ファンレターを書いた）
後見する
ビートニク
ウィリアム・
バロウズ
アンディ・
ウォーホル
（空虚《ポップ》な中心）
雑誌
「アンディ・
ウォーホルズ・
インタビュー」
拠点
ファクトリー
音楽
プロデュース
したバンド
ヴェルヴェット・
アンダーグラウンド
ルー・リード
（ロッカー）
歌姫
ニコ
映画
『チェルシー・
ガールズ』
『眠り』
『悪魔のはらわた』
スーパースター
イーディ・
セジウィック
（モデル＆女優）
恋人
ボブ・ディラン
（ミュージシャン）
28歳でドラッグ死
（後に映画になる――『ファクトリー・ガール』）

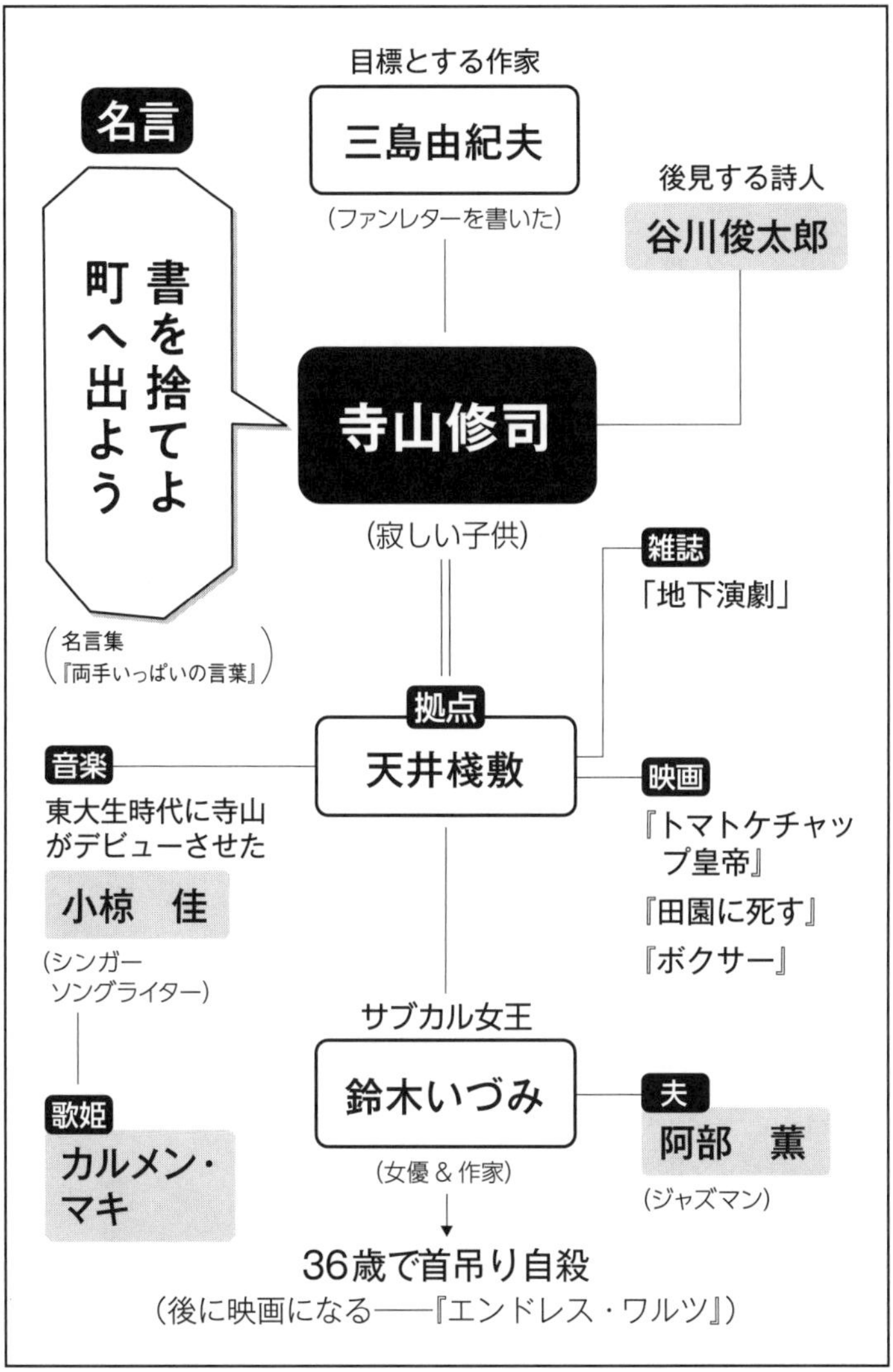
名言
書を捨てよ
町へ出よう
名言集
『両手いっぱいの言葉』
目標とする作家
三島由紀夫
（ファンレターを書いた）
後見する詩人
谷川俊太郎
寺山修司
（寂しい子供）
雑誌
「地下演劇」
拠点
天井棧敷
音楽
東大生時代に寺山
がデビューさせた
小椋　佳
（シンガー
ソングライター）
歌姫
カルメン・
マキ
映画
『トマトケチャップ皇帝』
『田園に死す』
『ボクサー』
サブカル女王
鈴木いづみ
（女優＆作家）
夫
阿部　薫
（ジャズマン）
36歳で首吊り自殺
（後に映画になる――『エンドレス・ワルツ』）

啞然とした。

この短い時間でこんな精緻な図表を作成するなんて！　猛烈な集中力だ。それにハンパない知識量。もっともそこに書き込まれた内容がいかほどのものか、百合子にはさっぱり理解できなかったけれど。

「すごいね、サブコちゃん。すごい！」

「すごい……わけないじゃん」

ドヤ顔を、ふっと崩すと、赤縁メガネ女子は冷やかな瞳《め》をした。

「あのねえ、ユリコさん、こんなのは、ほら……さっきウザケンがやったようなことをバージョンアップしたにすぎない」

バージョンアップ？

「うん、寺山をウォーホルになぞらえて、何と何が一致して、模倣され、反復されてるかを、ずらずら並べただけ。ま、スマホがあれば、こんなの子供にだってできるよ」

ふーん。

「構造の一致は歴史的反復をもたらす――それこそ柄谷行人が、そう言ってる。寺山もウォーホルも、自分たちが意図して模倣したり、反復してるわけじゃない。単に互いの構造が一致しているから、結果的に反復した……よく似た表現形態を取り、そっくりの人脈を構成したにすぎない」

赤縁メガネを光らせた。

「……な〜んてね。けど、どーなんかな、マジ、さっきウザケンが言ってた、ほら、寺山がパクった柄谷の歴史の反復説……そう、昭和が明治を模倣してるってやつねえ……」

ふいに黙って、無表情になる。遠くを見るような瞳をした。サブコの脳内で、どうやら思考が高速回転しているようだ。

「ユリコさん、ほら」

彼女が指さす先を見る。店内の黒い壁に、ぽつんと白い光があった。

「……北極星」

えっ？

さらに、その指先を移動させる。

「北斗七星」

なるほど、たしかに七つの星が、ひしゃくの形に並んでいた。

百合子は壁全体を見渡す。満天の星だ。

そうか、この店の壁面はプラネタリウムのようになっていたのか。

「ひしゃくを思い出したでしょ？　今、北斗七星を見て」

うなずく。

「けど、おかしいね。星は単にばらばらに存在してるだけなのに。それを見る人間が、補助線を引いて、ひしゃくに見立てる。すると、もうそれは、ひしゃくにしか見えなくなってしまう。星座って、そうでしょ？　いて座とか、みずがめ座とか、はくちょう座とか、わたしたちの目が架空の補助線を引いて……そう、ばらばらの……星をつなぐ」

星を、つなぐ？

「うん。それが……批評でしょ。小林秀雄なら〝宿命〟に〝ホシ〟とルビを振ったかも」

メガネの奥の瞳が光った。何か、ひらめいたようだ。

「たしかに北斗七星と、ひしゃくは似てる。けど、似てるものに着目すると、その背後にある膨大な似てないものを見落としちゃう。人は鳥ばかり見て、背後の空を見落としてしまう――って寺山修司も言ってるよ。似ているものという鳥を見ると同時に、似ていないものという空に、じっと目を凝らすこと……」

いったい何を言いたいのだろう。サブコは北斗七星から目をそらすと、何もない真っ黒な壁のあたりを見つめていた。

「ユリコさん、ノストラダムスの大予言って知ってる?」

「ああ、なんかうっすら……。1999年に人類が滅亡するとか」

「そう、大ハズレしたけどね。あの予言を読んでみたんだ。みたいなのがずらずら並んでてさ、偉人が真っ昼間に雷に打たれる……民衆の面前で高き天より、遠くない人物の血が流されるであろう……これがケネディ大統領の暗殺を的中させた予言だっていうんだよ。ええっ、そんなアホな!? なんとでも解釈できる曖昧な詩が膨大にあってさ、後になって、ああ、あれはこの事件を予言していた! って、チョイスされるわけ。そう、予言は事後的に発見される。そんなだったらさあ、百人一首だって大予言として読めるよねえ。

淡路島通ふ千鳥の鳴く声に
いく夜寝覚めぬ須磨の関守

源兼昌のこの一首だって、阪神・淡路大震災を予言した歌じゃんって」

笑ってしまう。

「だけどさ、昭和が明治の反復だってのも、おんなしだと思うんだ。明治にも昭和にも、膨大な出来事があったはずじゃん。そん中から、似てる出来事のみをチョイスして並べてみせる。すると、もう明治と昭和がそっくりに見えて、昭和が明治の反復としか思えない。ちょうど、そう、曖昧な詩が的中した予言に見えるように。宇宙《そら》の星から七つを選んで、架空の線でつないだら、ひしゃくにしか見えなくなるように。うん、それは美しい鳥だよね。だけど、空は？　膨大な数の似ていない出来事や、当たらなかった予言や、選ばれなかった星々や……そんな背後にある広大な空は、みんなみんな見落とされてしまうんだ」

ああ、そうか、これが言いたかったのか。

「まあさ、閉じられたシステムの中で、モナド……つまり単子を取り出すように、任意の事象をチョイスすれば、似ている、整合するに決まってる……ってのは、柄谷行人がライプニッツ症候群と呼んで、批判した態度なんだけどね。ほら、西田幾多郎とか、吉本隆明とか。けどねえ、するとなんか柄谷自身がさ、ライプニッツ症候群に陥ってるんじゃね？　な～んて気もしちゃってさあ」

途端に難しくなった。ちんぷんかんぷんだ。百合子は目を白黒させる。サブコちゃんって……16歳だっけ？　信じられない。この子、いったい何者？　空恐ろしくなってきた。

「おばちゃーん、お茶のお代わり、くださ～い」

ふいにあどけない少女の顔に戻って、メガネ女子は声を上げる。

「はいはい」と返事があって、老いた白い猫のような女店主がまた姿を現した。足音もなく。熱いお茶を湯呑み茶碗を両手で包み込んで、ふうふうと息を吹きかけ、猫舌なんだろうか？

サブコはちびちびとすすっている。赤縁メガネのレンズが湯気で曇っている。

百合子は壁の満天の星を見て、それからお店の入口のほうへと目を走らせた。扉に記された文字に、じっと見入る。

〝喫茶・銀河鉄道〟とあった。

第2章 『デスノート』のLの葬式を開く

思わぬ味方ができた。サブコちゃんだ。

チビで、丸っこくて、アニメキャラみたいなアンダーリムの赤縁メガネをかけ、豆タンクさながらの猛烈な馬力で突っ走り、猫舌で、熱いお茶にふうふう息を吹きかけ、ちびちびとすすって飲み、そして……そして……天才だった。

まぎれもなく。少なくとも、百合子はそう思う。天才の天才たる内実、時折、口から飛び出す難解な言葉群は、正直、さっぱり理解できない。けど、自分程度の女の子に理解できたら、そりゃ、天才なわけないじゃん、ねえ、とも。

ともあれ驚異の16歳は、こう言った。

「寺山修司がこれから何やるか、わたしも興味あるし、うん、ユリコさんに協力するよ」

それから「ま、アイドルには、あんまくわしくないけどね」と笑う。

まずは、サブコが鍵つきアカウントでひそかに書いてるブログのパスワードを教えてくれた。アクセスして、ちらと覗いたが、いかにも超難解な意味不明の言葉群がずらずらと並んでいる。めまいがした。

そこに〈寺山修司研究〉のタイトルが加わり、〈F・ユリコ氏へ〉とある。〈あしたのために
その1〉と続いた。あしたのために？
「うん、知らない？　『あしたのジョー』……寺山修司が愛読していたボクシング漫画、そん中に出てくるんだ」
サブコはそう言った。百合子は首をひねるだけだ。

〈あしたのために　その1〉

TRY48のオーディション、面接審査は寺山修司がやるわけでしょ？　寺山に選ばれなくちゃいけない。すると……

寺山修司の人となりを、知るべし！　知るべし！　知るべし！


人となり？　YouTubeでタモリが物真似やってる動画を見たよ。寺山すうじデシ……って、笑っちゃった。

「浅いな〜、相変わらず、ユリコさんは」

サブコは、呆れたように言う。

「ま、タモリの物真似が浅いんだけどね。あのさ、タモリって……芸人じゃないよ」

何、それ？　NHKの番組で散歩してる人……ってイメージあるけど。

「うん、40年以上前、タモリがデビューした時は、イグアナの物真似で話題になった。でもねえ、マルセ太郎の猿の物真似とは較べものになんない。四ケ国語麻雀だってさ、藤村有弘のインチキ外国語芸の亜流でしょ？　マルセ太郎や藤村有弘は本物の芸人だけど、タモリはその表層の亜流

にすぎない。けど、かえって〝浅い〟がゆえに〝浅い〟メディアであるテレビにぴたりとハマッて、テレビタレントとして有名になったんじゃん」

マルセ太郎？　藤村有弘？　誰それ……百合子は目を白黒させている。

「寺山修司の物真似だってさ、タモリのは、いわゆる声帯模写じゃない。ちゃんと聞くと、声も喋り方も、実は全然似てねーし」

ふーん。

「うん、思想模写。いかにも寺山修司が喋りそうなことを言う。つまり、その〝思想〟を真似てるわけ。だけどねえ……」

サブコはスマホを操作して、見せる。画面には、坊主頭のおっさんがギターをかき鳴らし絶叫している動画が流れていた。

えっ、誰これ？

「……三上寛」

みかみかん？

「うん、フォーク歌手」

さらに別の動画が出た。さっきの坊主頭のおっさんが神妙な顔をして言う。

「あ、寺山すうじデシ。ま、このー……ラジオの高さというものがあるわけデシ。高い、高いとこにあるラジオから、しょうわにずうねんはちがつずうごにち……ま、天皇陛下の声が聞こえてきたわけデシ……」

絶句する。

「ねっ、そっくりでしょ、寺山に。声も喋り方もイントネーションもおんなしなら、その内容……思想も、タモリみたく浅い表層の物真似じゃない。ラジオの高さというものがあるわけデシ……しびれるよね～」

サブコは、にんまりと笑う。

「うん、ま、三上寛は寺山修司と同じ青森県の出身だから、なまりが似るのは当然かも。『家出のすすめ』を読んで上京したっていうし、映画『田園に死す』にも出てるしね。いまだに寺山と親交があるみたい。そういえば寺山修司が近年、詠んだ未発表の短歌――のふれこみでネットに流出した、こんな一首があるよ」

三上寛ひらがなで書き「みかみかん」
英訳すれば「オレンジレンジ」

吹いた。

「ねっ、キレッキレッしょ？　あと、こんな短歌もある」

SPEEDを逆から読むとDEEPSで
直訳すれば「クスリとリスク」

「けどねえ、なんかちょい出来過ぎかな？　寺山短歌を偽装したフェイクかも。ま、寺山修司自身が〈石川啄木の未発表の短歌が見つかった〉なあんて、ぬけぬけと贋作短歌を発表してるけどね。頽傷の

なぜかいとしき北上の
女給と今日も川を見にゆく
うまいもんだよねえ。でも、さっきの短歌はどうだろう。寺山自身も否定してないしね。真実の最大の敵は事実だ、とか、虚構と現実の境界を打ち破る、とか、かっこいいこと言ってるけど、ま、根っからの嘘つき修ちゃんだし（笑）。母親が生きてるのに〝亡き母の〟なんて短歌を詠んだり、一人っ子なのに〝弟よ〟なんて書いたり、〈私の少年時代は私の嘘だった〉なんて告白したり……それって先天的な虚言癖ですけど〜。嘘つきは詩人の始まり、なんてね。うん、けど、あのー、流出したこんな未確認の短歌があってさ……」

一本の釘を書物に打ちこみし
三十一音黙示録

「これはどう考えても寺山修司だよね！　寺山以外、こんな歌を詠む人間がこの地球上に存在するなんて絶対に考えられない」
サブコの頬が上気している。赤縁メガネの奥の瞳がきらきらと輝いていた。百合子はただぽかんとして聞き入ってるだけだ。

〈あしたのために〉のブログに戻ろう。

〈あしたのために　その1〉

寺山修司の人となりを、知るべし！ 知るべし！ 知るべし！

寺山は秋元康と口論になって、ケンカ別れした。結果、TRY48をプロデュースすることにしたわけでしょ。なんで、こうなったの？

人一倍の負けず嫌いで、ことに売れっ子に対するライバル意識は強烈だとか。

19歳の時にネフローゼという難病にかかった。その後、3年間も入院していたんだ。生活保護を受けながらね。重病で、一時は生死の境をさまよった。せっかく18歳で短歌の新人賞を取って、彗星のようにデビューしたのに。

入院中に、一橋大学の学生だった石原慎太郎が『太陽の季節』で芥川賞を受賞した。太陽族ブームを巻き起こす。「俺のほうが何倍も才能あるのに、病気で寝ていなけりゃならないなんて」とくやしがったという。

それでも入院しながら詩劇『忘れた領分』を書いた。河野典生が演出して、野中ユリが舞台装置を作り、寺山不在のまま上演される。これを見て「言葉の才能」に驚いた谷川俊太郎が病院に訪ねてきて、親交を持った。当時、寺山は早稲田の学生だったんだけど、同級生の山田太一と親友になる。なんとまあ、すごい才能たちが次から次へと磁石のように吸い寄せられてくるもんだよねえ。

22歳でやっと快復して、退院した。谷川俊太郎に紹介されて、ラジオドラマの脚本を書き、次々と賞を取る。当時は60年安保の前夜で、〈若い日本の会〉という若手文化人らの政治的グループがあった。江藤淳、石原慎太郎、大江健三郎、開高健、永六輔、黛敏郎、武満徹、浅利慶太……等がメンバーで、寺山もこれに入る。全員20代でね、会の名前どおりみんな若かった。つまり、たくさんライバルがいたんだ。

後に寺山は競馬に夢中になる。逃げ馬が大好きだった。逃げ馬ってのは、スタートからダッシュして先頭に立ち、レースを引っぱる馬のこと。うん、たいていは終盤にバテて、追い抜かれるんだけど。18歳でデビューした自分は、人生の逃げ馬だと思っていたんだね。

速く走らなきゃ、後ろから追い抜かれる。必死で走った。寺山が人一倍の負けず嫌いで、強烈なライバル意識の持ち主になった理由が、よーくわかるよね。

なんでも〈邪魔な人間のリスト〉ってのを、ひそかにつけてたそう。あいつも邪魔こいつも邪魔、早く死んでくれって。その筆頭には、三島由紀夫の名前があったそうな。

たとえば、対談を勝ち負けのある格闘技、言葉のボクシングみたいに考えていたんだってさ。無人のリングの写真を表紙にした『対論／四角いジャングル』という対談集もあるよ。そこには三島由紀夫との対談も収録されていてね、うん、そう、三島が自衛隊の市ヶ谷駐屯地を武力占拠する4か月前、１９７０年7月のもの。

寺山　ぼくは「言葉にすれば何でも自分のものになる」と長い間思ってたのです。ただ、言葉そのものの吟味が問題なんですね。（略）しかし政治的言語と文学的言語の波打際をなくしていくという、わけのわからない乱世の中におもしろ味があるわけですよ。

三島　でも、それをおもしろがっちゃいけないんじゃないのかね。それでは文学もダメになるし、政治もダメになると思うんだよ。

寺山　両方ダメになってもいいんじゃないかっていう感じがあるんですよ。（笑）

（略）

寺山　ステージの上に一人の男が立っていて、勃起したまえというと、イリュージョンを使って、パーッと勃起するというのが素晴しいわけですね。
三島 ボディビルの原理って、そこにあるんだよ。からだの中から不随意筋をなくそうというんだ。
寺山 つまり、肉体から偶然性を追放するんですか？
三島 そうなんだよ。たとえば、この胸見てごらん、音楽に合せていくらでも動かせるんだよ。(胸の筋肉を動かして見せる) あなたの胸、動く？
寺山 ぼくは偶然的存在です……。(笑)
三島 ある晩、突然動いたりしてね。
寺山 でも、たかが五尺七寸の体の中にどんな黄金がかくされているかという幻想でも残しておかないとたのしみがない。体の構造をすべて知りつくすと、中にあるのは水分とセンイだけですよ。三島さんの中にあるのは……。
三島 君の方が長生きするわ。不随意筋を動かすことは、何にも役立たないからおもしろい。
寺山 〝三島由紀夫の上半身を動かす夕《ゆうべ》〟なんてどうです？ (爆笑)
(略)
寺山 三島さん。いつか胸をこうやって動かすんだよって胸張っても、自在筋の動かない日が、ある日突然やってくるわけですよ。
三島 そういう日は来ないよ。
寺山 いや、来ます。そういうときにエロティシズムが横溢する。
三島 そういう日は来ないよ、絶対に。

……今からおよそ50年前、三島由紀夫が45歳で寺山修司が34歳、二人の言葉のボクシング……ねぇ、なかなかにいい勝負じゃん！

その後に〈寺山修司、論争名場面集〉という動画のアドレスが貼りつけてあった。タップすると、ファンファーレが鳴って『朝まで生テレビ！』のタイトルが出る。１９８７年のテロップ、番組開始早々、34年前の映像だ。
司会の田原総一朗の髪の毛が真っ黒で、まだ随分と若い。サングラスの中年男と、和服姿で扇子をぱたぱたやってる黒縁メガネの男性が、何か言いあっている。作家の野坂昭如と映画監督の大島渚だ。
野坂　だいたい大島とか三島とかってのは、目が笑ってないんだよ。
大島　どうして目が笑うんだい、えっ、目が声を出してアッハッハッハッて笑うのか？　じゃあ、その黒メガネを取って、目で笑ってみろよ……バカヤローッ!!
ぶちきれていた。
二人にはさまれて、ぎょろっとした目の顔色の悪い中年男が映る。
〈寺山修司（当時・51歳）〉のテロップが出た。
寺山　まあ、目は笑うとか笑わないとかじゃなくて、つまり、いわゆる、その……目はエロス的現実に対して開かれた窓、なわけデシ。
野坂　エロス？　とか、エロチシズムとか言われると、何を喋っていいかわかんなくなるね。まあ、オマンコっていうんなら、あらまほしき感じでもって、わかるけど。
寺山　オマンコのほうがいいなら、ぼくはオマンコでいいわけデシ。エロス……いや、オマンコは、オマンコであることによって、反オマンコに抵抗するオマンコの拠点として……。

うわっ、〃ザ・昭和〃のテレビ番組はゲスいなあ、と百合子は目を丸くした。

寺山修司はにこりともしないで「オマンコ、オマンコ」と連発している。

「ただいま不適切な発言がありました」と大慌てで局アナが謝罪した。

「エロスといえば、大島渚監督の『愛のコリーダ』なわけですけど」と司会の田原総一朗が水を向ける。

「いやあ、あれを公開した時は、本当に大変でね」と扇子をぱたぱたやりながら大島は笑った。

1976年、まだAV=アダルトビデオも存在しない時代に、和製ハードコアポルノ映画を撮った。日本で撮影したフィルムを、フランスで現像するという荒技だ。昭和11年の阿部定事件がテーマである（ちなみに阿部定を演じた松田英子は天井桟敷の女優だった）。

「『愛のコリーダ』には世界中が熱狂したわけだけど、ベルリン映画祭では突如、上映中止になった。警察にフィルムが押収されてね。阿部定が情夫のオチンチンを切断するシーンが、あまりにも生々しく残酷で不快感を与えるっていうんだな。たしか、ああ、あの時は寺山さんが現地にいて、擁護してくれましたね」

寺山の目がぎらりと光った。

「そう、ま、ぼくはこう言ったわけデシ。〈映画の中の犯罪の取り締まりは、映画の中の警察にまかせておけ〉って」

ほう、と一同が感心して声を上げる。百合子もハッとした。

寺山はドヤ顔だ。勝ち誇ったような笑みを浮かべている。

なるほど、人をハッとさせたり感心させたり、言葉のパンチで相手をノックアウトするのが大好きな人らしい。

次の動画へと移る。

〈1990年10月、大島渚&小山明子夫妻、結婚30周年パーティー〉

蝶ネクタイで黒いスーツの大島監督と着物姿の小山明子がにこやかに並び、壇上に立つ。マイクの前には黒メガネの男、野坂昭如だ。紙を広げ、祝辞を詠み上げていた。泥酔して、体がふらついている。

野坂は準備してきた祝いの和歌を披露しているようだが、べろんべろんに酔っ払っていて、ろれつも怪しく、何を言ってるやらさっぱりわからない。なんとか詠み終えると、大島に近づき、握手するかと思いきや、いきなり右こぶしを突き出した。顔面にフック気味のパンチを食らい、大島のメガネがふっ飛ぶ。よろけて後方に倒れそうになるが、なんとか体勢を立て直した大島は、血相を変え、反撃に出た。手持ちのマイクで、野坂の頭部を殴打する。ゴン！　ゴン！　と鈍い連打の音がマイクからスピーカーを通して会場中に響き渡る。今度は野坂がよろめいた。

スピーチを何時間も待たされて、怒った野坂昭如の泥酔パンチに、大島渚がマイク攻撃で応酬する珍事だ。着物姿の小山明子が二人のあいだに割って入って、止めようとする。が、野坂と大島は激しくもみあい、はね飛ばされた。小山の悲鳴が上がる。

と、その時、突如、脇から現れ、両者のあいだにサッと入った男がいた。

寺山修司だ。

クリンチしたボクサー同士を分けるレフェリーの仕草をして、その後、寺山はこぶしを握り締め、ファイティングポーズを取る。が、次の瞬間には野坂のパンチが炸裂した。寺山はふっ飛び、さらには待ち受けていた大島のマイクでボコボコに連打されて……あわれ寺山修司は涙目のまま、その場にノックダウンした。

〈なみだは人間の作るいちばん小さな海です〉

その海に、溺れ沈んだみたいだった。

続いて次の動画へ。

同じく1990年、『いかすバンド天国』とあった。TBSの深夜番組で、アマチュアバンドによる勝ち抜き形式のコンテストだ、との説明が入る。三宅裕司が司会していた。

なんとも奇っ怪な四人組バンドが登場する。坊主頭でランニングシャツでタイコを叩く、裸の大将みたいな奴、キノコみたいな頭髪で不穏な目をしたゲタ履きの奴、さながらゲゲゲの鬼太郎……水木しげる漫画の妖怪どものよう。奏でられる音楽も、どこか面妖だ。

〝たま〟というグループだった。演奏終了後、審査員のコメントが入る。

つるんとハゲたメガネのじいさんが、何やら興奮したようにまくしたてている。

「いや〜、ぼくは感動した! 音楽にこれほど心を打たれるのは、琉歌……そう、沖縄の島唄、美空ひばり、そしてビートルズ以来だな。彼らの音楽を聴くと、ぼくが幼少の頃、昭和初年の浅草六区の光景が甦ってくるね。常盤座、電気館、浅草オペラ、安来節、活動大写真……それに夢野久作に久生十蘭、江戸川乱歩、小栗虫太郎の世界だ。自由を感じる。〝たま〟の歌には、自由を求める心の調べが聴こえる。そう、人間のもっとも大切な自由は、自由になろうとする自由なのだ!!」

大絶讃だった。〈竹中労〉のテロップが出る。ケンカ竹中の異名を取る元祖ルポライター、反骨のジャーナリストである。

と、続いて隣席の審査員のコメントになった。寺山修司だ。

「ま、そのー……竹中さんには申し訳ないが、ぼくにはまったく響かなかった。どこか、こう、幼児的に孤立した内部への退行のようなものしか感じられなかったわけデシ。ま、『さよなら人類』っていうんだけど、そう唄う時の彼ら自身はいったい何類なのか？　めん類なのか、柑橘類なのか？　まるで何も見えない。幸福とは、幸福を探すことである——というジュール・ルナールの幸福論が虚しいのは、そこではいつも現在形の幸福だけがお預けを食らう、鼻先の〝にんじん〟であるわけデシ。つまり、竹中労が〝たま〟に見た、自由になろうとする自由……なんてのは、堕落しきった醜い奴隷の思想なのであって……」

何をっ！　と叫んで、スキンヘッドがぴかっと光り、じいさんが立ち上がった。隣席の男の衿首をつかみ、いきなりパンチを食らわせる。寺山はふっ飛び、たちまちノックアウトされてしまった。涙目のまま……。

〈なみだは人間の作るいちばん小さな海です〉

ああ、寺山修司という人は、言葉のボクシングでは最強でも、実際の殴り合いになるとめっぽう弱く、やられっぱなしのようだ。

舐めて癒すボクサーの傷わかき傷
羨みゆけば深夜の市電

サブコのブログの寺山修司研究、〈あしたのために〉を読み込み、疑問があればＬＩＮＥでメッセージをやり取りする。放課後、学校前の例の店で落ち合い、百合子は直接、レクチャーを受けた。喫茶・銀河鉄道は、いつ行っても、誰も客がいない。不思議だ。

「おばちゃーん。お茶、二つ、くださ〜い」と注文すると、「はいはい」と暗闇から声が聞こえ、足音もなく、老いた白い猫の足取りで女店主が現れる。

サブコはいつも湯呑み茶碗を両手で包み込んで、ふうふうと息を吹きかけ、ちびちびとすすっていた。猫舌なのに、なぜか熱いお茶を冷まして飲むのが好きなようなのだ。変なの、と百合子は思う。

「はい、これ」と大きな紙袋を手渡された。中を見ると、漫画本だ。十数冊は、あるだろうか。『あしたのジョー』だった。

「ほら、〈あしたのために〉の元ネタ」とサブコは言う。

「これ、読んどいてよ。寺山修司研究には欠かせないからさ」

年季ものの古本だ。どうやって手に入れたんだろう？　ともあれ百合子は数日をかけて、『あしたのジョー』の全巻を読みきった。

こんな古い少年漫画を読むのは初めてだ。どこかとまどい、なぜか新鮮だった。

ドヤ街に現れた少年・矢吹丈が、元ボクサーの丹下段平の指導を受け、チャンピオンをめざす物語だ。暴れん坊のジョーは少年鑑別所に収容される。段平から届いたハガキには〈あしたのために　その1〉とあり、ジャブの打ち方が書いてあった。それに従ってジョーは、ジャブを打つ練習を始める。

「何、サブコちゃんが丹下段平ってこと？」

「うん、そうだ。打つべし！　打つべし！　打つべし！　立つんだ、ジョ〰〰!!」

妙な声色を使って、サブコは叫び、こぶしを握り締めて、パンチを繰り出す仕草をする。百合子は吹き出しそうになった。

「へサンドバッグに、浮かんで消える〜、憎いあんちくしょうの、顔めがけ〜、たたけ！　たたけ！　たたけ！……」

サブコは唄う。アニメ『あしたのジョー』のテーマ曲だそうだ。

「うん、寺山修司の作詞。たぶん寺山でもっとも唄われた詩で、もっとも有名な仕事じゃないかな？」

少年院でジョーは、ライバル・力石徹と出逢う。やがて二人はリングで闘うが、ジョーはめった打ちにされ、マットに沈み、敗れる。直後に勝者・力石は、無理な減量がたたってか、死んでしまう。

この展開には、百合子も驚いた。

力石のほうが、ジョーよりもはるかに魅力のあるキャラクターに思えたからだ。

「あのね、当時、寺山はこんな文章を書いてるよ」


おそらく、力石は最初から死んでいたのであり、丈のように「闘うべき理由」など何も持っていなかったと言ってもいいだろう。思い出していただくとわかることだが、力石はつねに丈のリアクションとしてのみ登場してきた。あの、劇的な二人の「出会い」は、丈のもとに「あしたのために」の葉書を運んできた自転車の男が力石だったということである。力石は、丈の胸の内なる幻想として生まれ、そして、丈のリングの上での破産と共に消えて行ったのだ。

力石はスーパーマンでも同時代の英雄でもなく、要するにスラムのゲリラだった矢吹丈のえがいた仮想敵、幻想の体制権力だったのである。

（略）

力石は死んだのではなく、見失われたのであり、それは七〇年の時代感情のにくにくしいまでの的確な反映であると言うほかはないだろう。東大の安田講堂には今も消し残された落書が「幻想打破」とチョークのあとを残しているが、耳をすましてもきこえてくるのはシュプレヒコールでもなければ時計台放送でもない。矢吹丈のシュッ、シュッというシャドウの息の音でもない。ただの二月の空っ風だけである。（「誰が力石を殺したか」）


「うん、まあ、『あしたのジョー』の漫画連載が1968年の1月1日に始まる、つまり学生反乱……全共闘運動の渦中だよね。で、力石が死んだのが2年後の70年2月、そう、70年安保闘争に敗れた左翼学生の心情がさ、この寺山の文章にも読み取れるよねぇ」

サブコは神妙な顔をして言う。

「その翌月、70年3月には、日本で初めてハイジャック事件が起きてる。過激派組織・赤軍派のメンバーらが日航機よど号を乗っ取ったんだ。北朝鮮に亡命した。飛び立つ時に、こんな宣言をしたんだって。〈最後に確認しよう。我々は『あしたのジョー』である〉」

へぇ～、過激派が……あしたのジョー？

「うん、それだけじゃないよ。ハイジャック事件の一週間前にね、実は寺山修司が主催して、力石徹のお葬式をやったんだ」

ええっ、お葬式って……漫画のキャラの？

「そう、出版社の講堂に何百人も読者がつめかけてさ、力石の遺影が飾られて、お坊さんがお経を詠んで、みんなでお焼香をしたそう……」

サブコはスマホで検索して、次々と画像や記事を見せた。

黒い枠とリボンで囲まれた力石徹の遺影の前に、大学生ぐらいだろうか？　当時の若者たちがずらりと並んでいる。会場にはリングが作られ、ボクシングの追悼マッチが行われた。亡きボクサーを悼む十点鐘——テンカウントの弔鐘のゴングが打ち鳴らされ、起立した観客たちは黙禱する。原作の高森朝雄（梶原一騎）、漫画家ちばてつや、寺山修司の姿も見えた。

トランクスにグラブのボクサースタイルで尾藤イサオがリングに上がり、『あしたのジョー』のテーマ曲を熱唱する。

すると、突如、客席からリングに駆け上がる男の姿が……彫りの深い顔立ち、眼光鋭く、異様な殺気を帯びていた。煽情的朗読俳優を自称する、天井桟敷の劇団員・昭和精吾だ。

男は懐から取り出した紙を広げ、高らかに詠み上げる。寺山が書いた、力石徹への弔辞だ。

力石徹よ
君はあしたのジョーのあしたであり
橋の下の少年たちのあしたであり
片目のトレーナー丹下段平のあしたであり
すべての読者のあしたであった

力石徹よ
ジョーは君を倒す事だけに貧しさにたえ

流木やごみくずの集まる街からはい出て
血と飢えのボクサー生活にたえてきたのだった

力石徹よ
マンガあしたのジョーの中で
君に与えられた役割は、ひと口に言えば
体制社会の権力の投影によって成り立っていた
君はアメリカのスーパーマンの戯画のような顔して
資本家の支援を得て技術と判断によってリングに君臨していた

力石徹よ
すべての読者は君がリングの上で
いつかはジョーに叩きのめされるのを夢見ながら
同時にジョーは君には決して勝てないのだということを
自分の日常生活の中で思い知っていた

力石徹よ
それゆえこそ君はあしたであり
川岸にさす陽の光りであり
リングの中央にそびえる樫の巨木であったのだ

力石徹よ
君は英雄ではなかった
君はスラムのゲリラだった矢吹ジョーの
胸の内なる幻想、権力の露払い
仮想敵にすぎなかった男よ
ジョーの風来橋の下での犯罪
そして貧困と反乱の河の流れは
すべて君にむかって鍛えられていた

力石徹よ
おまえを殺したのは誰だ、誰なのだ
少年感化院の優等生、その挫折なき青春よ
おまえを殺したのは誰だ、誰なのだ
資本家づらしたサンドバッグよ
おまえを殺したのは誰だ、誰なのだ

「俺たちに明日はない」と
時代を先取りして死んでいった
機関銃ギャング、ボニーとクライドも密かに夢見た

明日という名の凱歌よ
おまえを殺したのは誰だ、誰なのだ
暗黒の航路のひとすじの光り
明日という名の生きがい死にがい
もう決して訪れては来ないのか
夢よふりむくな
おまえを殺した者の正体を突きとめるまでは

力石徹よ
おまえを殺したのは誰だ、誰なのだ
おまえを殺したのは誰だ、誰なのだ
おまえを殺したのは誰だ、誰なのだ
おまえを殺したのは誰だ、誰なのだ
おまえを殺したのは誰だ、誰なのだ

力石！

ひと声、叫んで、昭和精吾は弔辞を破り裂き、紙吹雪のように宙に舞い上がらせた。
呆然とする。あまりにも大げさで、深刻で、芝居がかっていて……というか、お芝居そのものだ。しかも、異様に熱苦しい。とても漫画のキャラを悼む、お遊びイベントのムードではない。客席には、目を真っ赤にして泣きじゃくっている若者たちもいた。

今からおよそ半世紀前、１９７０年3月24日に行われたという。ああ、そういう時代だったのかな？　と百合子は、ぼんやりと考えた。

「すごいねえ。でもさ、これで終わらなかったんだよ」

サブコは、しんみりと言う。

「それから35年後、２００５年2月に『デスノート』のLが死んだんだ」

えっ？

『デスノート』なら知っている。漫画も読んだし、映画やドラマも見た……テレビの再放送や、DVDでね。自分が生まれた頃に、こんな漫画が連載されてたのかって、驚いたもんだ。

憎い相手の顔を思い浮かべ、その名前をノートに書くと、そいつは死ぬ。デスノートを手に入れ、死神と取り引きする少年・夜神月《やがみライト》が主人公。次々と起こる怪死事件、その謎を追う名探偵こそ、Lだった。

主人公の夜神月は、イマ風のさわやかなイケメン少年の風貌で描かれている。だけど、Lは違う。

ボサボサ髪で、ぎょろ目で、血の気の失せた顔色をして、裸足で、椅子の上に乗っかり、膝を抱え、猫背で、いつも白いシャツを着て、親指をなめ、意外に運動神経がよく、極端な偏食で、ケーキやドーナツやフルーツポンチや、甘い物ばかり食べ……どこか奇妙な子供のように見える。

たちまち百合子は魅せられた。Lのファンになった。エキセントリックな魅力がたまらない。

映画やドラマで夜神月を演《や》った藤原竜也や窪田正孝よりも、うん、L役の松山ケンイチや山﨑賢人のほうが、ずっとずっとかっこよかったしね。

それゆえコミックスの7巻目で突如、Lが死んだ瞬間には、呆然とした。

そんな、そんな……嘘でしょ!? と思わず、声を上げ、涙が出た。

ああ、そういえば『あしたのジョー』を読んでいて、力石徹が死んだその場面で、Lが死んだ時のショックが百合子の内に甦ってきたのだ。

サブコはスマホを操作している。

「あのさ、当時、こんな文章が発表されたんだよね」

画面を見せた。

誰がLを殺したか

寺山修司

「週刊少年ジャンプ」の今週号で、『デスノート』のLが死んだ。夜神月に操られた死神に名前を読み取られ、殺されたのだ。巧妙にもこの漫画の作者は、Lの本名を我々読者に明かしていない。Lとは誰か？ いったい何者だったのだろう?

ノートに名前が記されると、その人間は死ぬ。これは何の暗喩であろうか？ 『デスノート』の卓抜な設定に、ふと想起したことがある。かつて私は、こう書いた。

〈偉大な思想などにはならなくともいいから、偉大な質問になりたい〉

私は思ったものだ。私自身の存在は、いわば一つの質問であり、世界全体がその答えなのではないか、と。

町ゆく人々に次々と質問をぶつける『あなたは……』というテレビ・ドキュメンタリー番組を作ったことがある。

〈今、一番ほしいものは何ですか？〉

〈もし、あなたが総理大臣になったら、まず何をしますか？〉

〈天皇陛下は好きですか？〉

〈あなたにとって幸福とは何ですか？〉

〈では、あなたは今、幸福ですか？〉

質問は多岐にわたるが……。

〈最後に聞きますが、あなたはいったい誰ですか？〉

これに対する人たちの反応は、まことに興味深いものであった。

「会社員です」「学生です」「一般市民です」「いえ、名乗るほどの者じゃありません」「名前は勘弁してください」「ははは、大した人間じゃないです」

829人のインタビューされた人たちの中で、自身のフルネームを明確に答えた者は、ほとんどいなかった。私は思ったものである。人々は自らの名前を赤の他人に知られること、おおやけに晒されることを、極度に恐れているのではないか、と。

メキシコのインディアンの部族には、名前を書いた紙に呪術をかけられると、その者は死ぬ——との言い伝えがある。それゆえ部族民らは真の名前を隠して、偽名によって生活する風習があるのだという。案外、『デスノート』の発想は、こうした類感呪術的な実名禁忌の民族神話に根ざすものかもしれない。

思い出すのは、宮崎駿監督のアニメ映画『千と千尋の神隠し』だ。主人公の少女は千尋という本名を奪われ、千という偽名で異界を旅する。やがて本名を奪い返すことで、現実世界にぶじ帰還を果たすのだ。

『千と千尋の神隠し』と『デスノート』、21世紀に入ってからの大ヒット作品は、奇妙にも共に「名前を守る」という同一主題によって貫かれていた。これはいったい何の教訓であろうか？

現在のインターネット社会では、名前を晒すことで、思わぬ攻撃に遭う。たとえば匿名の少年犯罪者が、その名前を暴かれ、批難や中傷の集団リンチに遭ったりもする。時には社会的生命すら抹殺されるのだ。その意味で、ネットの匿名掲示板＝2ちゃんねるこそ、デスノートなのだと言えるかもしれない。

『千と千尋の神隠し』の千尋にとって千とは、いわゆるハンドルネームであって、これはインターネット社会を生き抜く智恵をもたらす教訓譚でもあった。『デスノート』がこれほど若い世代に支持されたのも、SNSの過酷な匿名空間で、日々、名前を晒されることに脅えて生きる若者たちの恐怖心が根底にあったからに違いない。

すると、さて、Lとは何者か？　『デスノート』の主人公・夜神月と宿敵・Lのその風貌に着目したい。さわやかな美少年・夜神は正義の味方であり、対するLは異形の悪人のように見える。実際は、夜神こそ殺人鬼（＝キラ）であり、Lはそれを追う名探偵なのだ。いったい、どういうことだろう？

夜神月は、単純な悪人ではない。法律によって裁かれない悪人を、『デスノート』によって抹殺する過剰な正義の使徒だ。彼は法律を超えている。やがて新世界の〝神〟をも自称するまでに自意識を肥大化させるだろう。

ハンス・マグヌス・エンツェンスベルガーの『政治と犯罪』によれば、「犯罪者は国家の競争相手であり、国家の暴力独占権をおびやかす存在である」という。これこそキラ＝夜神月の定義にふさわしかろう。

夜神月は、悪ではない。過剰な正義だ。過剰な正義を、正義によって裁くことはできない。凡庸な正義＝警察権力は屈伏するしかないだろう。

そこで、Ｌが召喚される。Ｌは、正義ではない。善でもなければ、悪でもない。善悪の彼岸（ニーチェ）に立つ、異形の者だ。

ボサボサ髪の隙間から、ぎょろ目を覗かせる——特異なその風貌に、私はどこかで逢ったような気がしていた。

そうか……はた、と膝を打つ。

『忍者武芸帳』の影丸だ！

安保闘争の60年と70年の分岐点で、反体制運動にさまざまな分裂が起きていた頃、白土三平の漫画『忍者武芸帳』は、貸本屋の本棚からとび出して、幻の指導の役割を果たした。農民一揆を指揮する革命家の影丸が主人公である。死んでも、すぐに生き返る超人的な忍者・影丸が、実は不死身ではなくて、他の仲間によって「影丸」を引き継がれていたのだと知った時のショック！

『デスノート』の第21話「裏腹」には、こんな場面がある。夜神月とＬが面識を得て、カフェで対話する。互いの腹を読み合い、推理合戦を繰り広げるのだ。自らがＬだと名乗る目の前の男に、夜神は疑いを抱く。それに対する返答——。

「正直に言うと、今、Ｌと名乗っている者は私だけではありません」

その上で、夜神にもキラの捜査に加われと言うのだ。つまり、Ｌの一員になることを要請するのである。

これは夜神を引っかけようとするトラップ（罠）、レトリックにすぎないかもしれない。が、存外に重要な意味を孕む。

L
『DEATH NOTE』
（集英社）③巻，P.16より
©大場つぐみ＋小畑健

影　丸
『忍者武芸帳 影丸伝』
（小学館）第1巻，
P.132より©白土三平

つまり、『忍者武芸帳』の影丸が単体の忍者ではなく、複数の分身によって引き継がれていたように、Lもまた、個人の名前ではなく、集合名詞であるということ。その風貌のみならず、両者はそっくりだ。

もう、言ってしまってもいいだろう。

そう、Lとは影丸の子孫なのだ！

さて、Lの名前である。この奇妙な「L」というアルファベット表記、頭文字に続く全体の名前は、いかなるものだろうか？

ところで、夜神月は「月」と書いて「ライト」と読む。月明かり、すなわち、ライトとは……Lightである。頭文字は「L」だ。

さらに言えば、月の女神、ルナ（Luna）。ルナティック（Lunatic）とは、月の影響による狂気――を意味する。

すべて頭文字は「L」。

なるほど、Lとは、夜神月のことであった！　いや、夜神月のアルターエゴ、分身。エドガー・アラン・ポーの短篇「ウィリアム・ウィルソン」に現れるドッペルゲンガー。Lが夜神の分身なら、彼らの知力が拮抗し、テニスの腕前も互角なら、夜神が一発殴れば、即座にLが一発蹴り返す……その対照の妙も容易に了解できる。

Lを殺したのが夜神月であるならば、すると、彼は自らの分身を抹殺したことになる。

今から35年前、『あしたのジョー』の力石徹が亡くなった。私は、力石が矢吹丈のリアクションであり、丈の胸の内なる幻想であったと書いた。

今、その力石とLの姿が、ぴたりと重なり合う。

力石が死んで、『あしたのジョー』の物語は急速に求心力を失った。やがて丈は破滅に向かい、真っ白に燃えつきる。

歴史は繰り返す。『デスノート』の物語もまた同じ轍を踏むのだろうか？

いや、Lが影丸の子孫である限り、その分身たちが、そう、Lの遺志を継ぐ者らが次々と現れ、夜神月に対峙するのであろうか？

それは、わからない。

しかし、Lが死んだこの今、一度はきちんと彼の魂を葬り、その死を悼みたいものだ。

力石徹の葬儀以来、35年ぶりに私は喪主を務めたいと思う。

そうだ、Lの葬式を開こう。

ぜひ、参列を願いたい。


えっ、Lの葬式！

百合子は衝撃を覚えた。

そんなのって、ありか!?

サブコの手にするスマホの画面には、〈2005年2月〉のテロップの動画が映し出される。どこかの川沿いの原っぱだ。大勢の人々が群れ集っていた。男もいれば、女もいる。若い世代が多い。みんな真っ白な服を着ている。白いローブのようなものを身にまとい、フードをかぶっている者もいた。

誰もが無言で、ただそこに佇んでいる。

陽が傾き、あたりが次第に暗くなった。

夕暮れだ。

ふと白い衣装の群れが、一斉に顔を上げる。

川沿いの土手に、一つの影が現れた。

白いローブを着た男だ。フードをかぶっている。風にローブがはたはたと揺れていた。

男はフードを脱いだ。

「寺山修司だ!」

誰かが叫んで、指差した。どっと一同はどよめく。ごま塩の半白髪で、シワの刻まれた顔、ぎょろっとした大きな瞳《め》にきらきらと夕陽が反射している。

〈寺山修司・69歳〉のテロップが出た。

寺山はゆっくりと土手を降り、その中腹に立つ。両脇に長い黒髪の二人の少女を従えていた。共に純白のローブを着ている。一人の少女は、黒い枠の額を胸に抱えていた。ボサボサ髪で、ぎょろ目の青年の肖像がそこにある。

Lの遺影だ。

「葬儀を始める」

ぼそっと寺山がもらし、うなずいた。今一人の少女が、ろうそくを取り出し、小皿に立て、寺山に手渡す。マッチを擦って、火をつけた。

「点燈！」と今度はしっかりとした声が出る。

川原の人々は、みんな用意したろうそくに火をつけた。

夕暮れの原っぱが、無数のろうそくの光で照らし出される。

夢幻的な光景だ。

ギターの調べが聴こえる。

土手の上から、今一つの影が現れた。

アコースティックギターを爪弾きながら、ゆっくりと降りてくる。

白いローブを着て、背の高い、長髪でサングラスをかけた中年男。

J・A・シーザーだ。

かつての日本の三大フーテンの一人、劇団・天井桟敷の音楽を担当していた。

シーザーは寺山の斜め後ろに立ち、無表情のまま幻想的なギターの調べを奏でている。

「昭和！」

と、寺山がひと声かけると、また一つの影が土手を降りてきた。

寺山が場所を譲る。

白いローブのフードを脱ぐと、男の顔が現れた。

昭和精吾だ。

そう、かつて力石徹の葬式で高らかに弔辞を詠み上げた、あの男である。

額が後退して、蓬髪で、削げた頬には幾筋ものシワが刻まれ、かつてのあの煽情詩青年は、今では初老の男に変貌していた。

眼光の鋭さだけは変わらない。瞳をぎらぎらと光らせた昭和精吾は、夕暮れの土手の中腹にすっくと立ち、目の前に白い紙を広げた。

朗々と声を張り上げて、詠み上げる。

Lへの弔辞だ。

Lよ
ICPO＝国際刑事警察機構も、日本の警察庁も
頼りにする、最後の切り札
どんな難事件も、世界中の迷宮入り事件だって、必ず解決してしまう
明智小五郎も、金田一耕助も、シャーロック・ホームズも顔負け
正体不明の名探偵

Lよ
ある時は竜崎、またある時は流河旱樹、いくつもの偽名を持ち
君の本当の名前を、誰も知らない
夜神月と共に東応大学に首席入学
イギリスのテニスの元Jr.チャンピオン　でも、友達はいない
「月《ライト》くんは、私の初めての友達です」

Lよ
そんな夜神月を、君は追いつめる
1%の疑いと、明晰な頭脳による推理と、執事のワタリの有能な働きと
始終、口にする、甘い食べ物のエネルギーによって

Lよ
ボサボサ髪で、ぎょろ目で、目の下にクマを作り
裸足で、椅子に乗っかり、しゃがんで
スヌーピーの漫画『ピーナッツ』のライナスのように、いつも親指をしゃぶり
ドーナツや、ケーキや、フルーツポンチや、生ハムをよけた生ハムメロンや……
角砂糖を山盛りにしたコーヒーや
そう、君は偏食王子
コーヒーカップの黒い液体の表面に映し出される
ラテアートのようなL、君の顔

Lよ
夜神月のアルターエゴ、分身
ドッペルゲンガー、精神的双生児
君と夜神とは、あまりにも似ている、似過ぎている

夜神が一発殴れば、君が一発蹴り返す
常に互いの心理を探り、読み合う
さながら鏡に映った自分自身を読むように

Lよ
遂に君は、夜神月と手錠とクサリでつながれ
24時間行動を共にする
「男同士でキモいよ！　こっち系？」と夜神の恋人ミサミサに疑われ
ＢＬ系の読者らを狂喜させた
だが……

Lよ
おまえを殺したのは誰だ、誰なのだ
死神レムがおまえの名前を探り、デスノートに書いた
その死神を操っていたのは、夜神月だ
では、夜神月を操っていたのは？
作者だ、作者を操っていたのは？
夕暮れの憂鬱だの、遠い国の戦争だの、一服のタバコの煙だ
そして、その夕暮れの憂鬱だの、遠い国の戦争だの、一服のタバコの煙を操っていたのは
時の流れ

時の流れを操っていたのは
糸巻き、歴史
いいや、操っていたものの一番最後にあるものを見ることなんか
誰にもできやしない

Lよ
おまえを殺したのは誰だ、誰なのだ
おまえを殺したのは誰だ、誰なのだ
おまえを殺したのは誰だ、誰なのだ
おまえを殺したのは誰だ、誰なのだ
おまえを殺したのは誰だ、誰なのだ

L！

高らかに叫んで、昭和精吾は弔辞を破り裂き、宙に舞い上がらせた。夕闇に真白い蝶の群れのように紙吹雪が飛んでゆく。

昭和精吾が退き、再び寺山修司が土手の中腹に立った。

「Lを殺したのは……」

寺山は、土手下の川のほとりに群れ集う白装束の人々を見廻して、ふいに人差し指を突きつける。

「……おまえだ！」

びくっと群衆が反応する。

指を上下左右に動かして、人群れの誰彼となくその顔を差し続けた。

「おまえだ！　おまえだ！　おまえだ！　おまえだ！　……おまえたちだ！」

寺山の目がぎらぎらと輝いている。

「この匿名社会で、名前を伏せ、じっと息を殺し、必死で空気ばかりを読み、自らの存在を消して、名前を明かした者らをインターネットの匿名掲示板というデスノートに晒し、炎上させ、なぶりものにし、集団リンチにかけ、遠巻きに傍観し、薄笑いを浮かべ、見殺しにする……そうだ、おまえたちなのだ!!」

一気にまくしたてた。すごい気迫だ。みんな息を飲んでいる。

「Lは……」

一拍置いて、群衆を見る。

「……おまえの罪を背負って、死んだ」

また、人差し指を突きつけた。

「おまえ！　おまえ！　おまえ！　おまえ！　おまえたちみんなの罪を背負って、死んだのだ」

寺山の肩が震えている。息が上がったようだ。

しばしそうしていたが、やがてゆっくりとうなずくと、傍らを見る。長い黒髪の少女が、小皿に立てたろうそくとペンを手渡した。火のついたろうそくに文字を書き込む。

〈寺山修司〉、と。

そうして、ゆるりと土手を降りてゆく。自らの名前を記したろうそくを両手に持ったまま。

川のほとりの白い人群れが、さーっと両側に分かれて、道を作った。その真ん中を寺山は歩いてゆく。さながら海を割って歩く映画『十戒』のモーゼのように。川のほとりに立つと、急に寺山の背が10センチ程も低くなった。ヒールの高いポックリサンダル、通称テラヤマシューズを脱いだのだ。

裸足のまま、川へと入ってゆく。たちまち腰まで水に浸かった。

火のついたろうそくを両手で持ち、頭上に掲げる。

「自らの名前を晒す者は……」

息を飲む。

「……Lになる」

ろうそくを立てた小皿を、水に浮かべた。笹舟のように。

〈寺山修司〉と記された火のついたろうそくは、ゆっくりと川を流れてゆく。

それを見送るように、寺山は両腕を高々と上げ、広げる。

「Lは、私だ……寺山修司！」

夕闇に大音声が響き渡る。

J・A・シーザーのギターの調べが一段と高くかき鳴らされた。

「Lに続け！」と誰かが叫んで、いくつかの人影が川の中へと入ってゆく。

「私は、Lだ……新高けい子！」

「僕は、Lだ……萩原朔美！」

「あたしは、Lだ……蘭妖子！」

「俺は、Lだ……森崎偏陸！」

かつての天井棧敷の劇団員たちが、次から次へと叫び、自らの名前を記したろうそくを川に浮かべる。

それに続いて白装束の若者たちも、わっと立ち上がって、我先にとろうそくに名前を記し、川の中へと入っていった。

「私は、Lだ」「僕は、Lだ」「あたしは、Lだ」「俺は、Lだ」……それぞれの名前が声高に叫ばれ、川面に響き渡る。

あたりはもう夜の闇だ。

無数のろうそくの光が水面を埋めつくす。名前が、名前たちが、川を流れてゆく。

灯籠流しのように。

ギターの調べに見送られながら。

寺山修司の姿は?

もう見えない。

ただ、白い小さな光だけが、川の向こうに昇天してゆくのが見える。

それは幻影だったろうか?

さながら、その人は白い鳥に化身して、空高く飛翔してゆくように見える。


〈どんな鳥も、想像力より高くは飛べない〉

第3章　60年代テラヤマ演劇を生きる

「ユリコ〜ん」

妙な声が耳元で聞こえ、いきなり後ろから抱きつかれた。

大世古ゆかりだ。〝大世古親方〟のぽっちゃりとした肉体に背後から密着され、ぼよんぼよんとした柔らかい圧迫感を背中に覚える。

「やめてよぉ〜」と百合子は体を振りほどいた。

ゆかりは、けらけらと笑っている。

朝の学校の廊下だった。

「で、どした……寺山は？」

「うん、あのー、それがさ……」

ゆかりの紹介でサブカル部を訪ね、部長の小山田啓に会った。そこで相談しようとしたら、宇沢健二って人が出てきて……。

「宇沢健二って……ウザケン？　げっ、あのインチキ臭いOBの？」

うん、そう、そいでワーッとまくしたてられちゃってさ。

あちゃ〜、という顔をする。

「ウザケンってさ、ホンット、口だけだよ。偉そうなことばっかこいて、いざとなるとまるっきしダメ。あっちのほうもね、馬みたいな顔してんのに、馬なみはおろか、ネズミみてえにちっちゃいインポ野郎でやんの」

えっ！

「ほら、部長の小山田啓ね。なよなよっとして、いかにも草食系男子です〜って顔してっけど、これがまあ、なんと意外にもあいつのほうが下半身も、精力も、持久力も、そりゃあ、すげーでやんの」

げげげっ！　つうことは何、ウザケンとも小山田部長とも、ゆかりは関係を持ったってわけ？

「あったりまえじゃん。男ってさ、そいつの本質は……食ってみなきゃあ、ゼーッタイ、わかんないよ」

ふーん。

「ごっつぁんです」

大世古親方は手刀を切って、例の懸賞金を受け取る仕草をすると、がっはっはっと笑いながら廊下の花道を去っていった。

百合子は、ぽかんとしてしまう。

男の子とつきあったことが、ない、わけじゃあ、ない。うーん、あれが、つきあいと言えるかどうか……。

一緒に東京ディズニーランドへ行こうと約束して、来ないんで電話すると「あれ？　横浜にいるよ、ドリームランドじゃなかったっけ？　なんか到着したら影も形もなくて、大昔に閉園したみたいで……」と言うマヌケ男子だった。

正直、恋愛にはあんま、ときめかない。

アイドルの恋愛ソングがいいのは、それが現実の恋愛とはまったく関係がなく、100％のフィクション、架空の世界のものであるがゆえに、ときめけるんだ。そう思う。

母親は40歳過ぎだが、異様に若作りで、仲良し母娘のオーラを発散し、タメロの女子しゃべりですり寄ってくる。

「ねーねー、ユリコ〜、BTSのジョングク様って、かっわいいよね〜……きゅんっ♡」

近頃では韓流の男子アイドルに夢中なようだ。あ、も、ついてけない。

父親は、存在感が薄い。平凡すぎるサラリーマンA、つう感じ。のび太の大人バージョンのスケッチを薄いエンピツでラフに描いて消えかけてる、みたいな。当然、ドラえもんは出てこない。

百合子は平々凡々な一人娘だ。

毎日が退屈で、つまんない。退屈が大好き！　なんてホザくスノッブ娘が時たまサブカル界隈に生息してるもんだが、けっ、グーパンチで殴り倒したくなる。

で、アイドルに憧れた。自分もアイドルになりたい、と志願した。

『ぐるぐるカーテン』のMV《ミュージックビデオ》で、かわいい女の子たちの中に混じって、チェックのスカートをつまんで、永遠にぐるぐるしていたい――なあんて思った。たわいないもんだ。

それが、どうだろう。今では寺山修司っつう、詩人？　劇作家？　ノゾキ魔？　煽動家？

……正体不明の謎のクリエイターについて、ひたすらお勉強している。

チビで、丸っこくて、赤縁メガネをかけた、女の子版丹下段平のきびしい指導に従って。

にしても、そう、『デスノート』のＬのお葬式はショックだった。なーんかゾクゾクきた。何だろう、これって。

自分がアイドルに求めるものは、退屈からの脱出だ。同じく、寺山修司がやってることも、日常性からの解放かもしれない。

だけど、あまりにも強烈で……ああ、これじゃない感、も強いのだ。

困惑しているその時だった。またもやメッセージが届く。

〈あしたのために　その２〉

えっ？


テラヤマ演劇とアイドルとの関係について……考えるべし！　考えるべし！　考えるべし！

百合子はスマホの画面に目を凝らした。


俳句や短歌を書き、詩人から出発してその後、さまざまなジャンルで活躍した寺山修司だけど、もっとも成功したのが演劇だよね。世界的にも評価されてるし。

その寺山が突如、アイドルグループをプロデュースするという。演劇は芸能のいちジャンルなわけだし、アイドルは芸能界の一部だ。当然、寺山のアイドルに対する関心は、演劇の延長上にあるものでしょ？

で、さ。すなわち、ゆえにテラヤマ演劇について、考えるべし！　考えるべし！　考えるべし！　と。

寺山と演劇とのつながりの原点は、少年時代だね。母親が米軍キャンプのメイドとして九州へ行っちゃったんで、13歳の修司少年は母方の大叔父の家に引き取られる。青森市の歌舞伎座という映画館だった。スクリーンの裏側に、彼の部屋があったんだって。で、いつも裏側から「映画をさかさまに見ていた」ってのが、寺山の十八番《おはこ》発言なんだけど。後に〝さかさま映画論〟を書くわけだから、まあ、できすぎだよねえ。

歌舞伎座ってのは、映画館というより、実は劇場だった。花道もあれば、升席も廻り舞台もある。けど、劇場経営はうまくいかず、映画館として寺山の大叔父が買い取ったみたい。それでも時折、そこでお芝居があった……と鈴木忠志との対談で言ってるよ。

寺山　そこにドサ回りの一座が入るわけだ。田舎だから、娘義太夫がきたり、説経浄瑠璃がきたり、SKDドサ回り班がきたりするわけ。そういうのがあると、結局おれは寝るところがなくなるから、映写室へ行って寝なければならない。興行がやってくるのはかなり切実な事件だっていう感じがあったわけだ。まさに芝居によって日常生活が変わるわけだ(笑)。(略)それで梅沢昇のドサ回りの剣劇だとか、酒井雲の浪花節のとき、うしろのほうにいて拍子木たたくの手伝ったりしていた。そういう意味で、芝居にまったく無縁な育ち方ではなかった。

そんな事実はまったくなかった、って大叔父の親族は断言しているよ。ああ、またまたお得意の過去の捏造、嘘つき修ちゃんだよねえ(笑)。

たぶん、そう、一発カマしたかったんじゃないかな?　ライバル鈴木忠志に対してね。俺は、あんたみたいな青白いインテリ演劇人じゃないんだ、ドサ回り一座の芝居小屋出身なんだぞってさ。

ともあれ、少年時代の寺山修司が劇場に住んでいたってのは、事実みたい。演劇というより劇場、劇空間のほうに後にあれほどこだわりを見せた原点が、そこにあるのかもね。

本当か嘘かってのも、彼がそう思いたかった……自らの過去を脚色して、〝劇化〟したってところが、そもそも演劇の始まりじゃないか？　って、ま、あまりにも好意的すぎる解釈かしら笑笑

寺山は18歳で上京して、早稲田大学に入る。そこで詩劇『忘れた領分』を書いたってのは、前にも言ったっけ。

面白い話があってさ、実は当時、結成されたばかりの劇団四季に、入団希望のハガキを送ったっていうんだ。もし、入団していたら、俳優・寺山修司による『キャッツ』の怪演が見られたかもニャ〜。

劇団四季の代表・浅利慶太と寺山は親友になる。意外だね。自民党政治家とべったりで、利権あさり慶太なあんて言われる体制的演劇人と、アングラで異端の反逆者テラヤマが仲良しなんてさあ。

長い入院生活を経て、退院。24歳の時、劇団四季のために書いたのが『血は立ったまま眠っている』だ。初の長篇戯曲だね。これが「文學界」に掲載された。同じ年（昭和35年）、小説『人間実験室』を同誌に発表してもいる。作家・寺山修司は、実は『太陽の季節』の石原慎太郎と同じ「文學界」デビューなんだな。

その「文學界」7月号を買った大学生がいる。夏休みに故郷・長崎に帰省して、6歳下の中

学3年生の弟に「面白い芝居だから読んでみろよ」と手渡した。『血は立ったまま眠っている』は60年安保闘争の渦中、テロリスト青年が主人公の劇だ。読んだ弟クンは眠れないほど興奮してね、将来は政治か？　演劇か？　とまで夢想するようになった。

やがて弟クンは上京して、早稲田大学に入る。演劇を選択した。劇団なかまを結成して、大隈大講堂で『血は立ったまま眠っている』を上演する。戯曲を読んでから5年後、65年秋のこと。あ、その弟クンってのは、東由多加のことだね。後に東京キッドブラザースの主宰者となる。当時、寺山は女優・九條映子と結婚して、新居に住んでいた。そこに東由多加が転がり込む。『家出のすすめ』を読んで上京した家出少年少女らが次々とやって来る。

劇団・天井桟敷の結成だ。

寺山夫婦に東由多加、イラストレーターの横尾忠則、メケメケ歌手の丸山明宏……今の美輪明宏だね、それに家出少年少女ら多数。プロの演劇人は一人もいない。

天井桟敷って劇団名は映画『天井桟敷の人々』から拝借したんだろうけれど、そもそも劇場の桟敷席、天井あたりにある安い客席のことを言う。つまりは劇団・観客席……観客サイドから発する演劇集団って意味かな？　いかにも寺山らしいね。

〈怪優奇優侏儒巨人美少女等、募集!!〉

これが劇団員募集の告知文だ。あっ、そう、今回のTRY48のメンバー募集の告知文とまんまおんなしだよね。うん、やっぱ寺山にとってアイドルプロデュースは演劇の出発点と共通するところがあるんじゃないかなあ……

「寺山修司が子供時代に引き取られたのが、劇場だったんでしょ？　で、浅利慶太と仲良くなって『血は立ったまま眠っている』を書いたと。その戯曲が載った雑誌を、わざわざ長崎まで持ち帰った大学生がいて、それを読んだ中学生の弟クンが感激する。上京して、5年後に上演して、寺山とつながって……天井桟敷ができたわけでしょ？」

「うんうん」

「すっごい偶然の連続だよね〜。ちょっとでも狂ったら、そうはなってない。たとえば大学生の兄貴が「文學界」を読まなかったら、故郷に持ち帰らないわけだし、弟クンも寺山の戯曲を読まない。5年後、早稲田で『血は立ったまま眠っている』は上演されないし、東由多加と寺山修司の出会いもない、天井桟敷も結成されていない……」

「うんうん」

サブコは神妙にうなずき、ふうふうと息を吹きかけて冷ましたお茶をひとすすりした。

喫茶・銀河鉄道だ。例の列車の座席のような椅子に、二人は並んで座っている。

百合子は疑問点をぶつけていた。隣席の赤縁メガネがきらりと光る。

「いいところに気づいたね、ユリコさん。あのさ、寺山は自らの演劇について、こう言ってるよ。出会いの偶然性を想像力によって組織すること……」

「偶然性を……組織する？」

「うん、そう。寺山にとっちゃ、出会いとか偶然とかって、もんのすごい大きなテーマなんだ。最初、俳句や短歌を詠んでたってのは、ほら、寂しい子供が一人遊びしてたわけでしょ？　そっから出会いを求めて演劇を始めたと。モノローグからダイアローグへ——って本人は言ってるけどね」

ふーん。

「父親が戦死したのも、母親が自分を捨てたのも、引き取られ先が劇場だったのも、み～んな偶然でしょ？　自分は無力な子供にすぎない。けど、その偶然の出会いを想像力によって転化すること、それが彼にとっての演劇だったんだ」

うーん。

「もし、東由多加と出会わなかったとしても、ま、寺山のことだから、なんらか演劇的なことはやったと思うよ。けど、天井桟敷みたいなカタチにはならなかったんじゃないかなあ」

サブコは例によってサクサクとスマホを操作すると、次々と画像を見せる。いつか百合子も検索したテラヤマ演劇のステージ写真だ。なんともおどろおどろしい。

「天井桟敷の旗揚げ公演は１９６7年4月、『青森県のせむし男』だ。〽さあ、さあ、お立ち会い！　これからお目にかけますするは、悲しい男の物語。親の因果が子に報い……と、少女浪曲師が口上をうなり、せむし男が舞台に現れ、シスターボーイの丸山明宏が舞い踊り、ラストで駆け廻るはずの百匹の光るネズミの群れはバタバタと死滅して、も、大騒ぎ。続く『大山デブコの犯罪』では寄席の新宿・末広亭の高座を百貫デブ女の巨体が占拠して、ピンク映画のヒロイン新高恵子が舞台女優に転身して花開き、ジンタの奏でる『天然の美』が流れ、さながらサーカス、見世物小屋の復権だ。〽愛することは、肥ること。大山デブコのおでましよ。人生はお祭りだ！　大入り満員の観客たちは度胆を抜かれたってさ」

サブコは朗々と謡《うた》い、うなり、語っている。ノートをちぎって折り曲げた、ちっちゃなハリセンをパパンパンとテーブルに叩きつけ、調子と勢いをつけながら。

「時あたかも60年代末、ゲバ棒、投石、ヘルメット、反体制運動の東京戦争、学生闘士らで市街は騒然とし、新宿西口広場はフォークゲリラに占拠され、〽友よ、戦いの炎をもやせ、夜明けは近い、夜明けは近い～（パパンパン）……花園神社にゃあ唐十郎の紅テント、佐藤信の黒テント、鈴木忠志や別役実の自由舞台、蜷川ミカミカのお父《と》っつぁん幸雄と清水邦夫の真情あふるる軽薄さっ！　現代人劇場……とアングラ演劇まっ盛り、とりわけ寺山修司の天井桟敷は演劇であるより、やっ、一大スキャンダルだった！　（パンパンパパンパン）……丸山明宏、〽父ちゃんのためならエンヤ～コ～ラ～、後のヨイトマケ美輪明宏サマ主演の『毛皮のマリー』は記録的な大当たりとなる。アートシアター新宿文化をぐるりと取り囲んだ入りきらなかった客たちは、マリー！　マリー！　のシュプレヒコールで、たまらず楽屋に駆け込んだ寺山は「丸山さん、もう一回演《や》ってください！」、真夜中の再演と相成った次第。

ああ　マリーよ
聖なるおかま　監獄の熾《し》天使
味噌汁の地中海にうかべた漕役船の
魂の航海図よ　どうか
塩の木からおりてきて
かなしみの少年の睾丸《こうがん》を洗ってやっておくれ

（パパンパンパンパンパパンパン）」

ふ～、とひと息ついて、サブコは冷めたお茶をぐびりと飲んだ。

「入口から入りきらないばかでかい舞台装置を作った横尾忠則に、ノコギリで切って入れろと寺山、冗談じゃあない！　ボクの芸術作品に刃物なんか入れさせない……とキレて横尾が去り、苦悩して若き東由多加は逃亡し、「寺山サン、ボクに丸山明宏クンを貸してくれ」と三島由紀夫、人身売買よろしく勝手な男たちの密談で、美輪サマは『黒蜥蜴』の舞台へと去ってゆく、〽ああ、歴史はみんなウソ、去ってゆくものはみんなウソ、あした来る鬼だけがホント！（パパンパン）……スターなき天井桟敷の舞台にゲイボーイやレズビアン集団、ヒッピー、フーテン、フリークスらが蠢《うごめ》き、『家出のすすめ』に煽《あお》られた家出少年少女らが大集結、『書を捨てよ、町へ出よう』、受験雑誌の投稿欄――そう、〝言葉の暴力教室〟にして〝魂のグループサウンズ〟、〝思想のボクシング・ジム〟に集うハイティーン詩人たちが、わっとステージに駆け上がり、自らの詩を唱い叫ぶ……私が娼婦になったら　いちばん最初のお客は　おかもとたろうだ／ぼくは性典　きみたちのお抱え哲学者　気弱者の味方　くらまてんぐさ／とびたい人には、とび方を教えますよ　人力飛行機、なみだエンジンまわして　みなさん、空を見あげて下さいあの空を！　とびましょう！　とぶことは、すばらしい　さあ、みんな、両手がつばさです　こうやってひろげて下さいいいですか？　手はひろげましたか？　……大地を力一杯蹴って、はるかなはるかな、はるかな青空めざし、思想への離陸！　一、二の三！／そしてぼくはニッポンの若い――　そしてぼくはニッポンの若い――／東京！　東京！　東京！　東京！　東京！　東京！　サンドイッチ赤シャツよ単語帳繰返す予備校生浄土真宗に焦る色白のアキラヘルメット反戦唱える放蕩息子国分寺に本拠置く「部族」よ里帰りの船酔いに困惑する新妻よ高速道路つっ走るミニスカートよ塵箱漁る黒猫金の眼よまだ恋人のいないあご髭よ蝶ネクタイスタイルの男よ破けた看板キック・オフ擦切れた青空キック・オフああひとたちひとたちキック・オフキック・オオフ！

新宿駅　東口からキック・オフ！
新宿駅　東口からキック・オフ！
（パパンパンパンパンパパンパンパン）」
一気に叫び終えると、「だーっ」とうめき、テーブルに倒れ伏した。さすがに力尽きたようだ。

ぜいぜいと息を切らし、赤縁メガネのレンズが熱気で曇っている。

「わしゃ死んだ……60年代テラヤマ演劇を生きるのは、ちかれるの〜」

その言葉にハッとする。

評する、でも、紹介する、でもなく、生きる！　なるほど、サブコちゃんは今、テラヤマ演劇を全力で生きているのだ。尋常ではないそのパワー、いったい、このエネルギーや情熱は何なんだろう？　百合子は首をひねる。

むくり、とまた起き上がると、よっしゃあ！　とこぶしを握り締め、ぱんぱんと両頬を叩いて
「もういっちょ、やったるかあ」とサブコは自分に気合いを入れた。

スマホの画面には奇っ怪な建物が映し出されている。

「天井桟敷館……テラヤマ演劇の本拠地だよ。１９６９年春、渋谷の並木橋にできた」

巨大な口裂けピエロの顔の看板、鼻が時計になっている。その周りには、バラバラのマネキン人形の頭やら腕やら脚やら胴体やら、さらには車輪やら開運吉兆方位図やら何やらかにやらガラクタ・オブジェが一面にちりばめられている。デザインは粟津潔。紅白の縦縞のオーニング、地下に劇場があり、アンダーグラウンド——まさにアングラ劇場だ。

「一階が喫茶店でね、和服姿のおばちゃんがレジにいるんだけど、なんとこれが寺山修司の母親なんだ！　天井桟敷館を作るお金を寺山ママに出資してもらって、こうなった。家出のすすめとか、母親を捨てろとか、けっこう過激なこと言ってるけど、自分は家出なんかしたことは一度もなく、実は寺山はひどいマザコンなんだ。まったく母親に逆らえない。九條映子との結婚に猛反対され、逃げ出すように二人で挙げた結婚式にも、恐くて母は呼べなかった。この母親の寺山はつさんってのが、まあ、強烈な人でね、ことに息子の修司に対する執着は異様で、さまざまなト

ラブルを引き起こす。心理学者が「精神病院に入れていい状態だ」と進言したが、とても寺山にそんなことできっこない。九條映子に息子を奪われて怒り狂った、はつさんは真夜中に何度も新婚夫婦の家に訪ねてきて、窓ガラスに石をぶつけて割るわ、火のついた衣類をリビングに投げ込み、大火事になる寸前だわで、も、大変！　大慌てで寺山夫婦が水をぶっかけて消火すると、それは若き日の息子・修司が入院時代に着ていた浴衣に火をつけたものだった……」

啞然とする。

サブコのたくみな語りに誘《いざな》われて、いつしか百合子は１９６９年、渋谷の天井桟敷館の前に立っていた。

巨大な口裂けピエロの看板が笑っている。金髪のアフロヘアでサスペンダー、絞り染めのＴシャツに金ラメのショートパンツ、カラータイツの女の子がくるりと振り返ると……なんと赤縁メガネ！　サブコちゃんだ。

百合子は目の前の大きなウインド、ガラスに映る自分の姿を見た。

真っ赤なショートヘアにハートのヘアバンド、長いまつ毛、きらきら星のスカーフをなびかせ、色とりどりのボーダーの超ミニのワンピから素脚をさらしてすっくと立つ。

「イカスゥ～、ユリコさん♡　宇野亜喜良のイラストの女の子みたい、イエイエ娘♪　おサイケだね～っ!!」

サブコは虹色の渦巻きのペロペロキャンディをなめながら、けらけらと笑っている。

二人は、目の前の天井桟敷館へと入っていった。

一階は喫茶店だ。レジの女性がジロッとこちらをにらむ。恐い～、和服姿のおばちゃん……あ、寺山修司の母親だ。背後の窓には、その寺山はつさんとまったく同じ姿の絵が描かれている。

そばの柴犬がワワンと吠えた。

（タロウだよ、はつさんの愛犬さ）

サブコの心の声が、百合子に聞こえる。赤縁メガネがにんまりと笑った。

店内には巨大な大山デブコの人形がデンと置かれていて、目を惹く。壁面には、逆立ちしたピエロやらゴリラの顔やら目玉の曼陀羅図やらがちりばめられていて、なんとまあ、にぎやかな昭和のウルトラポップだ。

けれど客は……くたびれた感じのおっさんたちばかり。コーヒーをすすりながら、みんな手元の新聞に赤エンピツで何やら書き込んでいる。

（競馬の馬券買いのおじさんたち。ほら、店の真後ろに場外馬券売り場があるでしょ？）

なるほど。二人は階段を降りていった。

あたりは薄暗い。地下劇場である。狭い空間がぎっしりの観客で埋めつくされていて、異様な熱気だった。

中央にはロープが張られて、さながらボクシングのリングのよう。その向こうに巨大な筋肉ムキムキの裸の男のオブジェがそびえ、力こぶを作っていた。星条旗が肩に掛けられている。

薄暗さに目が慣れると壁のポスターが見えた。

〈時代はサーカスの象にのって〉

裸女のイラストが戦車の上にまたがって大砲をつかんでいる。
●アメリカ！　アメリカ！　アメリカ！　アメリカ！　アメリカ！　アメリカ！
●星条旗よ永遠なれと叫びながら狂っていった父への挽歌
●観客にも与える一分間に百万語

◉詩とエロチシズムと狂気のドキュメンタリー

真っ赤な文字が躍っていた。
ふいに目の前が真っ暗になる。何も見えない。完全暗転だ。
カ〜ンとゴングが鳴った。
ロープを張ったリングのステージがスポットライトに浮かび上がる。
リズム・アンド・ブルースが聴こえてきた。なんともデカダンな調べだ。

〽ハロー　ハーロウ
ジーン　ハーロウ

「お休みの時は何をかけて寝ます？」
「目覚まし時計をかけて寝るわ」

〽ハロー　ハーロウ
ジーン　ハーロウ
愛さないの
愛せないの
愛さないの
愛せないの

音楽に乗って、らせん階段を女が降りてくる。肌もあらわな白いドレスで、毛皮を巻きつけ、真っ白に塗りたくった顔に、しどけない仕草で。往年のハリウッドのセックスシンボル、地獄の天使、グラマラス女優……ジーン・ハーロウを真似た、まぎれもない日本産ぽっちゃり女子だ。

和製ハーロウはリズムに乗り、しなを作ってリングをひと廻り、ゆるりと舞い踊り、やがて中央の椅子に腰掛ける。セクシーに脚を組み、長いタバコに火をつけて一服した。

「ハーロウさん、あなたの下着の色は何色ですか？」

「トイレは一日、何回行きますか？」

「バスルームではどこから洗いますか？」

「尺八って何ですか？」

「知ってる体位はいくつありますか？」

リングサイドから盛んにエッチな質問が飛び、そのつどニセハリウッド女優は意味ありげに笑い、身をくねらせる。何やらむにゃむにゃと答えている。

「みんなであなたをくすぐってもいいですか？」

和製ハーロウは自信たっぷりに「ふふふ、できるもんならね」と応じると、わっとリングの下の男たちが駆け上がる。寄ってたかって取り囲んで、くすぐりまくる。女のカン高い悲鳴、嬌声が響き渡った。やがて男たちは、ぽっちゃりハーロウをかつぎ上げて、わっしょいわっしょいとリングを降りていった。

観客たちは拍手喝采で沸いている。

リングサイドに、すらりとした長身の青年の横顔が見えた。茶色いタートルネックのセーターを着て、にこりともしない。長い髪で、端整な顔立ちだ。

（……萩原朔美だよ。この芝居を演出してる。23歳。そう、萩原朔太郎の孫、『月に吠える』の詩人のさ。イケメンだよね〜）

サブコの内心の声が、解説してくれる。

また場内が真っ暗になり、ゴングが鳴ると、スポットライトがともされる。

長い黒髪で大きな瞳、エキゾチックな顔立ちの美少女が、リングの真ん中にぽつんと一人、立っている。薔薇《ばら》の花を一輪、胸に握り締めていた。

波の音、ギターの爪弾き、ハーモニカの調べが哀愁を帯びている。

〽時には〜母のない子のように〜

（カルメン・マキだよ。18歳。寺山作詞の曲がミリオンセラーになった。この年の紅白歌合戦にジーンズに裸足で出演する）

カルメン・マキがしんみりと唄い終えると、また真っ暗になって、ゴングが鳴る。

明かりがともると、シャツの前をはだけた伊達男が、リングのロープに片足を掛けていた。

真っ暗な闇の中、スポットライトに浮かび上がる、鋭い眼光。彫りの深い面貌……どこかで見たような顔立ちだ。

アメリカよ
小雨けむる俺の安アパートに貼られた一枚の地図よ
そして
その地図の中に消えていった名もない二年前の俺　またの名は
遥かなる大西部の家なき児よ

チャーリー・パーカーのレコードの古傷を撫でる
後悔の　侮蔑の

男は朗々と詩のようなものを口ずさんでいる。

ニューギニアの海戦で父を殺したアメリカよ
コカコーラの洪水の
カーク・ダグラスのあごのわれめのアメリカよ
アボットとコステロを生んだアメリカよ
何よりもホットドッグのうまい　老人ホームの犬は、芸当が得意な
おさらばのアメリカよ
大列車強盗ジェシー・ジェームズのアメリカ
できるならば一度はそのおさねを舐めてみたいナタリー・ウッドのアメリカ
カシアス・クレイがキャデラックにのって詩を書くアメリカ　「心の旅路」のアメリカ
そしてベトナムでは人殺しのアメリカよ

あっ、そうだ……昭和精吾だ！

百合子は気がついた。

来年、１９７０年の３月に『あしたのジョー』の力石徹の葬式で弔辞を詠み、それから35年後には『デスノート』のＬを悼む詩を、河原で叫ぶことになる……あの男だ。

星条旗よ　永遠なれ
アメリカ　アメリカ　アメリカ　それはあまりにも近くて遠いバリケード　歌うな　数えよ
カマンナ、マイ、ハウスのアメリカよ　地図には在りながら
しかしまぼろしのアメリカ！
それは過去だ　一切の詩は血を流す
醒めるのだ　歌いながら
今すぐに　アメリカよ！

昭和精吾の絶叫とともに、場内が暗転した。

ゴングが鳴って、さらにまたスポットライトがともる。

アメリカンフットボールのユニフォームを着た男が立っていた。男はホイッスルを吹く。金属的な笛の音があたりに響き渡った。

「ただ今から、アメリカンフットボールのルールによる〝幸福論〟の試みを行う」

楕円形のボールがリングに投げ込まれ、男が受け取った。

「諸君は、ボールを手にしているあいだだけ、しゃべることができる。ただし一分以内だ。一分間以上ボールを手にしていたら……」

ホイッスルが鳴る。

「反則！　ボールを他の誰かにパスすること」

リングには数名の男女が上がっていた。

「誰でも15分間だけは有名になれる、アンディ・ウォーホル。いや、ここでは一分間だけだ。ボールが客席に飛んで受け取ったら、観客の諸君も語ってほしい。これはスピリチュアル・ラリー、魂の集会だ。今こそ、一分間で百万語の〝幸福論〟を。いざ、キック・オフ！」

　ホイッスルが鳴った。

　ボールが空中に飛ぶ。リングの男が受け取った。

「永続性のある友を求む。当方42歳、男性。誠実な交際をのぞんでいます。生活上の御迷惑はおかけしません」

　ボールがパスされる。

「お手紙下さい。当方趣味、切手と男性フォト、フンドシ縛り責め、男性ヌードフォトあり多数、同好の方におわけします。福岡ナルシスト」

　ボールが女性に渡った。

「一人息子の帰りを待つ母親です。息子は1メートル55センチ、家出当時の所持品は、東京地図、タオル、「平凡パンチ」、息子の名は健一です」

　ボールがリングの外に投げ出された。客席の誰かが受け取る。見ると、半白髪で赤ら顔、ちょびヒゲのいかにも場違いな中年男だ。

「う、うわあ……こりゃ、弱っただんべ。おんら、今朝、東京さ着いた。はとバスのツアーで、皇居だ、後楽園だ、そんでもってここさ連れられて来た。おんら、なーんも知らね。これ芝居っけ？　たまげたなあ、新橋演舞場の三波春夫ショーとまんず違うだね。おんら、そんだらもって、おんら、おんら、おんら……」

　ホイッスルが鳴った。

うわあ！　と男は叫んで、ボールを放り投げる。

びゅん、と目の前に飛んできた。

金髪のアフロヘアの赤縁メガネ……そう、サブコちゃんが受け取った。

ボールをしっかと握り締めると、一つうなずき、にんまりと笑う。

「えと、あのー……あたしは50年後の未来からやってきました」

えっ、何を言いだすの!?　客席がざわついている。

「2020年、新型コロナウイルスが蔓延して、世界は大変なことになってます。〝書を捨てよ、町へ出よう〟と寺山修司は言ったけど、自粛要請、緊急事態宣言、不要不急の外出禁止、町へも出られず、みんな〝スマホを持って、家へこもろう〟という感じです」

失笑がもれた。スマホ？　何だ、それ？　という声も聞こえる。

サブコはボールをリングへと投げ入れた。

そっと影が近づいてくる。

「よおよお、お嬢ちゃんよお、面白いじゃんか」

長髪でぶしょうヒゲの若い男だった。毛玉の浮いたくたびれたセーターを着ている。にやにやしながらサブコに話しかける。

「未来からやってきたんだって？　もしかして、お嬢ちゃん、ホモフィクタスかよ？　ホモフィクタスの機構性言語をもってさ、ほら、ホモルーデンスの文明統御によって数値を科学化する我々は、つまり……」

何を言ってるやら、さっぱりわからない。

サブコは、ぴんときた顔をする。

「あ……芥正彦」

「えっ、お嬢ちゃん、俺のこと知ってんの？」

「うん、5月に東大で三島由紀夫と討論した、全共闘の人でしょ？」

「ああ、あれを見にきてたのか？　ははは、娘を肩車してさ、あんたはデマゴコスだ！　つったら、三島もめんくらってたよなあ」

　芥正彦は目を細める。

「お嬢ちゃんさ、50年後の未来からやってきたんだろ。で、２０２０年？　俺はどうなってるんだろう。ま、死んでるかな？」

　サブコはゆっくりと首を横に振る。

「ううん、大丈夫、健在！　来年11月にね、三島由紀夫が市ヶ谷の自衛隊で大変なことやるのね。で、伝説的な存在になる。２０２０年、『三島由紀夫VS東大全共闘』という映画が公開されてさ、芥さんは73歳で、50年前を回想してる。全共闘運動は敗北したわけですが、とインタビュアーに問われて、敗北？　知らないよ、そんなこと。君たちの国では、そういうふうにしたんだろ？　俺の国では、そうなってない!!　って血相を変えて怒鳴りつけて、映画館中が観客たちの笑い声に包まれる……」

　ふっと芥正彦は真顔になり、首をひねると、向こうへ行ってしまった。

　ホイッスルが鳴って、真っ暗になる。

　ゴングの音が聞こえ、またスポットライトがともった。

　セーラー服の女の子が、若者たちに担ぎ上げられてリングに上がる。両腕を広げ、前を向き、まるで飛んでいるような姿勢だ。

制服少女はすとんと着地して、一人、リングの中央に残された。すっくと立っている。凛とした表情の美しい女の子だ。

少女はセーラー服の胸元から紙を取り出して、広げた。

「お父さん！　今日はお父さんに宛てた手紙に詩を一篇、同封します」

（あ、ハイティーン詩人の家出少女・雪子ちゃんだ！）

サブコの内心の声がもれた。

「堕落とは一時の気まぐれ甘い感傷だと吐き捨ててダービーの日の二〇〇〇円惜しみながら「遊撃戦」空に描き財産目録もないずんどうのポケット風にふくらみ歩きすぎたということはない……」

少女の頬が紅潮してゆく。

「……ビルとビルの渓谷の藍にみかん色の月浮びプラスチック管流れるネオンに今日も日本万国協賛の文字彫り込まれたハイライト吸って三光町都電通りの二条の線路物理的沈黙に廃墟の町は魂の叫び！」

大きな瞳がうるんでいた。

「東京！　東京！　東京！　東京！　東京！　宮脇まり子先生お元気ですか、すべり台からとばした赤い風船届きましたか病気はもうなおりましたか川村千津子さん私はあなたに手紙は書きません吉田寿美さんもう一度だけ会いたいですスピード狂の倉岡修さん私たちの涸れた思い出はどこに沈んでしまったのでしょう……」

少女はセーラー服のスカーフをほどき、ぱっと宙に投げ上げた。

「……〈時間＝距離×速さ〉と20の公式教えてくれた久家先生赤ちゃん生まれましたかもう一度

だけ歌わせて下さい「乾杯の歌」夏の夜5円で買った黄色いひよこ空には飛びませんでした飛んだのは黒い鳥でした今空には飛行機がニューヨークへ急いでいます……」

セーラー服を脱ぎ、スカートを脱いで、白いスリップを放り投げた。

「……朝が赤橙黄緑青藍紫スペクトルで分けられるのにわたしには見えない朝と不安がる少女共同生活した四畳半白壁の部室……欲情やがて消えるステーションビルのネオンサイン孤独の喜悦夢よ憧れよグリーンハウスよ……」

ブラとパンツも脱ぎ捨て、放り投げて、もう真っ裸だ。

「……破けた看板キック・オフ擦切れた青空キック・オフあぁひとたちひとたちキック・オフキック・オフ！

新宿駅　東口からキック・オフ！

新宿駅　東口からキック・オフ！」

生まれたままの姿の少女の絶叫が響き渡って、場内が真っ暗になった。

すげっ、最果タヒもびっくり……となり、シンとする。

(あ、大変だ！)

暗闇の中でサブコに手を握り締められ、百合子は思いっきり引っ張られていった。

階段を駆け上がる。すっごい勢いだ。

ど、ど、ど、どーしたの、サブコちゃん？　と呼びかけても、無言。こうなると、も、豆タンクは止まらない。

一階の喫茶店へ行くと、ざわついていた。店内の客たちが立ち上がり、みな広いウインドのほうを見ている。和服姿の店主、寺山ママ、はつさんも呆然として震え、立ちつくす。傍らで柴犬がワワンと吠えていた。

窓の外には、人だかりが……サブコに手を引っ張られ、百合子は扉を出た。

店の前では男たちが群れ集い、何やら奇声を上げている。

「寺山を出せ、寺山を！」

「何だと？　いきなり来て、失礼じゃないか？」

「失礼なのはそっちだろ、天井桟敷……この野郎、葬式の花輪なんかよこしやがって！」

男たちは対峙して、盛んに罵声を飛ばす。やがてつき飛ばし、つかみ、もみあいになった。

百合子は目を丸くする。

一方の男たちの異様な風体ときたら、どうだろう。みなキテレツな衣裳を着て、白塗りで目張り、隈取りのような奇っ怪なメイクだ。

（……状況劇場だよ）

えっ？

（天井桟敷のライバルのアングラ劇団員たちさ）

サブコの内心が教えてくれる。

攻めたてる一群の中央に立つ、小柄な男が目に留まった。瞳を不気味にぎらつかせ、全身からすごい妖気を漂わせている。

（座長の唐十郎だよ。寺山修司より5歳下、いわば寺山の弟分。二人は古くからの知り合いで、仲がいい。唐は初戯曲を寺山に捧げたし、寺山も状況劇場の旗揚げ公演に推薦文を寄せた。唐がテント小屋で芝居をやるアイデアも、寺山がヒントを与えたそう）

えっ、なんでそれが、こんなもめごとに？

(ちょうど今、天井桟敷館の裏手にある金王神社の境内に紅テントを張って、状況劇場が公演をやってるんだ。そこに寺山が葬式用の花輪を贈ったの)

葬式用の花輪!?

(うん、天井桟敷の旗揚げ公演に唐十郎がパチンコ屋の店先に飾られていたようなぼろぼろの花輪を持っていった。それに対する返礼で、寺山もジョークのつもりだったんだろうけどね。後に二人は対談で、こんなふうに語ってるよ。

唐=草月会館で寺山さんが『青森県のせむし男』なんかやると、きれいな花輪が一杯届いていた。ぼくが雨に打たれたぼろぼろの花輪を届けに行った。あれは本気なんだよ。つまり、どんなきれいな花束よりも僕の持っていった老残の白鳥みたいな花束のほうが絶対美しいという。

寺山=だから一番いいところに飾った。俺は花輪に腹を立てたりしなかったよ(笑)。

今夜、状況劇場の芝居がハネた後、衣裳とメイクのままの役者たちが一杯ひっかけ、酔っ払って、寺山修司は俺たちにケンカを売ってるのか! って、気勢を上げ、座長の唐十郎を先頭に殴り込みに来たってわけ)

殴り込み!? わっ、恐っ。ヤクザ映画みたい。百合子は、ぶるった。

異様な妖気の唐座長を取り巻くのは、黒いハットにヒゲで三白眼の謎紳士、背の高い金髪の女……いや、男? いやいやオトコオンナ? さらにはつるんとはげたスキンヘッドで獣のようなうなり声を上げる怪入道と……みんな白塗りの奇人変人で、さながら見世物小屋から飛び出してきたような異形の一群だった。

対する天井桟敷サイドは、弱っちい。ひょろっとしたヤサ男の萩原朔美はじめ、いかにも文化系インテリ男子の軟弱な風情。状況劇場一派に完全に押されっぱなしである。

「おら〜っ、寺山修司を出せよ、寺山をよお〜っ！」

その声に反応するかのように、道路の向こう側に停止した車のドアが開き、誰かが走ってきた。はおったコートをひらめかせる、大柄の男……寺山修司だ！

車の運転席から心配そうに見つめる短髪の女性は……妻の九條映子である。

「なんだ、いったい？」

寺山は一群に割って入る。息を切らして、唐十郎たちと対峙した。

「えっ、どうしたんだ？」

「葬式の花輪をよこすとは、嫌がらせか！」と唐の背後の誰かが叫んだ。

ああ、ともらし、寺山はぼそりと呟く。

「……ユーモアだ」

しかし、なまったその発音は正確には伝わらない。

「ハーモア？　ふざけんな！」

背の高い金髪の女？　男？　オトコオンナ？　が唐の前に飛び出した。寺山の腹部にこぶしをお見舞いする。よろめいた寺山はカウンター・パンチを繰り出し、アッパーカットで相手を叩きのめした。

（四谷シモンだよ……後の世界的な人形作家。この時、25歳。状況劇場の女装役者だった）

「うぎゃあ〜っ！」と絶叫して、黒いハットにヒゲの謎紳士がなだれ込んでくる。腕を振り廻して、大暴れ、三白眼をぎらつかせて、さながら狂犬のよう。

（大久保鷹だよ……伝説の怪優さ）

その場が騒然となった。劇団員同士が殴りあい、つかみあい、もみあい、もはやバトルロワイヤル状態だ。野次馬が取り囲み、天井桟敷館の前は人群れであふれ、明治通りに飛び出して、車が止まり、渋滞して、クラクションが鳴りやまない。

寺山は孤軍奮闘で、襲いかかってくる敵方役者に次々とパンチを繰り出す。やがて唐十郎ととっ組みあいになった。唐は猛烈な勢いで突進して、寺山を壁際に追いつめる。しかし、それ以上、殴りかかってはこない。やはり兄弟ゲンカか？　怒り爆発してなお兄貴分へのひそかな尊敬が押し止めるのか？

寺山が唐の耳元で何か囁いている。

「劇団員の興奮を醒まさせろ」

その時だった。破壊音が耳をつんざく。

喫茶店の前にあったコカコーラの看板を、四谷シモンが高々と持ち上げて、その広いウインドに投げつけたのだ。描かれた寺山はつのイラストもろとも巨大な一枚ガラスが音を立てて割れ、砕け散った。

店内から悲鳴が上がる。実物の寺山はつだ。寺山ママは狂ったように泣き叫び、身をよじり、ふるわせた。愛犬タロウがワワンワンワンと吠えまくっている。

サイレンの音が鳴り響いて、赤いランプを点灯させたパトカーが次々と到着した。路上の公然暴力行為で現行犯逮捕、寺山修司と唐十郎がお縄となる。大暴れした劇団員たちも警官隊に取り抑えられ、次々とパトカーに押し込まれた。警察署へと連行されてゆく。

百合子もサブコも呆然と立ちつくしていた。あんぐりと口を開け、ただ、ジッとその様を見つめているだけだ。

アングラ劇団員が乱闘
「天井桟敷」と「状況劇
団員が路上で乱
寺山修司ら逮捕
〝初日に葬
寺山・唐ら九人を逮捕
アングラ劇団員が乱闘
寺山修司と唐十郎
両座長ら9人逮捕
渋谷
2大アングラ劇団、夜の乱闘
寺山修司
唐十郎

翌日の新聞紙面、各紙の大見出しが次から次へと目の前に浮かび上がってくる。ああ、今、自分は大変な場所にいる、寺山修司の一大スキャンダル劇、いや、天井桟敷VS状況劇場！　そう、日本の演劇界の歴史的闘争現場に立ち会っているのだ——と百合子は気づいて、身が震えた。

と、その時だった。

警察官に取り抑えられ、腕をつかまれて、パトカーに連行される殴り込み劇団員の一人が、ぎろりとこちらをにらむ。つるんとはげたスキンヘッドだ。不気味な怪入道は、うなり声を上げると、突如、路上の少女たちに体当たりを食らわせてきた。

百合子は突き飛ばされ、倒れ、背中からガードレールに激突する。

（うわっ、怪優・麿赤兒《まろあかじ》だ!?　息子の大森南朋《なお》はまだ生まれていないっ……）

ええっ、大森南朋？　シブいイケメン俳優の？　まさか、その父親がこの兇悪な怪入道？　信じらんない……グググッてみたら〈大森南朋（おおもり・なお）、父は俳優、舞踏家の麿赤兒。1972年生まれ……〉、なるほど69年にはまだ生まれていないっ……衝突と背中の痛みでくらくらしつつ、百合子は倒れながらうなずき納得する。

目の前が真っ暗になった。

星が見える。ぽつんと一つ、明るい。北極星だ。その下に、ひしゃくの形の七つの星。北斗七星……。

黒い壁に投射された人工の星たち。

薄暗い店内で、はっと目が覚める。

喫茶・銀河鉄道である。

ああ、自分は夢を見ていたのか？

それとも……。

そう、この時空を超える幻の銀河鉄道に乗って、半世紀も前の渋谷へと旅に出ていたのだろうか？

天井桟敷館。口裂けピエロ。寺山ママ。愛犬タロウ。時代はサーカスの象にのって。和製ジーン・ハーロウ。萩原朔美。カルメン・マキ。昭和精吾。芥正彦。家出少女の雪子ちゃん。新宿駅東口からキック・オフ！　状況劇場。唐十郎。四谷シモン。大久保鷹。それに、運転席の九條映子。寺山修司のアッパーカット。パトカーと警官隊。そして、麿赤兒と、まだ生まれていない大森南朋……。

さっき見たばかりの光景が、次から次へとフラッシュ・バックする。

ふと隣を見ると、サブコちゃんがテーブルに突っ伏して眠っていた。赤縁メガネがはずして置かれ、メガネを取ると、つるんとした顔で、なんだか赤ん坊みたい。寝顔があどけなくて、かわいい。

何やら、むにゃむにゃと呟いている。

「……夢の中で、夢を見たわ。夢だと思っていたことが現実で、現実だと思っていたことが夢だった、という夢なの」

寝言でまで、テラヤマ名言かよ!?　ふっと百合子は苦笑する。

「ところで、サブコちゃんさあ」

そのあどけない寝顔に話しかける。

「あのー……新型コロナウイルスって、いったい何のことなの？」

第4章　ももいろクローバーZを論じる

◉寺山修司がプロデュースする、アイドルグループ・TRY48のメンバー募集が始まりました。

詳細は以下の通りです……


遂に始まった。

百合子は、スマホに目を凝らす。

インターネットの情報サイトにアップされた告知記事だった。

いつぞやツイッターで見かけた謎の呼びかけ文——〈怪優奇優侏儒巨人美少女等、アイドル大募集!!〉。発信元が〈アイドル実験室・TRY48〉とあるだけで、一切、説明がない。どう応募していいやらも不明だった。

何だ、コレ？　臆測が臆測を呼ぶ。どうやら、寺山修司がアイドルグループをプロデュースするようだが……。その内実が、さっぱりわからない。

　インターネット上では侃々諤々、さまざまな意見が飛び、議論が交され、マジかよ、もしや釣り？　フェイクニュースじゃね？　なあんて声が囁かれ始めた頃、メンバー募集の正式ニュースが発表されたという次第。

　なんだか、それ自体が寺山修司の仕掛けた巧妙なたくらみのよう。虚と実が入り混じって、疑心暗鬼をあおり、妄想をパンパンにふくらませ、先入観を打破し、やがてはち切れて……すわっ、一大スキャンダルを巻き起こす。

　いかにもテラヤマらしいやり口——うん、そうだ、そうに違いない、と百合子はしっかりうなずいた。

　彼女の味方、心強いトレーナー、チビで、丸っこくて、赤縁メガネをかけ、猛烈な馬力で突っ走る、豆タンクのような超天才少女……そう、猫舌の鬼コーチ、女の子版・丹下段平ことサブコちゃんの〈あしたのために〉、寺山修司研究の汗と涙の猛特訓の、そりゃ成果だったのだろう。いささかサブカル感度の鈍い百合子にしてさえ、いわゆるテラヤマらしさ？　ってのを、ふわっと理解するようになったのだ。大した成長じゃないか。

　インターネットによる受付で、スマホで応募できる。百合子はホッとした。いまだに手書きの履歴書で郵送のみのオーディションがけっこうあったりもしたから。

　いや、なんのこたあないネット応募だと、ほら、プロフィール写真が最先端のデジタル技術によって、こってり盛れるからね。百合子は、デカ目で、細身で、肌がつるんとなるアプリを駆使して、こってり盛った自撮り写真の作製に全力を尽くした。

　応募条件はみな同じだから、当然ながら、デカ目で、細身で、肌がつるんと盛られた自撮り写真が、応募先に殺到している……なあんてことには気づかなかったかな？
プロフィールに書くことは、だいたいテンプレ通りだったけど、ま、これでいいや、と適当に書き流す。寺山ビギナーズのこのあたしが、今さらひねってみたって、ね〜……と、ため息をつく。百合子は、自分の感性を過信したりしないのだ。
ともあれ、ま、やれることは、やった。あとは結果を待つのみ。
なあんて思ってたら、即座に返信が来た。

〈第一次審査に合格されたことを通知します……〉

れれれ、カックン、と思わずつんのめった。生まれて初めてオーディションの書類審査に合格したのだ。が、わっ、やったー！　と躍り上がるような感情は、全然、わき起こらない。速い。あまりにも速すぎる。マジ、大丈夫か？　このオーディション……。ちゃんと審査してるの？と不安になった。

速くなければいけない
ぼくは速さにあこがれる。ウサギは好きだがカメはきらいだ。

と、『書を捨てよ、町へ出よう』の冒頭に書いてあるけれど、ちょ、ちょっ。ちょっと速すぎじゃん、寺山修司……なんつってね。
〈……第二次の面接審査の日時は、追ってお知らせします〉とあった。さあ、大変だ。いったい、どうする、どうなる、どうしよう？　と、百合子はあたふたするだけだ。

「やったね、ユリコさん」

赤縁メガネの女子が、にんまりと笑う。

喫茶・銀河鉄道だった。例によって、二人は横並びの座席に腰掛けている。

「おばちゃーん、お茶二つ、くださ～い」

と声をかけ「はいはい」と老いた白い猫のような女店主が足音もなく現れて、湯呑み茶碗を二つ、テーブルの上に置いた。

サブコはそれを両手で包み込んで、ふうふうと息を吹きかけて冷まし、ちびちびとすする。靴を脱いで、両足を椅子の上に乗っけて、ちょこんと体育座りのようにひざを折り曲げ、両手でつかんだ湯呑み茶碗に顔を突っ込み、ちろちろと舌をさし出すその姿は、なんだかクルミを抱えた森の小リスのようだ。かわいい。百合子は、思わず頬がゆるんでしまう。

はあ、この森の小動物が……超・天才少女なんだからなあ。

お茶を飲み終え、顔を上げ、ぷは～っ、と奇声をもらすと、サブコは言う。

「でもさ、やっぱ、さっすが寺山修司だよね」

スマホを素速く操作していた。

「もう、こんなのがアップされてるよ」

寺山修司、アイドルを語る

ネットのカルチャーサイトのインタビュー記事だった。

――寺山修司さんがこのたびアイドルグループ、TRY48をプロデュースされることがすごい反響を呼んでいて、大いに期待しております。

寺山　ありがとうございます。

――これまであらゆるジャンルで多彩な活動を展開されてきた寺山さんですが、奇妙にもアイドルとはあまり接点がなかったように思われますが。

寺山　そうですかね？

――ええ、たとえば寺山さんは劇中歌はもとより歌謡曲、ブルース、シャンソン、フォークソング、全国の学校校歌、それに五木ひろしの演歌『浜昼顔』や、テレビアニメ『戦え！オスパー』のテーマ曲まで、数百曲に及ぶ歌の作詞をされています。けれど、アイドルとなるとわずかにフォーリーブスの楽曲や郷ひろみのアルバムの収録曲、豊川誕のB面曲ぐらいで、女性アイドルの曲の作詞はまったく見あたりません。

寺山　う〜ん。

――膨大にある御著書を調べても、アイドルに関する文章は見つからず、せいぜいピンク・レディーのケイ、増田恵子がお好きだということぐらいしか……。

寺山　はっはっはっ。

――もしかしたら、あえて意図してアイドルを避けておられる？

寺山　いやあ、そんなことはありませんよ。

──それだけに、突如、今回、アイドル……しかも女の子アイドルグループをプロデュースされることが、意外だったんですが。

寺山　なるほど。じゃあ、まず、アイドルとは何かについて、考えてみたい。idolとは直訳すると、偶像ですね。教会のキリスト像のようなもの。つまり、神の代替物です。これが日本に入ってくると、idle……怠けた、価値のない、職のない、実働していない、空転している、の意味が付加される。ほら、エンジンの空転を、アイドリングって言う、あれです。idolにしてidle、つまり「役立たずの神」ですね。かつて僕は「俳優とは、貨幣である」と説いた。社会人類学者ジェームズ・フレーザーの呪術の定義からすれば、俳優は代理人（stand for）としてのワラ人形にすぎない。俳優は観客に代わって、もう一つの現実を具現し、観客の死を死ぬ。すなわち交換価値によって評価される。これは貨幣の機能そのものです。マルクスの『経済学・哲学草稿』の中の貨幣論──〈市民社会における貨幣の権力〉では、貨幣とは「人類の外在化された能力である」という。人間の疎外された本質、類としての本質ですね。これは「神とは人類の自己疎外に他ならない」というフォイエルバッハの神学にヒントを得たものでしょう。マルクスは、ゲーテやシェークスピアの戯曲を引いて、論じている。シェークスピアにとって貨幣とは、①目に見える神、であり、②娼婦、であるという。神にして娼婦。つまり、idolにしてidle、役立たずの神、すなわち日本型のアイドルそのものですよ。西欧の俳優や歌手、エンタテイナーらは、あくまで演技術や歌の上手さといった能力によって評価される。日本のアイドルは違います。歌はヘタだし、ダンスも今一つ、容姿やスタイルだって、決してきわ立ったものではない。すると、じゃあ何を評価軸とすればいいのか？　ファンです。ファンが彼女をアイドルと認めれば、アイドルである。これはマルクスというより、岩井克人の『貨幣論』を想起させます。一万円札は、ただの紙きれにすぎない。なぜ、それが一万円の価値を持つものとして流通するのか？　人々がその紙きれに一万円の価値があると信じているからだ、と。そこに根拠はない。神に根拠はないように。信じるしかない。誰も信じなければ、ただの紙きれになってしまう。演技能力で評価される西欧型の俳優が、金《きん》と引き換えられる兌換《だかん》紙幣だとすれば、何とも引き換えられない日本型のアイドルは、不換紙幣だとも言える。ただ、信じるしかない。そこには跳躍がある。命懸けの跳躍が。僕が、まあ、俳優を主体とする演劇から、アイドルへと興味を移したのは、兌換から不換へ、いわば無根拠なものに賭けたい……ちょうどそう、ドストエフスキーの『賭博者』のお祖母さんが「ゼロだよ、とにかくゼロに賭けるんだ！」と言ったように。そう、思いっきり、命懸けの跳躍をしよう！　と思ったからかもしれませんね。

――すごい！　寺山さんが、まさかそこまで深くアイドルについて考察されていたとは……まったく驚きです。

寺山　いやあ、さっきあなたがおっしゃった、ほら、僕が奇妙にもアイドルと接点がなかったって。決して、そんなことはないんですよ。

――えっ、どういうことですか？

寺山　アイドル評論家・中森明夫の著書『アイドルにっぽん』によれば、〈南沙織こそ「国産アイドル第一号」だ〉という。１９７１年6月1日、『17才』という曲でデビューした。実は、その時、まだ彼女は16歳だった、というオチがある。〈アイドルは一番最初から〝虚構〟を孕《はら》んでいた〉というわけです。で、その南沙織をデビューさせた人物は、実は、僕の古くからの友人なんですよ。

——えっ、そうなんですか⁉

寺山　酒井政利です。ＣＢＳソニー・レコードのプロデューサーでした。酒井くんは最初、コロムビア・レコードの社員でしたが、できたばかりのＣＢＳソニーに移籍して、当時、少々行きづまっていた。１９６０年代末のことです。天井桟敷の芝居を見て、感動して、僕に会いたいと言ってきた。断ったけど、しつこくてね。じゃあ、まあ、仕事抜きで一度、遊びにいらっしゃいと。天井桟敷の団員や研究生らの勉強会に来てもらった。今日はレコード会社の人も来てるから、一つ歌でも作ろうかって。研究生に好きな言葉を挙げてもらってね、「愛」とか「かもめ」とか「家なき子」とか……ずらっと黒板に書いて、おい、神田、ちょっと曲をつけてみろって。神田くんって東大生がその場でギターを弾いて、歌にした。ああ、その神田紘爾が、後のシンガー・ソングライターの小椋佳ですよ。

——へぇ！

寺山　酒井くんは、その僕のやり方をひどく面白がってね。そうして、できたのがカルメン・マキの『時には母のない子のように』です。ＣＢＳソニーで初のミリオンセラーになった。アングラ少女のマキがカルメン・マキになって大ヒットを飛ばし、18歳で紅白歌合戦に出場する……酒井くんはピンと来たんですね。で、沖縄で内間明美って女の子を見つけてきてね、デビューさせた。その娘のプロデュースについては、僕も意見を求められてアドバイスしました。そう、南沙織ですよ。

——なるほど、それが日本のアイドル第一号になった、と。酒井政利プロデューサーといえば、その後、郷ひろみ、山口百恵、キャンディーズ……等、数多くのアイドル歌手を世に送り出しました。いわば、日本のアイドル文化の生みの親です。しかし、その人が寺山さんの薫陶を受けていたとすると……寺山修司は〝アイドル文化の祖父〟だった！

寺山　あっはっは、それはちょっと大げさかな。ただね、さっきの『時には母のない子のように』、これは田中未知って女の子が曲をつけた。彼女は、僕の出した少女向け詩集の熱心な愛読者でね、僕の詩をプリントしたTシャツを作って着ているような人だった。後に長く僕の秘書を務めてもらいました。天井棧敷を旗揚げした時、資金作りのため「寺山さんのファンの集いをやろう！」って東由多加が言いだした。そのー、僕の少女向け詩集〈フォア・レディース〉ってシリーズの若い女性読者がけっこういたんですよ。で、〈寺山修司と詩のサロン〉ってのを開いた。僕が詩を朗読して、神田くん……そう、小椋佳がギターを弾いたり、田中未知が曲をつけたりしてね。そうして、できたのが『時には母のない子のように』なんです。紅茶とケーキがついて、会費は千円。当時の千円といったら、大変な高額ですよ。それでも、大勢の若い女性たちが集まった。花束やプレゼントを持ってきたり、僕がみんなにサインしたりしてね。

――ファンと直接、触れ合って稼ぐ、いわゆる接触系と呼ばれる現在の地下アイドルとまるっきり同じじゃないですか。

寺山　東由多加なんかひどくてね、若い女性ファンからお金を取るんだから、奥さんの九條映子は隠れててくれとか、寺山さん、これを着てくださいって、白いトックリセーターを着せられたりしてね（笑）。

――わかった、寺山修司こそが元祖アイドルだった！　そうして、カルメン・マキをプロデュースして大ブレイクさせ、その影響下で酒井政利Pが国産アイドル第一号・南沙織を生む。そこから日本のアイドル文化は始まった。いや〜、すごい話です。我が国のアイドルの原点は、寺山さんだった!!

寺山　まあ、こうは言えるかもしれない。その後、僕はアイドルとまったく接点を持たなかったように見えるかもしれません。しかし、僕の本質はアイドルそのものであって、何もアイドルを語るまでもなければ、現実のアイドルと触れ合う必要もまったくなかったんじゃないかな?

――なるほど、そうか。目からウロコが落ちました。寺山修司こそがアイドルだ、と。しかし、その寺山さんが今、現実のアイドルをプロデュースしようとしている。AKB48のMV撮影の依頼を断った、それがきっかけだと言われていますね。現在のアイドルやアイドルシーンを、寺山さんはどう御覧になってるんですか?

寺山　う〜ん、そうですねえ……ま、面白いですよね……ももいろクローバーZとか。

――ももクロ?

寺山　そう、ももクロ。『行くぜっ!怪盗少女』なんてね、天井桟敷の初期の芝居みたいですよ。『ガリガリ博士の犯罪』とか『怪談　青ひげ』とか……。僕は子供時代に「少年倶楽部」という雑誌の愛読者でした。父親の葬式の時、行列を離れて本屋へ入っていって、みんなを呆れさせた。その日は「少年倶楽部」の発売日だったんですよ。そこに載っている少年読み物、江戸川乱歩の『怪人二十面相』とか『少年探偵団』とか『妖怪博士』とかをね、わくわくして読んだ。ももクロの曲を聴いて、そんな少年時代のわくわく感が甦ってきました。乱歩が今、生きていたら、小説『怪盗少女』を書いたんじゃないですか?

――ももクロのファン、そう、寺山さんが……モノノフだったとは!?

寺山　ももいろクローバーは最初、6人グループでした。そこから人気メンバーの早見あかりが脱退して、ももいろクローバーZになった。メンバーが抜けたり、亡くなったりすると、失速するものと普通は思う。でも、その逆もありますね。たとえばブライアン・ジョーンズが脱退して、亡くなり、ローリング・ストーンズはよりパワーを増した。不在のメンバー、その欠落こそが、グループを結束させ、大きな求心力となる。ももクロの場合が、まったくそうでしょう。一気に大ブレイクした。

――なるほど。

寺山　つまり、こういうことです。ももいろクローバーZは、不在の早見あかりによって照らされている……。

「ほほう」と百合子は思わず声を上げた。人をハッとさせる、例の寺山レトリックに感服したのだ。そう思ったのは百合子ばかりじゃないようで、件のパワーワードは切り取られ、コピペされ、またたく間にインターネット上に大量拡散された。

> ももいろクローバーZは、
> 不在の早見あかりによって照らされている！
>
> 寺山修司

よく晴れた日曜日の午後だった。

都営地下鉄・大江戸線の麻布十番の駅を出ると、百合子はあたりを見廻す。見慣れない風景だ。東京に生まれ、育ったけれど、港区なんて来た覚えがない。六本木？ どうだったっけ。ましてや麻布、しかも西麻布じゃなくて、元麻布？ そんな場所があるなんて、17年も東京に生きてきてまったく知らなかった。

典型的な方向音痴だ。ただ、うろうろ、きょろきょろするばかり。

「ユリコさん、こっちこっち」

赤縁メガネが声をかける。ああ、あたしには心強い味方がいた。サブコちゃんだ。スマホでグーグル・マップをチラ見して、先導してくれる。だけど、その格好といったら……。

黒いセーターに、黒いパンツ、黒いスニーカー、黒いハットをかぶっている。全身、真っ黒。怪しすぎ。サブコちゃんの私服って、こんなセンスしてたのかなあ？

いや、人のことは言ってられない。百合子の格好といったら……。

真っ赤なミニのワンピースに、真っ赤なハイヒール、真っ赤なバッグ、おまけに赤い口紅をべったりと塗っている。真っ赤な女の子だ。鏡を見て、げげっ、と思った。

サブコの指定だった。

TRY48の面接審査の通知が届いた。日曜午後に元麻布の会場に来るように、と。

わっ、どうしよっ、どんな格好で行ったらいいのかな〜、と百合子はパニクる。LINEでサブコに相談すると、持ってる服を見せてみ、と言われ、スマホで撮り、次々と画像を送った。

〈NON！〉と兇悪な顔面の悪魔がダメを出すスタンプが返ってくる。

NON！　NON！　NON！　NON！　NON！　NON！　NON！

……YES！　と、やっとフニャ顔の天使の微笑むスタンプが届いたのは、クローゼットをあさりつくした頃だ。

　げっ、これだけは着たくなかった!?

　真っ赤なミニのワンピースだ。母親とショッピングに行った時、「あら、ユリコ、これかわいいじゃない！　これにしなさいよ」と押しつけられたのだ。「ママが若かったら、絶対、これ着て、ブイブイ言わせちゃうんだから」って。

　帰宅して、着て、鏡の前に立って、絶句した。ちょっと、どうかしてる。異様にズレたセンスの母親に従うもんじゃないな。それ以来、一度も着ていない。タンスのこやしだ。片づけ女王・こんまりに怒られてしまう。

〈ユリコさん、赤いハイヒールは持ってない？　あと赤いバッグと……〉

　サブコのＬＩＮＥ指令を受けて、母親の赤い靴と赤いバッグを、こっそり失敬した。ああ、そっかあ、うちのママは「赤好きの女」だったのかあ、と目に痛い真紅のもろもろを前にして、今さら気づく。白や紺のふわふわひらひらした坂道系のアイドル衣裳みたく清楚っぽい服が大好きなあたしと真逆じゃん、と。

　さらに〈こんなふうにメイクして〉とＬＩＮＥ指令は続く。真っ赤な振袖のキモノを着た長い黒髪の日本人形のような美女の画像が添付されている。

〈うわっ、誰これ？〉

〈新高けい子だよ。天井桟敷のかつての看板女優さっ（ウインク）〉

　う～ん、目と目のあいだが離れてる、平面顔のあたしに似合うかなあ……と百合子は懐疑しつつ、これまた母親の部屋から失敬した真っ赤な口紅を塗り、アップで撮った口元の画像を送る。と、〈グ～！〉と白坊主が大きな親指を突き立てたスタンプを押してきた。

「いいね〜」

日曜日の待ち合わせ場所だ。真っ赤な百合子を見て、サブコはにんまりと笑う。

「寺山修司ってさ、一見、お嬢さま風だけど、どっかヤバい感じの女が好きだと思うんだ」

百合子の全身をじろじろ見廻す。

「いいよ、いい！　ユリコさん、〝淫乱の令嬢〟みたいで」

い、いんらんの？　れいじょう？

カックンとくる。

大通りをはずれ、脇道へと入った。閑静な住宅街だ。真っ赤な百合子と、黒ずくめのサブコ、赤と黒が静かな街を歩く。

チビの黒ずくめ少女は小さな歩幅だが、ちょこまか、せかせかと急ぎ足で進む。履き慣れないハイヒールの百合子は、すぐに置いていかれ「ちょ、ちょっと待ってよ〜、サブコちゃん」と音《ね》をあげた。

サブカル部を訪ね、ウザケン先輩の毒牙から救ってくれて、握り締めた手を引っ張って、ダダッと駆け出し、猛烈な馬力で突っ走り、ひたすら走り続けた……あの出会いの時のことを思い出す。

むっちゃ小柄で丸っこい、あどけない顔したこの女の子のどこに、これほどのパワーが秘められているんだろう？　豆タンクのよう。だけどさ、サブコちゃん、いつもそんなに急ぎ足で、あなたは、いったいどこへ向かって走っているの？

「あった、あった」と立ち止まり、サブコは道端に立った木柱を指さしている。そこには筆文字でくっきりとこう書かれていた。

〈暗闇坂〉

「く、くらやみざか……」

なんだか、ゾッとした。

太陽がまぶしい真っ昼間に、暗闇って……不気味だ。どこか、まがまがしい。

「うん、暗闇坂ってのは、東京中にあるんだけど、ここは有名みたいだね」

サブコは坂をゆるゆると登ってゆく。

真昼の暗闇、か。

乃木坂、欅坂、日向坂……とあるけれど。

暗闇坂46……なあんてアイドルグループは、絶対にありそうにない。

黒ずくめに続いて、真っ赤な少女は、まぶしい真昼の暗闇に向かって、ゆっくりと坂を登っていった。サブコがまた立ち止まり、「お〜」と行く手を指さしている。

指さすその先には、真っ黒な建物があった。二階建てで三角屋根。屋根のてっぺん、三角の頂点のあたりに風見鶏よろしく飾られた人形が風に揺れている。

周囲の住宅街から完全に浮いていた。

何だ、コレ？　百合子はまた、背筋がゾッとした。

よく見ると、黒い建物の壁面に横書きで何やら記されている。

〈アイドル実験室　ＴＲＹ48館〉

えっ？

サブコがスマホの画面を見せてくれた。そこには同じ黒い三角屋根の建物の画像があるが、壁面の文字だけが違っている。

〈演劇実験室　天井棧敷館〉

「うん、渋谷の並木橋にあった天井桟敷館が、1976年にここへ引っ越してきたんだ。あのでかいピエロの顔の看板のけばけばしい建物から、一転、真っ黒に変身する。いずれもデザインは粟津潔。60年代末のカラフルでにぎやかな騒乱の日々から、70年代中盤以後の停滞して暗い忌中の季節へ……というわけかな？　ほら、ユリコさん、あれ……」

　サブコが指さす先、三角屋根のてっぺんで風見鶏よろしく風に揺れる人形は、よく見れば、ピエロの姿をしていた。ははーん、あの渋谷の巨大な顔のピエロは、こんなにもちっちゃくなっちゃったってわけかあ。

「寺山修司が天井桟敷の活動を休止してから、もう随分と長くなる。その間、ずっとここは使われてなかったはずだけど、TRY48館として改装され、復活したってわけだね」

　なるほど、そうか。サブコちゃんって、何でも知ってるんだなあ。極度の方向音痴の百合子が、ちゃんと面接会場へ行けるかどうか……と心配をもらすと「わかった、ユリコさん、あたしがついてってあげるよ」と同行を申し出てくれたのだ。よかった。彼女と一緒じゃなきゃ、ちゃんとここにたどり着けたかどうか……と百合子はホッと胸をなでおろす。

　突如、ダダッと黒ずくめの少女は駆け出した。「ちわーっす」と元気よく声を上げながら、黒い建物の中へと入ってゆく。

　えっ、何？　ちょ、ちょっと待ってよ～、と慌てて百合子は追いかける。高いヒールの靴が、もどかしい。

　扉を開け、受付で係員らしい女性に「面接の深井百合子と、つきそいの者っす」と申告していた。つ、つきそいって……大丈夫かなあ。と、思う間もなく、サブコは堂々と次の部屋へと入っていく。ついていくのがやっとだ。

部屋に入って、えっ、と目を見張る。女の子たちで埋まっていた。30人ほどはいるだろうか？若い女子集団特有の匂いが、ぷんと充満している。

そこそこの広さがある控え室だ。が、壁際に意味不明の巨大な絵画が何枚か立てかけられ、鉄パイプや木材やロープや鏡や、奇妙な機械装置のようなものが無造作に置かれて、うっすらとほこりをかぶっている。大道具の倉庫だろうか？

女の子らはばらばらにパイプ椅子に座っていた。スマホをいじったり、手鏡を覗いてメイクをチェックしたりしている。イヤホンをつけて小声でハミングし、小さく手振りしている娘もいた。板張りの床に座り込んでいる女子がいる。インドのサリーのような衣裳を着て、周囲の床にチョークで魔方陣らしき図形が描かれ、座禅を組んで、ぶつぶつ何やら呪文を唱えていた。

ふと顔を見ると、額の真ん中に描かれた目玉ににらまれ、ひっ!?　と百合子は身をよけた。

パイプ椅子はすべて埋まっている。やむなく壁際の大道具のようなソファーに座ることにした。端っこに赤いキモノを着た、長い黒髪の少女が腰掛けている。片目に白い眼帯をしていた。脇に大きなバスケットを置き、しきりに何か呟いている。

「ダメよ、るみ子、そんなワガママ言っちゃあ。ほら、ジョージがまた怒りだしちゃうじゃないの」

えっ？

見ると、キモノ少女はおかっぱ頭の人形を抱いていて、それに話しかけているのだ。

これが、るみ子？

人形には目鼻がなく、のっぺらぼうだった。

キモノ少女と距離を置き、百合子とサブコは反対側の端っこに座る。ソファーにはピンクの大きな棒状のクッションが置かれ、座りにくい。クッションの弾力を背中に感じた。

ああ、そうか、と百合子は思う。

キモノ少女や、インドのサリー娘を見て。なるほど、これが寺山ギャルか？

サブカル部の部室で、ヤリチンのウザケン先輩が言ってたっけ。

いかにも、そう、ひと昔前のネーミングで言うと……〝不思議ちゃん〟だ。

他方、単にアイドルになりたいです！　って感じの〝普通ちゃん〟もいっぱいいる。ま、あたしもそうだけどさ、と苦笑した。

控え室の扉が開いて、女の子が出てくる。面接を終えて、泣きそうな顔の娘もいれば、満面の笑顔で弾み、跳びはねてくる者もいた。面接審査の感触が一目瞭然だ。そのつど次の名前が呼ばれ、「はい」と緊張した面持ちの女子が立ち上がり、別室へと向かっていった。

百合子もだんだんと緊張し、胸が高鳴ってくる。人生ではじめての経験だ。ああ、どうしよ、あわわ、どうしよう。

ふと隣を見ると、赤縁メガネの女子がおし黙ったまま、どこか遠い目をしていた。サブコちゃん、いったい何、考えてるの？　また、その灰色の脳細胞が思考機械のように高速回転しているのだろうか？

扉が開いて、鼻の下にヒゲをつけナチスの制服を着た女の子が出てきて、さっと右手を高く掲げたその瞬間だ。何やら地鳴りのような震動が響きわたる。

えっ、地震？

ううう――ん、と鈍い唸りがもれて、百合子もサブコもはね飛ばされた。床に転がり落ちる。

えっ、な、なに、これっ!?

背後のクッションがごろんと動いたのだ。

目を見張る。

いや、クッションではない。ピンク色のロングドレスを着た巨体が、ぬおっと起き上がった。

丸々とした女の子だ。

「わわっ、大山デブコ！」とサブコは叫ぶ。

「ううう――ん、よく寝たわあ」と口元のよだれを拭いて、大山……いや、小山デブコは大きく伸びをした。

ソファーの反対側の端っこのキモノ少女もはね飛ばされる。のっぺらぼうのおかっぱ人形が宙を飛んだ。

「あっ、るみ子！」

大きなバスケットが転がり落ちて、ふたが開いた。

キャ――ッ!!　少女たちの悲鳴が耳をつんざく。

バスケットから顔を出したのは、大蛇だった。カゴの中に長い巨体がとぐろを巻いている。そこから頭をもたげ兇暴な赤い目を光らせて、くわっと口を開き、シュウシュウと舌先を覗かせた。

「ジョージ！」

キモノ少女が叫んだ。

えっ、これがジョージ？

大ヘビはバスケットから飛び出すと、シャ――ッと身を伸ばし、おかっぱ人形の首筋にガブリと嚙みついた。のっぺらぼうの頭部がちぎれて、ころころと転がり落ちる。

「うわっ、イヤだ～～っ!!」

キモノ少女が絶叫した。

控え室の女の子らは泣き叫び、逃げまどい、もうパニック状態である。

大ヘビが床の上をのた打ち、キモノ少女が追いかけ、インドのサリー娘が呪文を唱え、ナチスの制服のヒトラー女子が右手を上げて突っ走り、ソファーの上では小山デブコのピンク色の巨体がぴょんぴょん跳びはねている。

た、大変なところへ来ちゃった……と百合子はただ呆然とした。


「深井百合子さん、どうぞ」

やっと名前を呼ばれて、「はい」と立ち上がる。遂にその時が来た。足が震えている。

「じゃあ、行ってくるね」と声をかけると、赤縁メガネの女子がにんまりと笑い、ガッツポーズで送り出してくれた。

扉を開けると、別室へと入る。

がらんとした部屋だった。広い窓から陽の光が射し込み、まぶしい。百合子は思わず、目を細めた。

中央にぽつんと一つ、椅子が置かれている。ゆっくりとそこまで歩いていった。赤いハイヒールがフロアをコツコツと叩く音が聞こえる。自分の心臓の音と一緒に。そうして、椅子に腰掛けた。

目の前に長テーブルがあり、その向こうに影が見える。暗さにだんだん目が慣れてきた。ぴたりと焦点が合う。

影は、老人だ。

寺山修司だった。

まぎれもなく。その顔は知っていた。ネットにアップされた写真で、さんざん見た。

白髪頭の短髪で、顔には深いシワが刻まれている。85歳だ。老いは隠せない。

それでも、ぎょろっとした大きなその瞳は、青年のような若々しい光をたたえている。

黒いタートルネックのセーターの上に、グレーのジャケットをはおっていた。猫背で、首を前に突き出すようにして、ジッとこちらを見ている。

「えー、自己紹介を……」

ぼそっと囁くように言う。

「あ、はい」と慌てて百合子は、居住まいを正した。

「あのー、深井百合子、17歳です。都内の高校に通う2年生で……あのー、アイドルが大好きです……」

夢中でしゃべる。ここ数日、何度も何度も家で一人で練習した自己アピールだった。

しゃべっていて、そのありきたりさに呆れる。凡庸きわまりない。自分でも嫌になる。けれど仕方がない。今さらひねってみたってダメだ。正直に自分をぶつけるしかないじゃんって。

自己紹介を終えると、しんとなった。

寺山は何も言わない。

ジッと彼女のほうを見ているだけだ。

その赤いミニのワンピースと、赤いハイヒールと、真っ赤に塗った口紅と、いささか平面的な顔と、間隔のあいた二つの目を……。

ぎょろっとした大きな瞳で見つめていた。

「んー、何か……何か得意なことがあったら……」

えっ？

「なんでも、どうぞ。歌でも、ダンスでも、一人芝居でも……見せてください」

えっ？　えっ？　百合子は、ハタと困惑する。

歌？　ダメだ。ダンス？　できない。一人芝居？　ムリムリ、ムリっす。

ああ……。

何も答えられない。ヤバい。ヤバすぎ。時間だけがたってゆく。足元が崩れるようだ。

思わず、うつむいて、くちびるを噛む。

ダメだ、ダメだ。こんなことも準備していないなんて……ああ、サイテー。あたしはアイドル失格だ。

落ちた。完全に落ちた。せっかく生まれてはじめて面接審査まで来たのに……。

バカ。バカ、バカ。ユリコのバカ。なんて、あたしは大バカなんだ。

じわーん、と目の前が涙でにじんだ。

「ところで……」

寺山が、けげんな顔をする。

えっ？

「ところで……そのー、後ろにいる方は、どなたですか？」

ええっ？

涙を拭いて、百合子は振り返る。

えええ――っ！

黒ずくめ少女が背後に立っていた。

サブコちゃん！

い、いつの間に……。

赤縁メガネがきらりと光って、口を開く。

「黒子です」

黒子？　と寺山が首をひねった。

「〽猫が三味《しゃみ》ひく、閻魔《えんま》が踊る、母親捨てて、帯しめて、頭丸めて、鬼になれ……」

妙なフシ回しでサブコが唸ると、ジッと聞き入っていた寺山が顔を上げ、にやりと笑った。

「……邪宗門だね」

黒子がうなずく。

「いや、懐かしいな……もう、半世紀も前の僕の芝居だ」

遠くを見るような瞳をした。

百合子はわけがわからない。

クロコ？　ジャシューモン？　半世紀も前の芝居？

ハッとした。ああ、そうか、サブコちゃんが黒ずくめの格好で来たのは、黒子だということだったのか？　とはいえ、それが何を意味するのか、さっぱりわかんなかったけれど。

「でも、なんでまた、そのー」と寺山が口ごもると、すかさず黒子が言い返す。

「ええ、だってここはアイドル入門という名の……邪宗門でしょ？」

寺山がふと真顔になり、それから吹き出した。端整な老人のその顔が、くしゃっとなる。しばし笑い続けて、目に涙を浮かべていた。

「わかった、わかりました。黒子さん……あなたは後見人ということで……」

こ、こうけんにん……って、さっぱり、わけわかんないし。

「それでは、最後に……僕から質問したい」

百合子は身構える。

寺山のぎょろっとした目が光った。

「思い浮かばないことを、三つ挙げてください」

えっ？

シンとなる。

思い浮かばないこと……三つ……。

ちょ、ちょっ……と完全に固まってしまった。全身がハテナになったようだ。

頭の中が真っ白で、心臓がばくばくし、時だけが刻まれていった。

「なんで」

背後から黒子の声がする。

「なんで……三つなんですか？」

えっ？　と寺山が虚を衝かれた顔になる。

「質問に質問で答えてはいけませんか？　という質問です」

たたみかけるようにサブコは言った。

今度は、寺山が困惑する番だ。目をぎょろつかせて、しばし黙っていた。王手を逃げられ、逆王手を食らう。マウントを引っくり返され、逆マウントを取られた格好だ。

しかも、チビで、丸っこくて、赤縁メガネをかけ、全身黒ずくめの正体不明の女子に。

サブコは、にんまりと笑う。

「思い浮かばないことを、挙げる……なあんて、できない。ですよね？　想像できないことを、想像せよ……みたいなもんだし。語義矛盾。あっ、わかりますよ。質問の意図は。そういう無理難題の不意打ちをぶつけて、相手の反応を見ようってわけっしょ〜」

面白そうに言う。

「ま、気持ちはわかるなって。ほら、学校のテストだと、正解は一つでしょ？　正解って、無個性なんだ。正解を書いた答案で、その人の個性はわからない。逆に、間違いは？　無限だよね。どんな間違いをするかで、その人の個性がわかる。正座していては、わかんないけど、脚をくずすと、その人の本当の〝育ち〟がわかるでしょ？」

へぇ〜。百合子は感心した。

「だから、正解のない質問をする。わざと間違えさせるために。あのさ、ほら……禅の公案だよね」

ゼン？　コーアン？

「うん、そう、お寺で座禅を組むよね。その時、お坊さんが修行者に問いかける、クイズみたいなのが、公案。ほら、サリンジャーの短篇集『ナイン・ストーリーズ』の冒頭にも出てくるよ。〈両手の鳴る音は知る。片手の鳴る音はいかに？〉って」

片手の鳴る音？

「うん」とうなずくと、ふいにサブコは百合子の耳元で両手を強く打ち鳴らした。わっ、と彼女はのけぞる。

「ねっ、これが両手の鳴る音。すると、片手の鳴る音は？」

さし出されたサブコの片手を、ぽかんとながめながら、絶句してしまう。

「これ、〝隻手《せきしゅ》の声〟っつう有名な禅の公案なの。the sound of one hand clapp-ingなあんて、意味わかるわけないよね。で、う〜ん、と答えに窮してると……」

ハッ！　と奇声を上げて、サブコは百合子の肩に背後からチョップをくらわせる。うわっ、とまた百合子はのけぞった。

赤縁メガネが、けけけけと笑う。

「煩悩《ぼんのう》じゃ！　とかって一喝されて、お坊さんに棒で肩や背中を叩かれちゃうってわけ。つまり、解けないクイズで修行者を決定不能に追い込むんだ。ま、サリンジャーって禅オタクだからさ。小説には、バナナフィッシュなんてのも出てくるし」

バナナフィッシュ？

「うん、吉田秋生の漫画『ＢＡＮＡＮＡ　ＦＩＳＨ』って、知らない？　その元ネタだよ。バナナを食べすぎて死ぬ魚って、ホラ話なんだけど、これって、ヒョウタンでナマズを捕える……そう、ヒョウタンナマズの禅問答のアレンジでしょ。バナナ／ヒョウタンがフィッシュ／ナマズに死をもたらすってわけで。小説の主人公のシーモアってのが、ラストで突然、ピストルで自分の頭を撃ち抜いてさ、不可解な自殺を遂げる。禅だけに、ゼンゼン理解不能って？　はは、あのさ、バナナフィッシュ……そう、禅問答的な決定不能に陥って、死んだ？　んなとこ」

ふーん、と感心して、ハッとした。いつもの喫茶・銀河鉄道でのタメロ女子トークになっていて、目の前の寺山修司を完全に置き去りにしていた。百合子は向き直ると、慌てて寺山に頭を下げる。サブコはまったくへっちゃらな様子だ。

「あのー、寺山さんのさっきの質問、そう、〈思い浮かばないことを、三つ挙げよ〉ってのも、その手のものだと思うんです。けど、まあ、決定不能なんて言うと、チューリングとか？　ゲーデルとか？　ほら、〈クレタ人はいつも嘘をつく〉とクレタ人が言った——クレタ人問題ね、うん、〈私の命令に従うな〉という命令——ダブルバインドですね、グレゴリー・ベイトソンの……てな感じでズラズラ現代思想用語をいくら並べたとしたって、はは、そんなの、ちゃーんと知ってるよ、と聡明な……うん、ミシェル・フーコー宅に押しかけ対談したり、「現代思想」元編集長の三浦雅士に私淑されたり……もしてる寺山さんにとっちゃ、ちゃんちゃらおかしなことでしょうけれど」

　くすりと寺山が失笑をもらした。

「そのー、寺山さんの〈思い浮かばないことを、挙げよ〉ってのは、いかにも〝中二病〟的なシンプルで凡庸な問いだと思うんですよ、実は。けど、まあ、85歳で〝中二〟だってのは、すごいけど。はは。むしろ、そう……〈三つ〉ってとこが問題じゃないですか？」

　……三つ？

「うん、なんで三つなのか？　って、こっちが勝手に深読みするでしょう。あのね、寺山さんが監督した映画『田園に死す』に、こんなセリフが出てきますよね。〈もし、君がだ、タイムマシーンに乗って数百年をさかのぼり、君の三代前のおばあさんを殺したとしたら、現在の君はいなくなるか？〉って。えっ、なんで三代前なの？　〈君が生まれる前の母親を、君が殺したとしたら〉でいいでしょう。なんで、わざわざ三代前までさかのぼるの？　さっきの〈三つ挙げよ〉にしてもだけど、〈三〉に何らかのこだわりがあるんですか？　うーん、もしやどっかの大学院で文化研究とかやってそうな、ハスミムシ――そう、劣化版・蓮實重彥フォロワーみたいないかにもニブい院生に〈寺山修司における〝3〟の研究〉てな今さらテーマ批評もどきでもやらそう……って釣りかしら？」

　寺山は呆れ顔で聞いている。

「ま、なんでもいいんですけど、その、こういう、あえて深読みを誘発する〈三つ〉みたいなとこが、うん、テラヤマらしさ？　なんかなあって」

　わかった！　と寺山は右手をさし出して、制止した。

「わかりました。もう、いいです。もう、けっこう。出ていってください！」

　けわしい表情でそう言うと、二人は面接会場から追い出された。


　黒い三角屋根のてっぺんのピエロの人形が、風に揺れながら見送っている。

　二人は、無言で歩いた。

　来た時とは逆に、赤い女の子が前を行き、黒い女の子が後をついていく。

　百合子はムカムカきていた。

　ひどい。ひどすぎる。あんまりだ。大切な面接、生まれてはじめての面接審査だったのに。憧れのアイドルになれるかも……自分の人生でもっとも大きな、大きなチャンスだったのに。それが台無しだ。木端微塵に夢は打ち砕かれた。

　赤いくちびるを噛む。

「ご、ごめん……」

　背後から、かぼそい声が聞こえた。

　百合子は立ち止まると、振り返る。

　黒ずくめのチビの女の子が、悄然とした顔で立ちつくしていた。

「なんで……なんで、あんなこと言ったのよ！」

　ぴしゃりと言う。サブコは身をすくめ、頭を下げるだけだ。

「あたしの大切な……大切な面接審査だったのに。はあ、何？　黒子？　最初っから、あんなことやるつもりで、黒い格好してきたの？」

ご、ごめん……とかぼそい声を絞り出し、上目づかいで百合子を見た。

「ホントにごめん……なさい。や、もし、ユリコさんが面接でまずいことになったら、助けようと思って、それで、わたし……わたし……」

「はあ？　バカにしてんの？　あたしの面接だよ！　あたしが、あたしの実力でダメだったら、落ちる。それだけじゃん。これまでいろいろ教えてくれて、助けてくれて、ありがとう。けど、いい。もういいよ！　あたしは、あなたの操り人形なの？　ねえ、黒子さん」

「や、そんな……違う、違うって。あのー、わたし、ダメなの……目の前に寺山が、本物の寺山修司がいると思ったら、ポンッて頭がトンじゃって、そいで……そいで、しゃべってるうちに夢中になって、自分でもわけわかんなくなっちゃって……」

「あたしは？　あたしは、どうなってもいいの？　あなたは天才かもしんないけどさ、あたしだって……あたしみたいに何のとりえもない女の子にだってさ、自分の人生がある。夢がある。大切な瞬間があるんだからさ。わかってんの？　それを、あんたはメチャメチャにしたんだよ」

や、あのー、そのー……としどろもどろになるサブコに、恐ろしい顔で仁王立ちした百合子は言い放つ。

「ふざけんな、バカ！」

くるりとまた前を向くと、歩きだした。

夕暮れの元麻布だ。

赤い夕陽に照らされて、真っ赤なミニのワンピースの女の子が、赤いハイヒールを鳴らして歩いてゆく。

その後ろを、黒ずくめの小柄な少女が、ちょこまかとついていった。

暗闇坂を下りきった。

「ダメなんだ……」

背後から声が聞こえる。

「ダメなんだ、ユリコさん、わたし……」

かぼそい悲痛な声だった。

「天才？　そんなんじゃない。ううん、全然、そんなんじゃないよ。わたし、バカなんだ……」

えっ？　と百合子は思う。けれど、歩みは止めない。

「うん、そう、自分を……自分をコントロールできないの。で、失敗しちゃう。大失敗しちゃう。いつも、そう。今日みたいにさ。人を傷つけちゃう。大切な……大切な友達を……」

大切な友達……。

「ダメだ。ダメなんだ。わたし……わたし、本当にダメな女の子なんだ。えっと、そう、うん、わかってる……わたし……生きてる価値なんか、ないよね」

えっ！

「わたし……子供だ。未熟な……子供なんだ」

哀切なその声が切迫性を帯びている。

「もう……死にたい」

ハイヒールの音が止まる。

百合子はパッと振り返った。

数メートル後ろに、ぽつんと小さなその姿が見える。

黒ずくめの少女が、路上にひざまずいていた。メガネのレンズが曇っている。顔をくしゃくしゃにして、滂沱《ぼうだ》の涙を流していた。

赤いワンピースがひるがえる。

走った。ヒールも折れよとばかりに、赤い流星のように夕暮れの路上を駆け抜けた。

そうして、赤と黒とが合体する。

百合子もまたひざまずき、目の前で泣きじゃくる小さな女の子を、ぎゅうっと抱いていた。

17年間、生きてきて、もっとも強く誰かを抱き締めた瞬間だった。

◉深井百合子さま

面接審査の結果をお知らせします。

合格。

メンバー入り、おめでとうございます。

ただし、一つ条件があります。

ご同伴された〝黒子さん〟と二人で一体としての合格、メンバー入りとさせていただきます。

アイドル実験室・TRY48

第5章　セクハラを告発する

黒い三角屋根のてっぺんのピエロの人形が、風に揺れながら出迎えてくれた。元麻布のＴＲＹ48館である。

もう、二度とここに来ることもないのかなあ、と思ったのに。血相を変えた寺山修司に「出ていってください！」と叩き出された時には。

それが一週間後、こうして再び、訪れている。

サブコは相変わらず黒ずくめの格好だ。合格通知に〝黒子さん〟とのみ記されていたから、そりゃ、この格好で来なきゃいけないんじゃないかって思ったんだろう。

おかげで百合子も例の全身真っ赤なスタイルにした。〈二人で一体としての合格〉と告げられたから、ま、しゃーないじゃん、ねえ……とも。

真っ黒な館の扉を開けて、こないだの控え室へと入ると、既に数人の女の子たちがたまっている。ピンクのワンピースの巨体、小山デブコがいた。白い眼帯のキモノ少女もいる。あとは初めて見る顔だった。

ショートカットの金髪で、目鼻立ちのくっきりした女の子がいる。すらりとした長い脚がショートパンツから伸びていた。隣席の女子相手に「ボクはね」「ボクってさあ」と盛んにボクボクと連発している。ああ、いわゆる〝ボクッ娘《こ》〟？　ちょい、最上もがに似てるかな？

隣席の女子は、いかにもお嬢さま風だ。透けるように白い肌で、ひょろっとして、つぶらな瞳がうるんでいる。こちらの一人称は「わたくし」。

「わたくしね、こういう活動するの、初めてなんですのよ。ええ、だからもう……恐ろしくって、恐ろしくって」

いったい、どういう育ちなんだか。

みんなの輪から離れて、ぽつんと一人、壁際の鏡の前に立つ女の子の姿が。長い栗色の髪をして、ひらひらフリフリのロリータファッションで、じっと無言のまま鏡に見入っている。くるっと振り返って、ハッとした。

目の覚めるような美少女だ。

百合子とサブコは、ソファーに座る。

隣席には、何か置かれていた。見覚えのあるものだ。ん、何？　これって……。

大きな……バスケットだった。

えっ！

「ジャ〜ン」とキモノ少女が、バスケットのふたを開ける。

うわっ、と百合子とサブコは跳びのいた。

大ヘビが飛び出す……。

……わけではなかった。

バスケットの中身は、からっぽだ。

ひざまずいて震えながら抱き合う百合子とサブコの姿を見て、けけけとキモノ少女は笑う。

「ジョージはね、お家でお留守番してるんだよね。ねえ、るみ子」

キモノ少女は小脇に抱いた人形に話しかけている。オカッパ頭の、のっぺらぼうの人形は、無惨に食いちぎられた首のあたりを赤い糸で縫い留められていた。

「皆さん、どうぞこちらへ」と声をかけられ、控え室の女子たちは別室へと移る。

こないだ面接審査を受けた部屋だ。がらんと広く、何もない。大きな窓から陽の光が射し込んでいる。まぶしい。少女らはみな目を細めた。

名前が呼ばれ、横一列に並ばされる。

目の前には女性が立っていた。

30歳ぐらいだろうか？　黒いパンツスーツを着て、縁なしメガネをかけ、髪を後ろにまとめていた。にこりともしない。無言のまま、冷たい瞳で少女たちを見すえていた。

なんだか怖い。

あれっ、この人……と百合子は思う。

どこかで会ったような……。誰だっけか？

脳内のメモリー・モニターを素速くチェックする。

ピンとヒットした。

ああ、そうか。

『デスノート』のLのお葬式だ。川原に現れた寺山修司につき従っていた。その内の一人ではないか？　長い黒髪で純白のローブを着て、寺山にろうそくを手渡していた、あの少女……。

たしか、２００５年2月のこと。

あれから16年か。加算すると、ちょうど目の前の女性の年齢と適合するように思える。

「私はマネージャーの松本です」

やっと口を開いた。抑揚のない沈んだ声だ。

「寺山は今日は来られません。現在、療養しております」

松本マネージャーはポケットから紙を取り出すと、開いた。

「寺山から皆さんへのメッセージがあります」

読み上げる。

「……TRY48の面接審査を終え、およそ48人に至るメンバーを選出することができました。今日、来てもらったのは、その中で特別な7人です。君たちにはこのグループの精鋭として、人一倍、がんばってもらいたい。そこで私から名前を与えることにする。そう、君たちは……」

緊張が走った。

「……悪魔セブンだ」

えっ！　と、とまどいの声がもれる。

「神セブン……という言葉があるらしい。AKB48の人気メンバー、上位7人をそう呼ぶのだそうだ。むこうが神なら、こちらは悪魔だ。アイドルの神を、ぶっつぶせ！　そう、悪魔のような大胆さと狡猾さ、繊細さ、邪悪な意志で突っ走ってください……」

松本マネージャーは、女の子らのほうを見る。

「……ようこそ、アイドルの地獄へ！」

なんだか、ぞっとした。

7人は自己紹介を求められ、一人ずつ応じる。

①小山デブコ――「正統派アイドル志望です！」、意外と声が愛らしい。よく見ると、聖子ちゃんカットだ。
②キモノ少女――「学校では、もののけ姫と呼ばれてます」、ウケた。オカッパ人形を離さない。
③ボクッ娘――ボクは、ボクは、と例によって連発している。
④お嬢さま風――「わたくし」と語り、なよっとして、〝お嬢〟の愛称が浮かぶ。
⑤超美少女――ひらひらフリフリのロリータ服のスカートをちょいとつまんでお辞儀した。まったく言葉を発しない。
⑥ユリコ――平面顔で、目と目のあいだが……以下略。
⑦サブコ――ふだんの饒舌さはどこへやら、ボソッと名前を告げて、頭を下げるのみ。猫かぶってんのかニャ〜。
自己紹介が終わった。

松本マネは少女らの顔を見渡すと「それでは、皆さん、靴を脱いでください」と言う。

えっ、靴？　と、みんなとまどいながら、それぞれの靴を脱いだ。百合子も赤いハイヒールを脱いで、そろえて前へと置く。

何人かの女性たちが、部屋に入ってきた。スタッフらしい。みんな黒いパンツスーツで、髪を後ろにまとめている。にこりともしない。床に置かれた女の子らの靴を、さっとどこかへ持ち去った。

広い窓に遮光カーテンが引かれ、室内が真っ暗になる。

「それでは、皆さん……」

暗闇に松本マネの声が響き渡る。

「……服を脱いでください」

えっ！

「全部、脱いでください」

その場がざわつき、ヤダッともらす誰かの声が聞こえた。思わぬ要求に体が固まって、百合子は棒立ちのままだ。

突如、奇妙な音がとどろいた。地の底から聞こえてくるようなそれは、土俗的な調べ。呪い、祭文、御詠歌さながらの、J・A・シーザーの奏でる妖しくおどろおどろしい音楽だ。

室内に赤い薄暗い灯りがともされる。まるでコタツぶとんの中、赤外線ランプのよう。

松本マネは、相変わらずにこりともしないで目の前に立ち、「ワークショップを始めます」と告げた。赤い暗いランプのもと、メンバーの姿がほの見える。

なんと、もう全裸になっている女の子がいた。

超美少女だ。

すらりとしたその裸身は、神々しいほどに美しい。裸になるのにまったく抵抗はないのだろうか？　すっ裸で堂々と立ち、うっすらと微笑んでいるように見える。

ボクッ娘はジャケットとTシャツを脱ぎ、上半身はブラ一つだ。意外に豊かな胸を抱くように隠して、ためらっている。

あとのメンバーは、誰も脱いでいない。困惑顔で立ちつくしているだけだ。

そりゃ、そうだろう、と百合子は思う。いくら女性同士とはいえ、いきなり初対面の相手の前で服を脱げと言われたってねえ。できっこない。恥ずかしいじゃん。大浴場じゃあるまいし。

松本マネが冷たい瞳で合図を送ると、スタッフの女性たちが、ワッとメンバーに襲いかかった。無理矢理、一人ずつ脱がそうとする。

「キャーッ、やめて〜」「痛い、痛いって、何すんの?」「ひどい、セクハラじゃん!」

赤い薄暗がりの中で、少女たちの悲鳴が上がる。J・A・シーザーの土俗的な音楽が、それをかき消す。地獄のような光景だ。

小山デブコの巨体に、3人の女性スタッフが群がって、なんとか脱がせようとする。

「ヤダ――ッ!!」と絶叫すると、デブコは身を震わせた。女性スタッフが次々とはね飛ばされる。

「じ……自分で脱ぐわよ」

デブコはピンク色のワンピースを脱ぎ捨て、ブラとパンツを放り投げ、あっという間に全裸になる。巨大な肉塊が現れた。ズン! とフロアが揺れる。どすこい! とばかりにデブコが四股《しこ》を踏んだのだ。まさに女相撲取りの土俵入りだった。

キモノ少女は帯を解かれてクルクルと旋回すると「あ〜れ〜!」と叫び、さながらスケベ殿様にいいに手ごめにされるお姫様みたいで、すっ裸になると両手首から腕にかけて幾重もの切り傷の痕《あと》があった。重度のリストカッターのようだ。「るみ子は、るみ子だけは返して!」と泣いて懇願し、のっぺらぼうのオカッパ人形で股間を隠す。

「わかった、ボク、もういい!」

ボクッ娘がきっぱりとそう告げると、残りの衣服を脱ぎ捨てた。すらりと長い手脚が美しい。ショートカットの凛々しい少年のような顔の下に、豊かに隆起する二つの乳房の丘が揺れて、どこかアンバランスな色気を放っている。

百合子は、すぐに服を剝《は》ぎ取られた。丸裸である。頭の中が真っ白だ。羞恥のあまり、しゃがみ込んだ。

ちらっと隣を見ると、サブコもすっ裸である。胸のふくらみもくびれもなく、ただ丸っこい。

赤ん坊みたい。くちびるを嚙んで、超・天才少女は屈辱に耐えているようだ。

かん高い悲鳴が聞こえる。

「キャーッ、キャーッ、わたくし……わたくし、もう」

お嬢だった。泣き叫び、必死で逃げ廻るが、女性スタッフに捕まり、二人がかりで丸裸にされた。ひょろっとした体は真っ白なめらかな肌で、胸の隆起がない。股間を見ると……。

えっ！　何かぶら下がっている。

ペニスだった。

「いや〜〜ッ!!」と絶叫すると「わたくし、わたくし……中身は女なのよ〜」と必死で訴えている。そうか……。〝お嬢〟は〝男嬢〟だったのか！　と百合子は納得した。

とうとう7人全員が裸になった。

松本マネは告げる。

「それでは、皆さん、踊ってください」

踊ってくださいって？　すっ裸で？　こんなおどろおどろしい音楽で？　と、みんな、混乱した表情だ。

「わ〜〜っ!!」と叫びが聞こえ、フロアがぐらぐら揺れた。

地震……ではない。巨体が雄叫びと共に、身を震わせている。

小山デブコが踊っているのだ。

目を見張る。キレッキレのダンスだった。

大きな体を素速く敏捷に動かし、ステップを踏み、軽やかにターンする。腕の振りもしなやかだ。聖子ちゃんカットに満面の笑顔で、80年代アイドルさながらである。J・A・シーザーの呪術的な音楽をまったく無視して、自分のリズムで踊っているのが、すごい。

つられるように、ボクッ娘も踊り出した。こちらは見るからにスポーティーな肢体を存分に伸ばして、跳びはね、軽快なストリートダンスを披露する。

キモノを脱いだキモノ少女は、オカッパ人形を抱いたまま、くねくねと身を揺らす。白目をむいて、トランス状態で、見世物小屋のヘビ少女さながらだ。

百合子は、うまく踊れない。ただ、体を揺すっているだけだ。みんなに合わせて仕方なく、といった表情だった。その隣で、サブコがちょこまかと踊っている。全裸なのに、あっ、赤縁メガネはかけている……なんだか、おかしい。

〝お嬢〟改め〝男嬢〟は、なよなよと身をくねらせていた。7人の中でもっとも恥ずかしそうである。顔を赤らめ、目に涙を浮かべ、羞恥に耐え……股間ではイチモツがぶらぶらと揺れていた。よく見ると、異様に大きい。慌てて百合子は、目をそらした。

超美少女だけは、ただ、ボーッと突っ立っている。無表情なその美しい顔が、ふいに曇った。

「わらわを……わらわを、なんと心得ておる。わらわは、この王国を司る、女王であるぞよ……」

えっ？

「ああ、高貴なわらわが下賤な者どもらと一緒に、踊れと申すのか……無礼者ッ！」

いったい、どうしちゃったの？　という調子で憤然としている。

と、突然、ぶるぶるぶるっと顔を左右に振ると、表情が一変した。美しい顔が、醜くゆがむ。三白眼で、鼻を鳴らし、下卑たいやらしい笑みを浮かべていた。

「ぐへへへへ〜、こりゃええわ、お姉ちゃんら、みんな、すっぽんぽんやんか。え、おい、丸見えやで。ええんか、あんたら、お毛々まで全部さらしてもうて、えっげつないの〜」

ダミ声でまくしたてる。まったくの別人に変身していた。

「なあ、お姉ちゃん」と男嬢の背後から抱きついてゆく。「いやん」と男嬢は身をくねらせた。「なんや、なんや、妙なもんあんでえ」と後ろから手を廻し、股間のイチモツをつかんだ。「うえっ、お姉ちゃんやのうて、お兄ちゃんなんかい」ともらし「まあ、どっちでもええわ、ペニスバンドつけて、後ろからワシが犯したるでえ」と男嬢の尻をつかんで股間を密着させる。「やだっ、や、やめて〜っ」と男嬢は泣き叫んだ。

ぐへへへへ〜……という下卑た笑い顔が一瞬、静止し、また、ぶるぶるぶるっと顔を左右に振って、急に表情が変わる。

「きゃっ」ともらすと、男嬢の裸体から飛びのいた。床にひざまずき、つぶらな瞳から大粒の涙を流している。

「あたし……あたしは、かわいそうなマッチ売りの少女。パパは戦争で、ママは結核で、お兄ちゃまは恋に破れ身を投げて……死んだ。あたしは、この世にたった一人……みなしごの少女。マッチを……マッチを買ってください、おじさま、お願い、このかわいそうな女の子のために……」

百合子は目を丸くする。

た、多重人格少女……ともらしていた。

音楽がひときわ高鳴る。土俗的な、呪術的なシーザーの奏でる妖しい調べが、おどろおどろしさを増した。

赤く薄暗いその部屋で、全裸の少女たちが揺らめいている。ある者は巨体を弾ませ、またある者は少年のように敏捷に、さらにある者は暗黒舞踏さながらの奇怪さで。ペニスを揺らすアンドロギュヌス少女、人格さえもくるくると乗り換えてゆく怪人二十面相ガール……。まるでこの世の光景とは思えない。地獄の祭典。まさに〝悪魔〟と冠する乙女らの秘教的な宴である。

ただ、あくまでノーマルな百合子にとっちゃ、とまどい、ためらい、困惑するだけだ。ああ、あたし……アイドルになりたかっただけなのに、こんなところで、いったい何やってるんだろう？　生まれたまんまの姿で、ぎこちなく体を揺らしながら、放心した。

　ハッとする。

薄暗いその部屋に、カミソリの刃のような細い光が射し込んでいた。

目を凝らす。

入口の扉が、わずかに開いていた。

えっ！

誰かいる……たしかに人影らしきものがうかがえる。

さらに目を凝らした。

扉の隙間から、ぎらぎらとした目が、じっとこちらを覗いている。鋭いその視線が痛い。

鳥肌が立った。

ああ、見覚えがある。

あれは。あのぎょろっとした瞳は……。

タモリの物真似が甦ってくる。

「ま、ボクはそのー……ノゾキと呼ばれているわけデシ」

百合子はゾッとして、息を飲んだ。

マクドナルドの窓際の席だった。7人はテーブルを囲んで黙り込んでいる。

小山デブコのみはビッグマックを二つもたいらげ、三つ目にかぶりつこうとしていた。あとのメンバーは食も進まず、沈んでいた。ボクッ娘がマックシェイクをひとすすりする音が聞こえる。

男嬢は、超美少女の顔を見ると「ひっ」と逃げた。離れた席に座る。超美少女は、多重人格であることから〝多重子《たえこ》〟と呼ばれるようになった。今はスイッチがオフになっているのか、元の無口な女の子に戻っている。

キモノ姫は、のっぺらぼうのオカッパ人形の頭をなぜて、ぼーっとしていた。目の焦点が合っていない。

サブコは、百合子の隣でむっつりとした表情で押し黙っている。

「冗談じゃないよ」

ボクッ娘が口を開いた。

「ボクはさ、アイドルになるためにオーディション受けたんだよ。なのに、なんでいきなり裸になんなきゃいけないわけ？　しかも、あんな……気持ち悪い、アングラっての？　わけわかんない音楽で？　真っ赤な部屋で？　踊らされてさ。ざけんなよ！　あ～、ボクさあ、も、変になりそう」

一気に吐き捨てて、またマックシェイクをすすった。

「だよね～」

三つ目のビッグマックをたいらげ、盛大にゲップをした小山デブコが、うなずく。椅子席から巨体がはみ出し、窮屈そうだ。

「ウチもさ、よくわかんないでオーディション受けたんよ。んー、あのー、寺山修司？　って人、70年代に活躍したんでしょ？　で、てっきり70年代の正統派アイドルグループ……ほら、キャンディーズとかピンク・レディーとか？　そういうのをリバイバルすんのかと思ったんよ」

しんみりと言う。

「キモノ姫は、どうなの？」とボクッ娘。

「んー、んー、あたいは……あたいは、ま、楽しかったな〜。ねえ、るみ子」とオカッパ人形に呼びかけ、けけけけと笑っている。

こりゃダメだ、という表情のボクッ娘は、いつのまにか司会者だ。リーダー的素質？　こういう女の子っているよね。女子会あるある、だ。

「男嬢は？」と訊かれ「わたくしは〜」とつぶらな瞳をうるませる。

「もう、死にそう。やだやだやだ……絶対にイヤッ。裸になるなんて……そんなのアイドルじゃないでしょう？　わたくし……わたくし、誰にも見せたことない穢《けが》れなきこの肌を……恥ずかしい。ああ……ああ……女として許せないっ!!」

わっと泣きじゃくった。

「まあ、そうだよね」とボクッ娘。

「女のスタッフだけだったから、よかったようなもんの、あそこに男の関係者でもいたら、大変だ。セクハラ……いや、犯罪じゃね？　もはや。未成年の女の子を無理矢理、脱がすなんてさ、強制ワイセツじゃん」

百合子は、ハッとする。

あそこに男の関係者でもいたら……。

扉の隙間から覗いていた、あのぎょろっとした目を思い出したのだ。

背筋が寒くなった。

「多重子ちゃんは、どうなの？」と訊かれ、超美少女はキョトンとしている。美しい顔のままましばし何も答えず、やがてサッと右手を上げた。「パス」と言うと、フライドポテトをつまんで食べ始める。みんな、ずっこけた。

「ユリコちゃんは？」と訊かれ、百合子も何も答えられない。「う〜ん」とうなって、隣をチラ見した。

サブコが黒いリュックに手を突っ込んで、ごそごそ何やら取り出そうとしている。

「あのさ」とテーブルに一冊の本を置いた。

白塗りで目が隈取られ、口が黒い、異様なメイクの少女？　の顔写真が表紙である。

『15歳 天井棧敷物語』とあった。

著者名は、高橋咲。

「こういう本があるんだ」

サブコの話に耳を傾ける。

「寺山修司は天井棧敷という劇団を主宰していた。今は休止してるけどね。で、高橋咲って人は、15歳で天井棧敷に入団した。1971年、今から半世紀ほど前だね。表紙は芝居の時のメイクした写真だろうけど、素顔はこんなだったんだ」

表紙をめくると、あどけない少女の顔写真が現れて、「へぇ〜」と声がもれる。テーブルのみんなは本を廻し見た。

「15歳から17歳までの三年間、劇団に在籍したんだけど、その間のことが、ものすごく克明に記されてる。当時の天井桟敷という寺山修司の劇団の内情を知るのに、これほど打ってつけの本はないよ。まあ、ひどいんだ。入団して最初のワークショップでいきなり丸裸にされて、踊らされた。今日のわたしたちと一緒だね。しかも、寺山以下、男の劇団員たちの面前でだよ」

　げっ、わっ、ひどい！　と声がもれる。

　サブコが本をぱらぱらめくり、ひろい読みした。

「〈下着も脱ぐんですか〉「当たり前だろ！」寺山さんの怒声だ。もう誰も何も言えず、従うしかなかった〉」

「だって15歳でしょ？　児童ポルノ法違反じゃない」とボクッ娘。

「児童ポルノ法が施行されたのが、１９９９年だからね。それよりはるか前。昔は小学生女子のロリータヌード、ワレメ丸出しの写真集が普通に街の本屋さんで売られてたっていうからさ」

　へっ、マジ、キモッ！

「うん、時代が変わったんだ。でも、寺山修司は変わらなかった。いや、何も変わろうとしなかった。児童ポルノ法の施行以降も18歳未満の劇団員を裸にした疑いで何度も摘発されてね、それも原因で劇団の活動休止に至ったんじゃないかなあ」

　みんな、ため息をつく。寺山修司は何も変わろうとしなかった——さっき、丸裸で踊らされた女の子たちにとっちゃ、しみる言葉だ。

「まあ、半世紀も前の話だからね。よく、昔の小説を文庫化した時の後ろのページとかに〈今日《こんにち》の人権擁護の見地に照らして、不当・不適切と思われる語句や表現がありますが、時代的背景と作品的価値を考え合わせてそのままとしました〉てな言い訳っぽい但し書きがあるけど……んな感じ？　うん、寺山だけじゃないよ、みんなひどいんだ」

サブコは本をぱらぱらとめくる。

「当時のアングラ劇団なんて、パワハラ、セクハラ、ブラック労働の巣窟でさ。劇団員は当然無給、いや、チケットのノルマで一人何万円もの借金を押しつけられる。15歳の高橋咲にしたってそう。やむなく彼女は、おじいちゃんの引き出しから万単位のお金を盗み出すに至る。J・A・シーザーっているでしょ。ほら、さっきわたしたちが踊らされた時、バックでかかってたおどろおどろしい音楽、あれを作った人。もともとは新宿の三大フーテン、シーザー、キリスト、ガリバーの一人で、カリスマ的若者だった。天井桟敷に入ると、それまで音楽なんてまったくやったこともないのに、いきなり寺山に「君は音楽ができる」と言われ、ギターを買って始めたそう。これがまあ、すごいイケメンでね、長髪でかっこいいし、めちゃめちゃモテた。渋谷の劇団事務所の狭い部屋に住んでたんだけど、毎夜のようにとっかえひっかえ女の子を連れ込む。高橋咲もシーザーにひとめ惚れした。で、15歳の大晦日、シーザーの部屋に連れ込まれ、処女を失う……」

げっ、何？　15歳で！

「まあ、シーザーも当時は23歳だからね。けど、彼女は遊ばれた女の子の一人にすぎなかった。シーザーのモテモテぶりはワールドワイドでさ、海外公演へ行っても、現地の金髪美女たちが次々と群がってくる。なかには日本まで追いかけてくる外人女もいたんだ。シーザーも拒まず、劇団の狭い部屋で同棲する。インガというドイツ・ミュンヘンからやって来た女で……」

　本をぱらぱらとめくり、「ここ、ちょっと読むよ」とサブコ。

「〈「寺山さん、インガのパンティ返してくださいよ」

　シーザーがインガを連れて朝、食堂にやってくると、開口一番に言った。シーザーに寄り添ったインガは、怪訝な顔をして寺山さんを見ている。寺山さんはにやにやしながら何も言わない。

（略）

寺山さんはシーザーの二段ベッドに上がり込み、脱ぎ散らかしたインガのパンティを棒状のもので拾ったらしい。二人とも夢中で、そんなことには気がつかなかったようだ。でもすぐに、シーザーは寺山さんの仕業と見抜いたらしい〉」

げっ、パンティ泥棒!?　サイテー。ど変態。ノゾキだけじゃなかったんだ……。みんな、呆れている。

「高橋咲は17歳になって、劇団のノルマ金の工面に困り、水商売のバイトを始める。新宿三丁目のバーだった。そこにやってきた客が、この人……」

スマホで検索した画像を見せる。

げっ、誰、このオッサン？　怖い〜。

強面の中年男が写っていた。

「……安部譲二、元ヤクザの前科持ち作家でね、『塀の中の懲りない面々』が大ベストセラーになった。当時、安部は30代半ばで妻子があり、新宿の暴力団の構成員だった。咲は安部に気に入られ、車に乗せられ、彼の事務所に連れ込まれる。酒を飲まされ、力ずくで迫られ、ほとんどレイプされるように肉体関係を持つ……」

げっ、ひどい！　レイプって……。

「行為後に一万円札を10枚渡されてね、その後も関係を続けて、愛人になる」

えっ、だって17歳でしょ？　相手は妻子持ちのヤクザで……。安部譲二？　その後、大ベストセラー作家に？　うーん、過去のこの問題で、ほら、#MeToo運動に告発されたりしなかったの？

「うん、まあ、それが時代なんだろうね。昭和の頃って、そんなゲッスい話がいっぱいあったと思うよ」

一同、しんとなる。

「なんか、わかる」と小山デブコ。

「ウチ、志村けんのバカ殿とか大好きなんだけど、昔の画像とかネットに上がってんの見て、女のタレントがみんなオッパイ丸出しでね、うわっ、これゴールデンタイムにテレビで放送してたんかあって、ドン引きした」

失笑がもれた。

「えーと、あと、これかなあ」とサブコはリュックからもう一冊の本を取り出した。

赤い大きな薄い本だ。

『居候としての寺山体験』、前田律子。

「天井桟敷は寺山修司が早稲田の学生だった東由多加と一緒に結成したんだけど、その東の長崎時代の高校の後輩が、前田律子なんだ。同じ演劇部だった。１９６７年春、高校を卒業すると、東の誘いで上京する。寺山と九條映子の新婚夫婦は、当時、世田谷区下馬の鉄筋コンクリート三階建てビルに住んでいた。ここを天井桟敷の拠点として、東も同居する。さらに前田律子が転り込んだんだ。この本は、そんな〝居候〟少女から見た寺山体験談なんだよ」

廻されてきた本を、みんな興味深げに手に取り、見ている。

「さっきの高橋咲の本もだけど、そばにいた若い女の子にしか見えない〝寺山修司〟ってのがあるんだね。寺山って文化系サブカル男子の代表と思われてるけど、実はけっこうマッチョで、ホモソーシャルで、ミソジニー……そう、女性に対する嫌悪や蔑視の傾向が色濃いように思う。前田律子は、総じて寺山への感謝を述べて、いわゆる〝いい話〟を書いてるんだけど、そこに出てくるいくつかのエピソードがねえ……。前田が紹介したワイセツ写真のコレクターに秘蔵写真を見せられ、目を輝かせて喜び、もらった写真を後生大事に持ってた……な〜んてのは、まだ微笑ましいほうで。寺山の性癖というか、女性に対する嗜好や視線ってのがさあ。〈寺山さんの戯曲には、必ずといっていいほどヌードが登場しました〉。ともかく女を脱がせたがるのね。前田律子は役者じゃなくて、演出家だった。でも……。〈「前田さん、ヌードになってもらえませんか」寺山さんが、伏し目がちでこう切りだしたのは、初めての海外公演、フランクフルト演劇祭に出かけるひと月ほど前の事。「やっぱりきたか」と思いました〉。海外公演に行ける人数は限られている。ヌードの場面を、どうするか？ 〈女房を裸にするわけにはいかない〉という寺山の意向で、結局、二十歳の前田は舞台で全裸になる。〈「オッパイがキレイでしたよ」と、ちゃんとフォローも忘れなかった寺山さん〉って、う〜ん。『ガリガリ博士の犯罪』という芝居では、ヌード嬢の乳房に若者二人が「お母さん」とすがりつくシーンがあったそう。〈何度ダメを出してもいっこうに進歩がない役者に、業を煮やした寺山さんは、「こうするんですよ！ 「お母さーん」と言うやいなや、ヌード嬢の乳房が潰れるかと思うくらい、ムンズと摑んだのです。その間一秒。寺山さんは、シマッタという顔ですぐ手を引っ込めましたが、スタッフも役者たちも、いくら熱が入っていたとはいえ、寺山さんの行き過ぎに非難の視線。当のヌード嬢は、屈辱を押さえきれないといった様子で、唇を嚙みしめていました。／次の日、ヌード嬢は三倍のギャラの追加を要求してきたようでした。（略）「まったく女ってやつは…」ため息交じりに言っていた寺山さん。そんな寺山さんに何となく同情できなかったのは、ヌード嬢の怒りを同性として、納得していたのかも知れません〉」

サブコの読み上げる本のエピソードに、みんな唖然としていた。男嬢は真っ赤な顔でうつむいて、くちびるを噛んでいる。

「〈寺山さんの女性差別発言〉と題する章があってね、〈外国の女は、ダメだ！〉ってとこでは「アメリカの女はダメですね」「人前でも平気で、鼻をかむんですよ。どんな美人だってそんなことをされたら、全く興味を無くしますね」と寺山。〈では、寺山さんにとってのイイ女というのは、「しおらしく、人形みたいであれ」ということなのでしょうか…〉。〈女は飾りもの？〉ってとこでは〈寺山さんは常々、女には「女房にしたい女」と、「連れて歩きたい女」と二種類あると言っていました〉。寺山と一緒に外出する時、前田律子は化粧や洋服の指示までされて〈しかし、よく考えれば、これはもう、今風にいえば、セクハラの一種です〉」

ため息がもれる。

「寺山が監督した映画『書を捨てよ町へ出よう』の撮影中のエピソードも出てくるよ。〈主役の少年の妹が、サッカー部員にレイプされそうになるシーンがあって、そのレイプする役の一人に、撮影中、指を突っ込んでいいんですよと、指示したそうです。その役者が私に、「寺山さんに、指を突っ込めと言われたんだけど、そこまでやっていいのでしょうか」と、不安になって質問してきた（略）寺山さんは、迫力あるシーンにしようと思って「指ぐらいなら」と言ったのでしょうが……。／女はそうされれば観念してしまうだろうと思う発想そのものが、女として、許せないような気がしました〉」

うげっ！　サイアク!!　指を突っ込めって!?　犯罪じゃん？　……と、その場が騒然となった。みんな顔色を失くしている。

「うん、それとこんなのもある」とサブコはさらに今一冊の本を取り出した。

空色の本の表紙に『五月の寺山修司』とある。ぱらぱらとめくると「これが著者の村木眞寿美」と示したページには、すらりとしたお下げ髪の清純そうな女の子が微笑む写真が載っていた。

「早稲田大学在学中に寺山と知り合った彼女は、『あなたは……』という街頭インタビュー番組のインタビュアーを任せられるのね。その後、寺山の英語教師として雇われるんだけど、そこでの会話ってのが、まあねえ……〈「要するにあなたは愛していないんですよ。愛は、そんなに観念的で不自由なものじゃない。素直に『したい』と思わないようなのは愛じゃないんじゃありませんか？」（略）「寺山さんのおっしゃっているのは、もしかしたら、性的なもののことではありませんか。私は、真実の愛の話をしているのですけれど」（略）「あなたは不感症じゃありませんか？」「寺山さん、私は精神的な愛のことを話しているんですけれど」「精神的愛？　あなた、愛は、『したい』か、『したくない』かですよ」「ちがいます。それは性欲でしょう。私の言っている愛は、そういうものではなくて……」「あなたは、『すること』が分かっていないんですよ」「寺山さん、『する』とか『しない』って話やめません？　その言葉苦手です」（略）「あなたは、俺のような男を見つけなければだめなんですよ」〉……ねっ、英語の個人授業とは名ばかりで、嫌がる女子大生相手にとんだセクハラプレイを延々と全開にしてるんだ」

一同は、またため息をついた。

「続きを読むよ。〈「女房というものは、死なれるのが一番いいものだ」と寺山さんが言ったことがある。／「なんてひどいことをおっしゃるのですか？」というと、「俺は、好きな女房に死なれたら悲しむ。きっとがっくりくるだろう。でも、みんなが同情してくれる。同情されながら、そのうち別の女を好きになることができるのさ」／そんなことを聞きながら、私はどうかこんな男性と恋に落ちることがありませんようにと願った〉」

みんなの表情がいっそう険しくなる。

「その後、彼女はドイツへと旅立って、現地の男性と結婚し、シュミット村木眞寿美となる。後年、再会すると〈寺山さんは、「外国暮らしが長くなって、お尻が少し上がってきたよ」と、後ろも前も平らな私の劣等感を逆撫でした〉……はあ、相変わらずだね〜。三島由紀夫の事件に話が及ぶと〈「でもさ、俺は三島のような死に方はできない。チンポコが小さくなる病気なんだもの。死体検証かなんかで、寺山のが、こんなに小さかったのかと、言われたくないからね。（略）俺のはどのくらいだろうって想像しているの？」「いいえ」「見たい？　虫眼鏡いりませんよ」〉。はぁ、ホンットひどいね〜。ドイツで再会した寺山と一緒に演劇を見ると、〈最後に素っ裸の人が出て来た〉、その後の会話ってのが、まあ……〈「やっぱり、裸の奴が出て来ると思ったよ。あなたの好きな包茎の」「なんで私が包茎と関係があるんですか？」「だって、あなたは外国人としているんでしょう？」（略）いつか形而上の愛の話をして、いじめられたことを思い出す。だが、風向きが全くちがった。／「パリで、ピルを飲んでオレを待っている女がいるんですよ」「誰がピルを飲んで待っていようと、私と関係ないじゃないですか」「オレは、七人の女子学生といっしょに寝たんだよ。なかには、オシッコを飲んだ娘もいたよ」〉」

「うげぇ〜っ！」と悲鳴が上がった。キモいっ、キモすぎっ、オシッコって!?　汚ない、信じらんない……と、みんな驚愕し、顔をゆがめて吐き気をこらえ「7人の女子学生……って、ウチらも7人だよ!?」と涙目で訴えている。

「イヤだっ！」とボクッ娘が叫んだ。

「ボク、もうTRY48を辞める。ひどいよ、寺山修司って。パンティ泥棒で、ノゾキ魔で、セクハラじじいで、女性差別主義者で、レイプ幇助で、淫乱男で……こんな、ど変態の、どスケベプロデューサーに、うちらいったい何されるかわかんないよ。キモい、キモすぎるっ!!」

その場が凍りついた。みんな青ざめて、震えている。

「でもねー」とサブコ。

「でもさ、寺山のこういうのって、単に女性に対してだけじゃないんだよね」

すかさずスマホを操作して、画面を見せる。

「……三上博史。ひと頃はトレンディドラマに主演して、若い女性たちに大人気の美男俳優だった。今でも独自の活動を続けてるけどね。15歳の時、寺山が監督した映画『草迷宮』のオーディションに受かって、主演した。それまで演技経験なんかまったくない。で、寺山に猛特訓を受ける。いきなり丸裸にされた。強面の俳優を目の前にして、罵倒して殴れ！　と言われ、この野郎って平手打ちしたら、猛烈なパンチで殴り返されて、吹っ飛んだ」

ぐえっ、セクハラの上にDV、ドメスティックバイオレンスじゃん!?

「映画の撮影でも脱がされて、フランス公開の映画だからって性器も丸出しになる。もっと幼い役だってんでオチンチンの毛まで切られたんだって」

「イヤ〜ン、エッチ！　オチンチンだなんて……」と男嬢は真っ赤な顔でイヤイヤをした。

「つまり女でも、男でも、少年でも、少女でも、まず寺山は丸裸にする。なんでかって？　う〜ん、それはね……」

サブコはぐびりと紙コップの水を飲む。

「それはね……さっきの高橋咲の本に出てくるんだけど、〝抑圧除去の訓練〟というのね。裸になって、目の前の相手を罵倒したり、怒鳴ったり、泣き叫んだりして、感情をあらわにするんだ。

まず人前で裸になることによって、羞恥心が吹っ飛ぶ。感情を爆発させて、それまでの価値観をぶっ壊し、本能をむき出しにする。で、抑圧を取り除くってわけ。実際、この訓練を受けることで、それまで内向的で暗〜い性格だった女の子が、突如、抑圧が取れて、パ〜ッとむっちゃ明るい性格の女優に変身したり、生まれ変わったりすることもあるんだって」

へぇ〜、そうなんだ。

「けどね〜、こんなのは自己啓発セミナーとか？　カルト教団のマインドコントロール、洗脳合宿とか？　で、やってんのと変わんないよ。そう、昔の劇団では……や、今でもそうなのかな、程度の差はあるけど、みんな、似たようなことやってるね。ま、演劇なんて、ざっくり言って、社会不適合者のリハビリテーション手段にすぎないっしょ〜」

赤縁メガネを光らせて冷たく言う。

えっ、と百合子は思った。

(じゃあ、アイドルは？　ねえ、サブコちゃん……アイドルも、社会不適合者のリハビリテーション手段なの？)

しかし、それは口には出せない。周りにいる女の子たち、ボクッ娘やデブコや、キモノ姫、男嬢、多重子……悪魔セブンの面々をながめながら、そっとため息をついた。

「けど、実はそんなに深い意味はないのかもね。単に寺山修司って、ほら、人の裸が見たいだけなのかも、ははは」

サブコにつられて、みんな力なく笑った。

「こんなのが、あるんだよね〜」

またスマホを取り出して、画面を見せる。動画が映っていた。モノクロ……というか、セピア色の画面がヤケに荒れていた。指先で操作して、場面を飛ばす。ボケボケの映像の向こうに、子供らがヘルメットをかぶり軍服を着て、裸の大人たちを縛って引き廻しにしていた。

えっ、何、これ？

「『トマトケチャップ皇帝』、１９７１年に公開された寺山の実験映画だね。まあ、映像自体はちんぷんかんぷんだけど、一応、子供たちが反乱を起こして、大人を支配・虐待するってストーリー。でね、こういう場面があるんだけど……」

小学校の低学年ぐらいだろうか？　幼い男の子がベッドの上で3人の女たちに服を剝ぎ取られ、すっ裸にされる。ちっちゃなオチンチンも丸出しだ。女たちも全裸になり、男の子とからみあう。体をなで、くすぐり、なめる。まるで乱交パーティーだ。さらに4人目の女が加わり、男の子に長ギセルでタバコを吸わせる。二人は全裸で抱きあい、さながらセックスしているように見える。

げっ。わっ。こ、これって……。

「ねっ、これこそ児童ポルノ法違反でしょ？　男の子だからいいってわけじゃない。何年か前に、ＡＫＢ48のメンバーの一人が青年漫画雑誌のグラビアでセミヌードになったんだ。手ブラっていうの？　裸のオッパイを両手をブラみたいにして隠す。それがね〜、自分の手じゃなかった。背後から西欧人の幼い男の子が両手を廻して、アイドルの裸の乳房に触ってたんだ。これが児童ポルノ法違反に当たるとして、発売直前に回収騒動となってね。およそ60万部を回収した。億単位の損失だって言われてる」

へぇ〜、そんなことが……。

「けど、そんなもんじゃないでしょ、寺山修司の『トマトケチャップ皇帝』は。この映画じゃ何人もの子供たちが裸になってる。ボケボケの映像ではあるけどね。ネットに動画も上がってるし、このすさまじい児童ポルノ映画のＤＶＤが、実は、なんと今でも堂々と売られてるんだ」

みんな呆然としていた。

「この映画には、百人の子供たちが出演したって言われるけど、いったいどうやって集めたの？って思うよね。撮影したのは、著名な写真家・沢渡朔だけど、沢渡の回想文がある。ちょっと、読むよ。〈二週間ぐらいの間に十回ぐらいのロケをしたと思う。いつも子供を大勢集めるのが大変で、人数が足りないとその辺歩いてる子供をかたっぱしから連れてきてバスに乗せ、ロケ地で裸にして女とベッドシーンをやらせたり、その子達も何が何だか解らなかっただろうな〉」

げげっ、誘拐じゃん！　しかも、幼児を裸にして、ワイセツ行為させ、映像に撮って。親に無断で子供を連れ去り、小児性愛、幼児虐待……これ完全な犯罪だよ。よく訴えられなかったね〜。子供たちのトラウマが心配。今だったら、大事件でしょう……。

テーブルがざわつき、女の子らが口々に罵り、呆れ果て、やがてシンとなる。みんな表情が暗い。そりゃ、そうだろう。せっかくオーディションに合格して、アイドルグループのメンバーになれたというのに……。いきなり丸裸にされて、踊らされた。しかも、そのプロデューサーが、どうやら自分たちが想像もしなかったような、ど変態……いや、とんでもない性犯罪者、モンスターだったのだから。

ごつん、と音がして、見ると、ウトウトしていたキモノ姫がテーブルに頭をぶつけ、ハッとして、起き上がった。脇から何やら取り出す。

バスケットだ。

えっ？

「ジャ〜ン」とふたを開けると……ぴょんと大ヘビが飛び出した。

キャ――ッ！　キャ――ッ！

少女たちの悲鳴が耳をつんざく。みんな一斉に立ち上がって、椅子やテーブルが引っくり返り、大騒ぎだ。店内が騒然としている。

キモノ姫はにんまりと笑い、くたっとしたヘビの首をつかんでいた。

「ウッソぴょ〜ん。ゴム人形でした〜。ジョージの代理っす……な〜んてね」

けけけ、と笑っている。

女の子らは拍子抜けして、ドッと脱力する。

一人だけまったく動じず、平然と座っている女子がいた。

超美少女……多重子だ。

多重子は無表情のままフライドポテトをつまんでいた……が、ふいにぶるぶるぶるっと顔を左右に振ると、表情がくるっと変わる。三白眼で、鼻を鳴らし、下卑たいやらしい笑いを浮かべていた。

「おおっ、お姉ちゃんら、さっきみんなすっぽんぽんやったな〜。ええもん、見たで。どや、おっちゃんとこれからラブホ、行こやんか。7Pや、うっしっしっ。リッシンベンのセイシュンや。ワシと朝まで腰が抜けるまで、やりまくろうや。なんや、みんな、かなんなあ、もう下の口からヨダレたらしとんのとちゃうんかあ、ぐへへへへへ〜……」


日曜日の朝、急遽、メールで呼び出されて、百合子は元麻布へと駆けつけた。ＴＲＹ48館の前に女の子たちがいっぱい集っている。目を丸くした。

あっ、サブコちゃんがいる。小山デブコも、男嬢も、多重子も。一週間前に「イヤだっ！　ボク、もうＴＲＹ48を辞める」と叫んだボクッ娘も、ぶすっとした顔でつっ立っていた。少々遅れて赤い浴衣姿のキモノ姫が、下駄を鳴らして走ってきた。
悪魔セブンの勢ぞろい。残りは？　他のメンバーなんだろうか。ギャル系がいた。ストリート・ファッションの娘がいた。セーラー服の純朴そうな少女もいた。なんだか、バラバラだ。あっ、鼻にヒゲをつけたナチスの制服の女の子が、右手を上げている。

縁なしメガネで黒いパンツスーツの松本マネが現れると、女性スタッフらに何か指示を出した。スタッフたちがきびきびと動いて、女の子らの群れが二つに分けられる。

チャーター・バスが二台、やってきた。女の子たちはそれぞれの車に乗せられる。みんな無言だ。スマホをいじっている者が多い。

「ねえ、あたしたち、どこへ行くの？」

百合子が隣席のボクッ娘に訊くと「さあ」と首を横に振る。何も知らされていないようだ。

バスが走り出す。黒い三角屋根のてっぺんのピエロの人形が、風に揺れながら二台の車を見送っていた。

バスはひた走る。車窓から陽の光が射し込んできた。いい天気だ。青い空に、白い雲。のどかな風景。なんだか遠足にでも出かけるような気分。

高速道路に入って、しばらく走り、一般道に移って、さらに走る。車窓から見える景色が、閑散としてきた。田んぼがあった。畑があった。樹々が生い茂っている。田舎のでこぼこ道で、バスがガタガタと揺れた。お尻が痛い。百合子が後方を振り返ると、窓際の席で赤縁メガネのチビの女の子が、じっと外の景色を見つめていた。

バスは急勾配の坂道を駆け上がる。エンジン音が唸って、車体が前後に揺れた。ふいに生い茂る樹々が途絶えて、平地に出ると、パッと眺望が開ける。

どこまでも広がる緑の原っぱだ。

バスは止まって、女の子たちが車を降りた。

広い原っぱのあちこちに高い櫓《やぐら》が組まれ、人の姿が見える。大きなライトやスピーカー、機材などがセットされていた。

松本マネとスタッフらの指示により、女の子たちは原っぱの中央へと行き、ひと固まりになる。

スピーカーからハウリング音が聞こえた。

ライトが照らされて、一番高い櫓の最上部がスポットされる。

白髪頭の老人が立っていた。青いハーフコートを着て、白いマフラーを風になびかせている。

手にした拡声器を口に当てた。

「……皆さん、おはよう。寺山修司です」

えっ！

「本日は、ＴＲＹ48の初仕事です」

女の子たちがざわついた。

「ここで……グラビア撮影をやる」

グラビア？　マジ？　どうしよう！

「そこにいるのが、グラビア担当……」

櫓の下に何人かの男たちが立ち、こちらに向かって手を振っている。

「編集者諸君です……「週刊プレイボーイ」の」

「週刊プレイボーイ！」

「そう、君たちは「週刊プレイボーイ」の表紙・巻頭グラビアに出る」

わっ、と歓声が上がり、女の子たちの頬が紅潮した。バンザイする者、ガッツポーズの娘、ぴょんぴょん跳びはねている女子もいる。

「それでは、カメラマンを紹介しよう」

手前の一段低い櫓にスポットが当たった。高みで、もじゃもじゃ髪の男性がカメラを手にしている。

「……篠山紀信！」

一瞬、シンとして、ドッとどよめいた。えっ、シノヤマキシンって、まさか、あの篠山紀信？

(そう、〝激写〟の篠山紀信、宮沢りえの『サンタフェ』の……)

耳元で囁きが聞こえる。いつの間にかサブコが隣にいて、耳打ちしているのに、百合子は気づいた。

(うん、日本一有名なアイドル写真家。今じゃ巨匠だけど、若い頃に寺山と仕事してる。天井桟敷の最初期の芝居『大山デブコの犯罪』のパンフレット写真を撮った。大山デブコ以下、劇団員ら一行を三浦半島へ連れていって、浜辺のサーカス団さながらのフェリーニを思わせる祝祭的な写真でね。１９６７年のこと、54年前だ。篠山は今、80歳かな……)

続いて、そのトイメンの櫓にスポットが当たる。ハゲて丸メガネでヒゲの老人が、笑いながらピースサインを出していた。

「……荒木経惟！」

(アラーキー。かつては〝カマラマン〟なんて自称してたエロ写真家だったけど、今じゃ世界的なマエストロだね。荒木がまだまったく無名だった頃にいち早く注目して、寺山は彼に弟子入り

したんだ。その後、寺山は自身が撮った写真集『犬神家の人々』を出版する。いわばアラーキーは写真の師匠だね。81歳）

さらに、その向こうの櫓にスポットが移る。真っ白な髪とヒゲのよく陽に焼けた老人が、首にカメラを下げていた。すらりとして、かっこいい。なんだかアーネスト・ヘミングウェイみたい。

「……立木義浩！」

（NHKの朝ドラ『なっちゃんの写真館』の次男坊だね。時代の寵児のモテモテ写真家。寺山は自らが監督する映画の撮影を、スチール・カメラマンに頼むことが多い。その一等最初が、立木義浩だ。ある日、電話で誘われて、立木は16ミリ・カメラを手にする。１９６２年のこと。タイトルは『檻囚《おり》』。最初期の実験映画だね。立木は、寺山が初めて組んで共同作業した写真家だった。84歳）

次の櫓には、ダンディな出立ちで、柔和な笑みを浮かべた紳士が立っている。長玉のレンズの一眼レフカメラを、しきりに操作していた。

「……沢渡朔！」

（ほら、あれが映画『トマトケチャップ皇帝』を撮った沢渡朔。シブいオジサン？　だよね～……と思ったら、なんと81歳！　とてもそんな老人に見えない。若々しいよね～。『少女アリス』なんてロリータ写真集は、超有名だよ）

さらに次の櫓には、ゴマ塩頭に丸メガネ、実直そうな職人ふうの老男性が、三脚にエイト・バイ・テンの大判カメラを取りつけていた。

「……鋤田正義！」

（１９７１年、寺山修司が初めて撮った長篇映画『書を捨てよ町へ出よう』の撮影を担当した。

あの映画の色彩は、鋤田カラーだね。デヴィッド・ボウイのアルバムのジャケット写真が超絶かっこいいけど、T・レックス、YMO、忌野清志郎……ミュージシャンの写真が、みんなハンパなくかっこいい。83歳）

一番向こうの櫓に、ぽつんと立つ黒ずくめの男性。旧式のカメラを手に、にこりともしない。哲学者然としたシブい風貌だ。

「……森山大道！」

（日本を代表する世界的写真家だね。モノクロのブレ・ボケ写真が純文学っぽい。宇多田ヒカルのジャケ写も撮ってる。60年代半ば、フリーになった直後の若き森山大道に声をかけ、寺山は一緒に仕事した。森山の一等最初の写真集『にっぽん劇場写真帖』に寺山は長い散文詩を寄稿している。83歳）

へぇ～、それぞれの櫓に登った老人たちが、みんなそんなにすごい巨匠写真家なのか！　と、百合子は目を見張った。

（うん、今じゃみんな老マエストロだけど、寺山が一緒に仕事をしたのはおよそ半世紀前、彼らはまだ20代か30そこそこのバリバリの若手だからね。当時、もうスーパースターだった寺山修司に声かけてもらって、そりゃ、うれしかったんじゃないかな？　だから、久々にこうして寺山のもとへと再結集したんだ。えーと、６人の年齢を合わせると……４９２歳！　寺山をたすと……５７７歳!!）

計算、早っ……と百合子は仰天した。

（けどね～）とサブコ。

（うん。けど、ホントなら、もう一人入れたかったんじゃないかな？　……中平卓馬を）

中平卓馬？

（そう、中平は「現代の眼」という雑誌の編集者でね、寺山の唯一の長篇小説『あゝ、荒野』を担当……というか、ほとんど共同製作した。ほら、前に菅田将暉がボクサー役になって映画化されたでしょ？　寺山もあの映画はうれしかったみたいだけど。寺山と菅田くんが並んでこぶしを握り締め、ファイティングポーズ取ってるＰＲ写真もあったしね。でね、中平卓馬は写真評論家になり、さらに写真家になった。６年前に亡くなっている。ああ、この場にいてほしかったなあ……）

サブコは遠い空を見上げた。

また、一番高い櫓にスポットが当たり、寺山修司が拡声器を手にした。

「ここにいる６人が……いや、私を含めて７人が、君たちの写真を撮る」

寺山はふところから何か取り出した。

ｉＰｈｏｎｅ13Ｐｒｏだ。

横向きにすると、広角・超広角・望遠の三眼レンズをたくみに操作して、原っぱの女の子らの群れに向け、シャッターを切った。

そうして、にやりと笑う。

女の子たちが、どよめいた。

「つまり『七人の侍』ならぬ『七人の老写真ザムライ』だ。聞けば、今日のメンバーは48人に残念ながら一人たりないという。いや、それでいい。君たちは……少女47士だ。これから令和の閉塞状況という吉良《きら》邸に討入りする。そう、アイドル忠臣蔵だ！」

おおっ、と思う。

「ほら、向こうに赤い旗が見えるだろう?」

原っぱの向こう、はるか彼方に赤い旗がひるがえるのが小さく見えた。

「ヨーイ、ドン!　で、あの旗まで全員で走っていって、また、こちらへと駆け戻ってくる。リハーサルは無しだ。なぜって?　そう、人生にリハーサルなんか無いんだから」

人生にリハーサルなんか無い!

「常に、今が本番だ。さあ、思いっきり、突っ走れ。走りながら……」

寺山の口元に笑みが浮かぶ。

「……服を脱げ」

えっ!

「着てるものを全部、脱いでしまえ」

げげっ!　ひっ!　何?　そんな……。

女の子たちは困惑し、凍りついた。

「なるべく早く、たくさん、大胆に脱いだメンバーにレンズが向けられ、大きくグラビアに載るだろう」

その場が、ざわざわした。

ざわめきをかき消すように、寺山は「ヨーイ」と叫び、スターター・ピストルを空へと向け「ドン!」と号砲を撃ち鳴らす。

わっと女の子たちが駆け出した。47人の少女らの群れだ。壮観である。百合子もつられて、押されて、走っていた。サブコも、ボクッ娘も、男嬢も、多重子も……えっ、キモノ姫が帯を解き、赤い浴衣を脱ぎ捨て、中には何も着ていない!?　全裸だ。すっ裸でオカッパの人形を握り締めたまま、キャ――ッ！　とかん高い悲鳴を上げながら突っ走っている。

あちこちの高い櫓から彼女にレンズが向けられ、シャッターを切る音が鳴り響いた。

見ると、女の子たちの中には次々と服を脱ぎ始める者がいる。最初、とまどっていたが、走りながら、裸女のその数が増えてゆく。ジャケットが、Tシャツが、セーラー服が、ブラウスが、スカートが……さらには、ブラジャーやブラトップ、ヌーブラ、ストッキング、パンティに至るまで、緑の草の上に点々と脱ぎちらかしていた。

走る女の子たちのカラフルな一群は、みるみると若い女子の肌の一色へと変化してゆく。高い櫓の上の老写真家たちは、血圧を高めながら、それぞれの機材で連写していた。寺山もまたiPhone13Proの望遠機能をマックスにして、ぎょろっとした目でノゾキにノゾキまくる。シャッターを切るのを忘れていた。

走る女の子たちの一群は、肌色の全裸組と、いまだ服を脱げないカラフルな着衣組とに二分されてゆく。それでもカメラのレンズが全裸組に集中して、シャッター音にあおられるように、みるみる肌色が優勢化していった。

百合子は……脱げない。嫌だ。人前で裸になるなんて！　しかも、あんな目をぎらつかせてカメラを向けるジジイどもの面前ですっ裸になるなんて!!　絶対に絶対にヤダヤダヤダッ。着衣組がみるみる少数派になっても、や、最後の一人になったって……嫌だ、自分だけは決して脱ぐまい、と堅く決意していた。

その時だった。

「あんた、何やってんのよ！」と罵声が飛んで、後ろから走ってきた女子にドンと突き飛ばされた。よろけて倒れて、ごろごろと転がる。彼女一人を置き去りにして、肌色の一団は走り過ぎてゆく。

ダメだ……ダメだ……置いてかれる。このままじゃ、あたし……アイドルに……なれない。目に涙を浮かべ、くちびるを噛み、慌てて立ち上がると、なんとか走り出した。衝撃で、ポンッと頭のネジが吹っ飛んだようだ。いつしか服を脱いでいる。裸で走っている。なんだか、もうわけがわからない。これって現実か？　夢を見てるんじゃないのか？　集団催眠にでもかかったみたい。全裸の女の子たちの群れの中では、服を着ているほうが恥ずかしい。羞恥心が、価値観が、プライドが、ひっくり返ってしまった。

ああ、そうか……と思う。

これって、ＢｉＳだ。かつて世を騒がせたアイドルグループＢｉＳが、デビュー・シングル『Ｍｙ　Ｉｘｘ』のミュージックビデオで、メンバーらが樹海の森をほぼ全裸で突っ走った。プー・ルイが、テラシマユフが……裸で駆け廻る（後に加入したファーストサマーウイカも、そういえば「週刊プレイボーイ」のグラビアで全裸になった）、その衝撃的な映像は、アイドル史を塗り変える！　と大反響を呼んだ。

寺山修司って……ＢｉＳまでパクッていたのか!?

だけど……。

ＢｉＳや、ＢｉＳＨや、豆柴の大群や……いわゆるワック系と呼ばれるお騒がせ上等、炎上アイドルになりたかったわけじゃない。

ああ、あたしは……清楚で、ふわふわひらひらした、坂道系のお嬢さまアイドルになりたかったのに。

生まれたままの姿で、全裸の少女たちの群れの中で、緑の原っぱを突っ走りながら、ああ、まるで坂道から真っ逆さまに転がり落ちてゆくようだ——と百合子は思った。

〈TRY48、出発!!〉と大見出しが打たれ、全裸の少女たちの群れが疾走する表紙&巻頭カラーグラビアの「週刊プレイボーイ」は、大きな反響を呼んだ。

総指揮＝寺山修司

撮影＝荒木経惟・沢渡朔・篠山紀信・鋤田正義・立木義浩・森山大道

錚々《そうそう》たる面々のクレジット以下、巨匠写真家たちが腕によりをかけた多彩なショット群が、ページ狭しとちりばめられ、躍動していた。

電車の中吊りや新聞広告、そして全国各地に貼られた巨大なポスターが人々の目を引く。

すっ裸の少女たちの群れが疾走する大きな写真には、直筆で、寺山修司のコピーが記されていた。

服を捨てよ、グラビアへ出よう!!

第6章　さらば、キタサンブラック

帰宅して、百合子がキッチンへ行くと、テーブルの上に何か置いてある。

「週刊プレイボーイ」だった。

全裸の少女たちが疾走する表紙の号だ。ひっ、と血の気が失せる。

鬼のような形相で、母親が目の前に立っていた。

「どういうことなのよ、これ」

ああ、とうとう来たか。百合子は動転して、心臓がバクバクするのを感じた。

グラビアに写っているのは、47人だ。大集団である。名前はクレジットされていない。大勢の女の子たちにまぎれて、バレないのではないか？　そう自分に言いきかせていた。

しかし……。わずか一枚の写真だが、はっきりと顔が写っている。知っている者が見たら、百合子だと気づくかも。心配でたまらない。

長い黒髪をなびかせ、全裸で草原を駆け抜けるその姿は、我ながら美しい。微笑んでいるようにも見える。ああ、あの日、あたしってこんな表情をしてたんだ……。

児童ポルノ法？　を意識してか、18歳未満のメンバーである彼女の写真は、乳首もヘアーも見えていない。巧妙にセレクトされ、修正がなされている。それでも生まれたままの姿であることだけは明瞭で、強いインパクトを与えるショットだった。

「ああ、やっぱり、あなたなのね、そうなのね、ああ……ああ……」

母親は、身を震わせている。

「なんで……なんでママに言ってくれなかったのよ。あなたと私は何でも話せる友達みたいな親子だと思ってたのに……」

百合子はうつむいて、くちびるを嚙む。

「よりによって、こんな……こんなハレンチな写真を……人様の前ですっぽんぽんになるなんて……よく恥ずかしくないわね」

声がうわずっていた。

「学校の……担任の先生から、さっき連絡が来たのよ。雑誌の写真に出てるのが、あなたじゃないかって、告発した生徒がいるって」

えっ！　まさか……。

「あなた、高校を退学になるかもしれないのよ。どうするの、いったい？　ああ……ああ、娘がこんなことになるなんて！　これがバレたら、ご近所や、親せきや、ママの友達にどう言ったらいいの？　いい加減にしてちょうだい！　ああ、ダメ……ああ、ああ、もうダメ……」

のそっとキッチンに誰か入ってきた。

父親だ。

相変わらず、存在感が薄い。平凡すぎるサラリーマンA、のび太の大人バージョンのような風貌が、薄いエンピツでラフに描かれ、消えかけている。

父親はテーブルの上の雑誌の表紙をチラッと見て、それから百合子のほうを向くと、困ったような顔をした。

「ママ、もういいじゃないか、今日はこのぐらいで。百合子だって、こんなに落ち込んでるんだし」

「あなた、何言ってんのよ！　だいたい、あなたが頼りないから、娘がほら、こんな勝手なマネするんじゃないの。甘いっ、甘すぎるわよっ。あなた、それでも父親なの？」

「まあまあ、そう言うなって、ママ」

二人のやり取りを背中で聞きながら、百合子は自分の部屋へと逃げ込んだ。

ベッドに突っ伏す。

ああ、サイアク。想像していた最悪の事態に陥った。

だけど……。それにしても、と思う。

あの大勢の女の子集団の一人、名前も記されていない、たった一枚の写真で、バレちゃうなんて。しかも、それをよりによって同じ学校の生徒が担任の教師に〝告発〟するなんて！　怖い。怖くて、怖くて、たまらない。

ハッとした。

その時、彼女は初めて悟ったのだ。

ああ、そうか、アイドルになるというのは、こういうことなんだ……。

翌日、学校の面談室である。

担任の教師と百合子と、その母親、なんと父親までついてきた。四者面談である。

机の上には、例の「週刊プレイボーイ」が置いてあった。

その向こうに、メガネを掛けたひっつめ髪の中年女教師の能面のような顔がある。目が異様に吊り上がっていた。牝ギツネのようだ。

「せ、先生……このたびは本当に……申し訳ありません」

うわずった声で母親が言い、ぺこぺこと頭を下げる。百合子も従った。

「百合子が……や、うちの娘がとんでもないことをしでかしてしまいまして、親の監督不行届きは承知ですが……」

「お母さま」と牝ギツネ教師はさえぎった。

「我が校は自由な気風の中にも、厳格な規律を持つ由緒ある伝統校として、知られております。しかし、今回の娘さんの……そう、ハレンチきわまりない愚行は、これはもう我が校、始まって以来の醜聞、不祥事、大汚点だと言っていいでしょう」

「ええ、ええ、それはもう、先生……何度、お詫びしていいやらわかりません。娘は、この清く正しい伝統校に泥を塗ってしまいました。それで、その|……辞めさせます」

「えっ、学校を？」

「いえ、いいえ、とんでもございません。芸能活動です。その、TRなんとかっていう、いやらしい、いかがわしい……アイドルって言うんですか？　娘はだまされたんです。何も知らされず、勝手にどこかへ連れられていって、服を脱がされて……ああ、穢らわしい、あの寺山なんとかっていうペテン師に。ええ、ええ、二度ともう芸能活動はやりません。娘はきっぱりとアイドルを辞めます」

えっ！　と百合子は絶句する。

そんな……あたしがアイドルを辞める？　二度ともう芸能活動はやらない？

足元が崩れてゆくようだ。

「ですから、先生……どうか今回の件は、寛大な処分をお願いできませんでしょうか。娘が、高校中退なんてことになったら、しかもこんなハレンチな不祥事で……我が家はもう、世間様に顔向けができません」

涙声になっていた。また、ぺこぺこと頭を下げている。

その様を侮蔑するように見下ろすと、牝ギツネ教師は鼻を鳴らした。

「百合子さん」

「あ……はい」

「あなたは？」

「えっ」

「あなたも、そう思ってらっしゃるんでしょうね。アイドルはきっぱり辞めると」

「え、えーと、あのー……」

言葉が出てこない。

牝ギツネ教師の目が、さらに異様に吊り上がった。怒りで頰が紅潮している。

目の前の「週刊プレイボーイ」を手に取ると、パラパラとめくった。そうしてページを開いて、彼女に突きつける。そう、百合子が全裸で走っているショットが載ったページだ。

「これを、ごらんなさい！」

声を荒らげた。

「よく、まあ、こんなハレンチな……伝統ある我が校の女子生徒ともあろうものが……人様の前ですっぽんぽんに……ポルノ雑誌なんかに出て……いやらしい！　汚い！　不潔ですよ！」

言葉の刃が次々と身を刺し、痛い、痛くて痛くてたまらない。

「あなたは我が校のプライドとブランドをズタズタにした、泥を塗ったんですよ。あなたなんか……あなたなんか存在する価値もないんです。なんて、まあ、恥ずかしい娘なんでしょう」

「なんですと」

父親がふいに声を出した。

「先生、今、なんとおっしゃいましたか？」

「えっ……そのー、それはお父さま、どういうことかしら……」

「今、さっき、うちの百合子を〝恥ずかしい娘〟と、こうおっしゃいましたな」

「えっ、えー、それは、まあ」

「存在する価値もない、ともおっしゃったようですが」

思わぬ不意の反撃に遭い、牝ギツネ教師はとまどっているようだ。

「いえ、いえ、それは……もちろん、生徒に対して、教師としての愛ゆえのきびしい叱責でありまして」

「そうとは思えませんな」

百合子は、父親の顔を見た。いつもと、どこか違う。消えかけた線でラフに描かれているはずが、くっきりとした線で急に存在感を現したようだ。

「いくら教師だからといって、人間です。人間として言ってはいけないことがある。先生は今、うちの娘に対して、それを言った」

「あなた、もう」と母親が驚いて、制止する。

「せっかく先生が、百合子のためにきびしくおっしゃってくださってるのに。これで百合子が高校中退になったら、どうするの？　娘の一生はメチャメチャよ。それにもう、世間体が……」

「うるさいっ」と一喝した。

「おまえは黙ってろ。世間と自分の娘と、どっちが大事なんだ！」

母親は目を丸くする。女教師も驚いていた。

何より百合子が啞然としている。

「はっきりと言っておきます、先生。うちの娘は、何も恥ずかしくない。何も悪いことはしていない」

えっ、だけど……と牝ギツネ教師は「週刊プレイボーイ」を差し出す。

「これのどこがいけないんですか」と父親。

「わたくし、調べさせてもらいました。この学校の生徒で、過去に何人か芸能活動をやっていた者がいる。雑誌グラビアに出た例もあるようですが」

「ええ、ええ、だけど、それはちゃんと学校の許可が……」

「娘の生徒手帳を開いてね、校則をじっくりと読ませてもらいました。先生、芸能活動を禁止するとも、許可を得る必要があるとも、一行も書いてありませんよ」

女教師が絶句する。

「アルバイトをするのに許可がいるとは、ありました。しかし、娘はまだこのグループに所属して働くという正式な契約書を交していません。今回のグラビア出演にも、ギャランティーは発生していないようです。つまり、これはアルバイトではない。単に学校外での活動にすぎない。そう、芸術表現の……」

芸術表現？　と女教師が鼻を鳴らした。

「これが……これが芸術表現ですか？　このいやらしい、穢らわしい、ポルノ雑誌のヌード写真が？」

「先生、寺山修司をご存じですか？」

「えっ、寺山？　ああ、何かいかがわしい、さっきお母さまもおっしゃったように、ペテン師？　そう、インチキくさい老人でしょ」

「違いますよ」

きっぱりと言った。

「寺山修司は、立派な芸術家です。我が国ではもとより……というか、我が国以上に海外で、ことにヨーロッパで認められている。その演劇活動でいくつも高名な賞を取り、既にフランス文化省より芸術・文学に傑出した功績のあった者に与えられる芸術文化勲章、しかも、その最高位に輝くコマンドゥール勲章を授与されております」

淀みなくしゃべり続ける。

「今年のノーベル文学賞は、タンザニアの作家アブドゥルラザク・グルナが取りましたが、最後まで受賞を競ったのが、実は寺山修司だった……とフランスの新聞「ル・モンド」は報じています。村上春樹と同様、寺山はノーベル賞の前哨戦とも言われるチェコのフランツ・カフカ賞も、イスラエルのエルサレム賞も、既に受賞している。この高名な芸術家を、たとえば先生、ヨーロッパの社交界でペテン師なんて呼んだら……なんて無教養な人間なんだ！　と、あざ笑われますよ。それこそ、恥ずかしい話です」

牝ギツネ教師が、顔を真っ赤にして、怒りと屈辱で身を震わせていた。

「わかりました、お父さま、ええ、ええ、もういいです」

「いや、全然よくありませんな」

ハタと相手の目を見すえる。

「うちの娘、そう、百合子に対する、とうてい許されない侮辱的な発言を撤回、謝罪していただかないと」

えっ、と女教師はあたふたした。

「私、そんなこと言ったかしら、あら、お父さま、何の証拠があって、そんな……」

父親は、上着の内ポケットから何やら取り出すと、スイッチを押す。

〈……いやらしい！　汚い！　不潔ですよ！　……あなたなんか……あなたなんか存在する価値もないんです。なんて、まあ、恥ずかしい娘なんでしょう……〉

ＩＣレコーダーだった。

牝ギツネ教師の表情が凍りつく。

父親は、にやりと笑った。

「これが証拠です、先生。これを都のしかるべき教育部署に持っていくか、いや、凄腕の人権弁護士に相談するか、あるいは新聞社やテレビ局、近頃ではブラック学校告発サイトなんてのもあるそうですな、さて、どこへこれを……」

ちょ、ちょ、ちょっと待ってください！　と女教師は慌てた。

「いえね、先生。わたくしが勤めているところは、とても大手とは言えない、いわゆる中小の会社ですが、社員とその家族は徹底的に守る……という、今どき昔かたぎな社長の方針がありましてね。で、法務部門の担当者に相談したら、これを持たされました。なんでも以前にも、東アジアから移住してきた外国人の社員がいて、小学生の息子が学校でひどいイジメと差別を受けた。

先生はそれを止めるどころか、煽るような人物で、親が抗議すると、卑劣にも隠蔽しようとした。それを聞いたうちの社長は、烈火の如く激怒して、法務・文科官僚・政治家・マスコミを総動員して……あげくの果てに、その卑劣な教師が、学校が、いったいどうなったか？　ぜひ、お調べになってみると、いいと思いますが」

牝ギツネ教師の顔色が変わった。

「あのー……お父さま、ちょ、ちょっとお待ちください。私は何も、今回の娘さんの件を荒立てようなんて最初から思っておりませんでしたのよ。おほほほほ……ええ、ええ、そうです、そうですとも。我が校は開校以来、自由な気風と生徒の自主性を重んじるのが本分で、校長も温情主義で知られる人物です。ただ、理事会が……昨今、ことの外、この種の対外的な醜聞に対して非常にきびしく、とりわけ理事長が厳格一徹で知られる方でして、校長はよくても、それはもう、ああ、あの理事長がいったいなんと言うか……」

「あの理事長とは……蔵原武介氏のことですかな」

えっ、と女教師。ご、ご存じで……。

「ええ、今回の件で、わたくしがうちの社の法務担当者に相談したら、すぐに社長に伝わりましてね。それはいけない、と早速、動いてくれました。蔵原武介氏は、我が社の社長の旧知の人物で……というより「弟分だよ、あいつは」と笑っていました。兄貴分の社長の訴えを聞いて、蔵原氏は、今回のうちの娘の件は何の問題もない……というより、こんなことで一介の教師ごときが親御さんを学校に呼びつけるなんて、ひどいハラスメントだ！　と大層、ご立腹だったようです」

牝ギツネ教師は顔面蒼白で、冷汗をたらして、震えている。

「実はね、先生。さっき、その蔵原武介氏ご本人から、わたくしのケータイにお電話をいただきました」

えっ！

「ひどく恐縮されていましたなあ。理事長として、いや、学校を代表して、と前置きされて、こ

のたびのご無礼をどうぞお許しください……と実に丁重な謝罪をお受けしました。今頃、ここの校長が蔵原氏に呼びつけられ、蔵原邸に駆けつけて釈明に努めているところ、と思われますが牝ギツネ教師は、目に涙を浮かべ、あんぐりと口を開けている。

「ふ〜、もう、いいでしょう。百合子、帰るぞ」

父親は立ち上がると、女教師に挨拶もせず、面談室を出る。百合子も母親も慌ててつき従った。

廊下を歩き、校舎を出る。

父親の背中が大きく見える。

ふと立ち止まって、振り返った。

やさしげな表情をしている。

「なあ、百合子……パパは大学生の頃から、寺山修司の競馬エッセイのファンだったんだ。新聞のコラムを切り抜いて、スクラップしていたぐらいにね。競馬場で、何度もあの人を見かけたよ。一人でぽつんと立って、じっと走る馬を見つめていた。うん、いい顔をしていたな。とてもいい顔をしていた。実はな、今でもパパは、たまあに馬券を買ってるんだ。もう競馬新聞は読んでないけど、ほら、スマホの競馬サイトとかあるじゃないか、そこにね、寺山修司の競馬予想エッセイがリンクされていてさ、久々に読んだら、懐かしかった。スシ屋の政とかトルコの桃ちゃんとか出てきて。まあ、今じゃ、トルコの桃ちゃんと書くと〝ソープの桃ちゃん〟に自動変換されるんだ、と寺山さんはボヤいていたっけ」

父親は、はにかんだように笑った。

「百合子、あの人は信用できるよ。そう、寺山修司は。あの目を見れば、わかる。あんな瞳をした老人なんて、この世に一人しかいない」

あのぎょろっとした瞳を、百合子は思い浮かべた。

「がんばりなさい、寺山修司と……TRY48を」

なんとも言えない気分になる。

「自分の好きなことをやったらいい。なんでもね。思いっきり、大好きなことをやりなさい。人生は一回限りなんだ」

急に、きりっとした表情になる。父親のこんな顔を初めて見た、と思った。

「パパはね、百合子のことを信じているよ。おまえは、いい子だ。わかっている。何かあったら、今日みたいにさ、パパがおまえを……全力で守ってやる」

ジーンときた。

「百合子、おまえは私の大切な……大切な娘だ」

熱いものが込み上げて、あふれる。

「パパ！」と叫んで、泣きじゃくりながら、父親の胸に飛び込んでいった。広い、あったかい、大きなその胸に。ぎゅうっと強く抱き締められた。

のび太ではない。

ドラえもんに抱かれているみたいだ、と思った。

ある日、リビングの本棚のあたりで百合子が探し物をしていると、本の隙間からハラリと一枚の紙片が落ちてきた。黄ばんだ古い新聞の切り抜きである。２０１７年12月25日の日付だった。丸写真の中に、ぎょろっとした目の老人の顔がある。ああ、これがパパが言ってたやつかあ、と気づいた。

さらば、キタサンブラック

寺山修司

スシ屋の政が魚河岸の仲間と連れ立って、船橋の中山競馬場に現れた。レース前なのに荒くれ男たちが大漁旗を振り廻して、絶叫している。

「サブちゃん！　サブちゃん！　サブちゃん！」

サブちゃん、こと北島三郎が馬主の馬・キタサンブラックの引退レースだ。しかも、有馬記念である。

「暮れの有馬記念といやあ、いわば競馬の紅白歌合戦だ。サブちゃんは4年前に50回出場で紅白を卒業したけどよ、今日はキタサンブラックが最後のレースを勝利で飾って、大トリでサブちゃんが熱唱するのさ。もちろん、そう……『まつり』を、ね」

「〽まつりだ〜、まつりだ〜、まつりだ〜……ソイヤ〜、ソイヤ〜、ソイヤ〜」

荒くれ男たちは大漁旗と紅白の大ウチワを振り廻して、大騒ぎし、踊りまくっている。ウチワには〝キタサンまつり〟と記されていた。

「そんなにうまくいくもんかね」と暗い顔した男が言う。通称、死神。この男に競馬場で声をかけられるとツキが逃げる、というジンクスがあった。慌てて逃げようとする私の腕を、よれよれのコートを着た死神はがっちりつかんで離さない。臭い息を吹きかけるように、耳元で囁き続ける。

「ふん……紅白か。たしかに今日はクリスマスイブで、赤い服を着たサンタが白いひげを生やしてプレゼントでも持ってくると思ってやがる。だがね、ダンナ、北島三郎の馬は、キタサン……ブラックだ。黒だよ、なあ、不吉じゃあないか」

　ぎらぎらとした目でまくしたてた。死神が嫌われるのは、いつもこんなネガティブなことばかりボヤき続けるからである。

「あっしは嫌だね、はん、北島三郎なんざ。北海道の寒村から18歳で上京して、夜の街をギターの流しで唄い始めた、裏街道の歌い手がよ、何だい、今や国民的大歌手かい。去年なんざ、春の叙勲で旭日小綬章受章だとさ。とうとう天皇陛下から勲章をもらうご身分になっちまった。馬は飼い主に似るって、よく言ったもんでね。キタサンブラックときたらよぉ、春の天皇賞を連覇して、こないだの秋の天皇賞まで勝っちまった。天皇賞3勝馬なんて史上2頭目だそうだ。はん、飼い主のサブちゃんとよく似て、この馬も、天皇陛下万歳！　ってわけだ。北島三郎と同じく北海道の寒村の小さな牧場に生まれ、大した取り得もないのに〝顔がいいから〟ってサブちゃんに買われて、雑草血統の駄馬だったくせによぉ……」

　それは違う、と私は思った。キタサンブラックの父ブラックタイドは、あのディープインパクトの全兄である（全兄とは、同じ両親の血筋の兄だ）。弟以上に資質があると言われ、落札値も上まわった。が、3歳時に屈腱炎を発症し、2年間も休養する。復帰後も、はかばかしい成績を残せなかった。その間、弟のディープインパクトは無敗でクラシック三冠を制して史上最強馬とまで謳われた。兄として、どれほど悔しかったことだろう。その息子キタサンブラックもまた生まれてすぐに父と同じ屈腱炎に侵される。呪われた親子二代の病み上がりの馬だ。

若くして資質を買われ短歌デビューしたのに、19歳で難病ネフローゼに侵され、3年間も瀕死の病院のベッドで寝ていなければならなかった私は、ブラックタイド／キタサンブラックの、ブラック＝黒い病いを継ぐ父子に肩入れしないわけにはいかない。

北島三郎と私は、実は同い歳である。いや、あくまで戸籍上はだが。昭和10年12月10日、私は青森県弘前市紺屋町で生まれた。が、北国の冬は雪深く、容易に外出できない。やっと母親が役場に届け出たのが、翌年のことであり、戸籍上は昭和11年1月10日生まれとなった。

その年10月、津軽海峡をあいだにはさんだ対岸の北海道上磯郡知内村で産声を上げたのが、大野穣――そう、後の北島三郎である。昭和30年を目前に、彼も私も18歳で北国から上京した。同じ時代の裏街道で、片や流しのギターで唄い、こなた短歌の韻律で謳った同志なのだ。

長い闘病の末に退院後、私は新宿の安アパートに住み、歌舞伎町の裏通りでノミ屋のウケ番やポーカーのディーラーをして、いかさま賭博のネタを仕込んでいた。その時、路地から聴こえてきたギターの調べと流しの歌声は……若き北島三郎のものだったかもしれない。

〽涙の終りの　ひと滴《しずく》
ゴムのかっぱに　しみとおる
どうせおいらは　ヤン衆かもめ
泣くな怨むな　北海の
海に芽をふく　恋の花

当時、よく口ずさんでいたサブちゃんの『なみだ船』の私もまた船客であり、同時代の荒波にもまれ、揺られていたのである……

「あら、寺山サン」

ふいに声をかけられ、回想は打ち切られた。目の前には、派手なピンクのシャツを着た女が笑っている。

トルコソープの桃ちゃんだ。

「なんだい、桃ちゃんもキタサンブラックを応援しにきたのか？」

ぷうっとホッペをふくらませて「冗談じゃないわよ」と吐き捨てる。

「やだ、あんな下品な馬」

おいおい、何だ、聞き捨てならないな……とスシ屋の政と店の常連客たちが、わらわらと寄り集ってきた。

「キタサンブラックが何だって？」

オカマゲイの金坊が、身をくねらせて口を開く。

「いやあねえ、あたしもキタサンなんて買わないわよ」

「じゃあ、金坊。何、買うんだい？」

「エヘン。当然、5枠のシュヴァルグランよ」

「シュヴァルグラン？」

「ええ、だって馬主が佐々木主浩……大魔神なのよ！　すごいじゃない」

「うーん、キタサン、7枠のスワーヴリチャードに続いて、シュヴァルグランは3番人気か、無くはないかな？」とバーテンの鉄次。

「でもよ〜、大魔神・佐々木はセーブ・ピッチャーだろ？　抑えでいいんじゃないか、キタサン──シュヴァルの連番で」と政。

「まあ、金坊は~~オカマ~~ゲイだけに〝ケツを締める〞大魔神の馬がお好みなんだろうが、わっはっはっ」

「あら、失礼ね、それPC、ポリティカル・コレクトネス的に完全アウトよ」

「なんだい、その、ポリ……ポリとかってえのは、どこのスシ屋で握ってくれるんだい？」

話が嚙み合わない。

「大魔神・佐々木の奥さんは、元アイドルの榎本加奈子ですからね、面白い」

分厚いレンズのメガネを光らせた小太りの青年が笑っている。アイドルおたくのタクヤだ。

「だって、キタサンブラックに乗る武豊騎手も、奥さんは元アイドルの佐野量子ですよ」

得意気にウンチクを語っている。

「そういや、武豊って先月、写真週刊誌に撮られたよなあ。若い美人キャスターと路チューしてるとこを。武騎手も、もう48歳になるのに、相変わらずモテモテなんだな」

「でも、奥さんの佐野量子が出てきて、ぴしゃりとスキャンダルを抑えましたよね。さすがです」とタクヤ。

「武騎手は数々の名馬を乗りこなしてきたけど、その武豊をみごとに乗りこなしているのが、佐野量子なんだから。彼女は80年代半ば、おニャン子クラブの大ブームの時にデビューして、どちらかというと地味めな……モモコ系アイドルでしたけど」

「モモコ系？」

「ええ、菊池桃子のフォロワーですね」

~~トルコ~~ソープの桃子じゃなくて？　と私が言うと「やだ、くらべないで！」と桃ちゃんは怒る。

「ああ、そういえば菊池桃子はプロゴルファーと結婚したし、佐野量子は武豊と、同じくモモコ系の畠田理恵は将棋の羽生善治と結ばれた……ハブを食っちゃうマングース理恵とか呼ばれて」

　アイドルおたくのタクヤのウンチクギャグに一同は笑った。

「だけど、菊池桃子は離婚したんじゃなかったかな、プロゴルファーと」

「ええ、たしかに。でも、50歳近くでいまだあのフェロモンですからね、もっとすごい再婚相手をつかまえるんじゃないですか？　たとえば、そう……高級官僚とか」

　まさか！　と一同は失笑した。

　~~トルコ~~ソープの桃ちゃんも、モモコ系としていい男をつかまえないと……と誰かが言う。

　ふん、と桃ちゃんは鼻で笑った。

「あたしだって、いい人ぐらいいるわよ」

　若い甲斐性なしのヒモ男と彼女が同棲しているのは、知る人ぞ知る話だ。

「で、桃ちゃんは、どの馬を買うんだい？」

　きらっと彼女の瞳が光った。

「……クイーンズリングよ」

　クイーンズリング!?　と一同が声を上げる。

「ええ、キタサンブラックだ、サブちゃんだ、大魔神だと、暑苦しいじゃないのよ、冬なのにさ。もう、マッチョな男はうんざり。その名前どおり、クイーンズリングは牝馬のクイーン、女王よ。だって去年はＧⅠのエリザベス女王杯だって獲ってるんだから。キタサンは天皇賞かもしれないけど、天皇陛下よりエリザベス女王のほうが偉いでしょ！」

　よくわからない理屈だ。

「けどなあ、桃ちゃん、クイーンズリングは8番人気だぜ、この馬が来たら大穴だよなあ」

「何よ、知ってる？　クイーンズリングの父親は、マンハッタンカフェなのよ。すごくオシャレじゃない。騎手だってさ、クリストフ・ルメールよ、フランス人の超イケメンの。顔で武豊に勝ってるだけじゃない、不滅の記録と言われる武騎手の年間最多勝利をまもなく上廻るのは、ルメールだってもっぱらよ。イギリスのエリザベス女王に、マンハッタンカフェに、フランスのイケメン騎手に……ああ、ステキじゃない！」

　桃ちゃんは西洋かぶれだったのか？　ミス・トルコソープなのに……。

「それにさ」と、ふいに寂しげな瞳をした。

「みんな、もう、それこそ日本中が、キタサンブラックの引退試合だなんだって大騒ぎしてるけど、この有馬記念は、実は……クイーンズリングの引退レースでもあるのよ」

　へえ、そうなんだ……と声がもれる。

「だからさあ、最後に勝たせてあげたいじゃないの……女にさ……そう、本物のクイーンになるのよ」

　桃ちゃんは突然、ピンクのシャツをめくりあげると、ピンクの腹巻きから何やら取り出した。札束だった。シワだらけの札束がごわごわにふくらんでいる。

「私が仕事でためた……全財産よ。これをぜぇーんぶ、ぶっこんで、単勝でクイーンズリングに賭けるわ」

　えっ！　げげっ!!　マジか!?

　みんな唖然としている。

「それでね、もし……もし、クイーンズリングが勝って大穴を当てたら、私も引退するの、ミス・トルコソープを」

一瞬、シンとした。

「いい人がいると言ったでしょ？　でね、その人と結ばれるんだ。当てたお金でね、結婚指環を買う。そう、これがホントのクイーンズリング。あたしはそのリングをはめて、クイーンになるんだ。そう、このレースにはあたしの全財産と、人生、未来を賭けてるのよ」

桃ちゃんが握り締めているシワだらけでごわごわの札束……彼女がこのお金をためるのに、毎夜、いったいどれほど泡だらけになって懸命に働き続けたことだろう。

みんな、しんみりとした。

「けどなあ、桃ちゃん、無謀な真似はやめたほうがいいんじゃないか」とスシ屋の政。

「ほら、こないだ京都の寺の坊さんがよ、今年の漢字一文字って、大きく筆で書いたじゃないか」

えっ？

「そう……〝北〟ってさ。キタサンブラックの勝ちは、もう、これで決まったようなもんだろ」

ふふ、バカね、非科学的よ……と桃ちゃんは笑っている。

おっ、そろそろレースが始まりそうだ。みんな馬券買いに走った。

スタンドは10万人もの大観衆で埋まっている。

赤い旗が振られ、ファンファーレが鳴った。次々にゲートへと競走馬が入ってゆく。ワーッという大歓声だ。緊張が競馬場全体に走り抜ける。

ゲートが開いた。

16頭が一斉にスタートする。

いきなり飛び出した馬がいた。なんと、2番のキタサンブラックだ。スタンドがどよめいた。最後のレースでも逃げをはかるのか。逃げ馬に思い入れ、自分もまた若くして飛び出した人生の逃げ馬だった私は、心臓が高鳴るのを感じた。

「行け！　キタサン！　サブちゃん!!」とスシ屋の政が絶叫している。

先頭馬は早々と後続を引き離している。しかし、キタサンブラックはもはや5歳の古馬だ。このペースで最後まで行けるのか？　はたしてスタミナはもつのだろうか？

7番シャケトラ、1番ヤマカツエースと続く。馬群にまぎれて3番のクイーンズリングの姿は見えない。

「クイーンズリング〜ゥ!!」とトルコソープの桃ちゃんが涙声で叫んでいる。

正面スタンド前を16頭が駆け抜けて、歓声がひときわ大きくなった。

先頭は変わらない。茶と黄の縞のユニフォームの武豊騎手は、さらに飛び出そう飛び出そうとするキタサンブラックを、必死で抑えているように見える。

第3コーナーを廻り、第4コーナーから直線へ。

逃げる、逃げる、キタサンブラック。

シャケトラ、ヤマカツエースは苦しくなった。

後続の馬群、突如、内から一頭の馬が飛び出してきた。

ゼッケンは……3番、クイーンズリングだ。

「来たっ！」と桃ちゃんはガッツポーズで躍り上がる。満面の笑顔になった。

「行け！　行け！　クイーンズリング〜!!」

クリストフ・ルメール騎手がムチを入れ、牝馬のその脚がさらに加速する。猛追だ。

10番シュヴァルグラン、14番スワーヴリチャードも追い上げる。

どうなる、どうなる、もうゴールは目前だ。

ウォーッという大歓声に包まれ、緑の芝生を美しい馬たちが駆け抜けてゆく。

トップは……黒い馬だ。

キタサンブラックが逃げ切った。

武豊騎手が片手を上げている。

キタサン！　キタサン！　キタサン！

10万人のコールが鳴りやまない。

クイーンズリングは届かず、2着。

わーっと絶叫して、桃ちゃんはその場にへたり込み、がっくりとうなだれた。

ハズレ馬券を破り、紙吹雪のように宙にまき散らす。ぐしゃぐしゃの顔で嗚咽《おえつ》している。

彼女が毎夜、泡にまみれて稼いでためた全財産が、一瞬にして泡と消えた。クイーンズリング——女王の指環《リング》をはめて幸福な花嫁となる、はかない夢と共に。

明日からまた桃ちゃんは、ミス・トルコソープとして泡まみれで働き続けるだろう。

夕陽に映えて最後のウイナーズランを決めるキタサンブラックの姿は、神々しかった。ＧⅠで7勝は歴代最多勝利だ。

歓呼の声に応えて片手を上げ、誇らしげに笑う武豊騎手は、これで有馬記念3勝目。

オグリキャップ、ディープインパクト、そしてキタサンブラック……歴史に残る3頭の超人気馬である。

やはり、この男は持っている。

今回の勝利で先頃の路チュー騒動も、奥さんの佐野量子は許してくれるに違いない。キタサンブラックと同様、武豊もまた（スキャンダルから）逃げ切った。

夕陽が沈み、スタジアムが闇に包まれる。しかし、誰一人、帰らない。帰ろうとしない。

正面スタンド前のお立ち台に、ハッピを着た短髪の老男性が駆け上がる。

北島三郎だ。

サブちゃん！　サブちゃん！　サブちゃん！

すさまじいコールが巻き起こる。北島三郎はにこやかに手を振って、歓呼の声に応えてみせた。

いい顔になったな……と思う。白髪頭で、メガネを掛け、顔にシワが刻まれている。それでも、ピンと背が伸び、すっくとまっすぐに立っていた。

81歳。私と同い歳だ。

揃いの茶色いハッピを着た男衆らがずらりと後ろに並ぶ。武豊騎手もハッピを着ていた。

「〽まつりだ〜、まつりだ〜、キタサンまつりだ〜」

〽ソイヤ〜、ソイヤ〜、ソイヤ〜。

サブちゃんの『まつり』の熱唱が始まった。手拍子と掛け声がスタジアムに響き渡る。紅白の大ウチワが振り廻されていた。その場がにぎやかなお祭り空間になる。

「へっ、そんなにおめでたい話ですかね」と耳元で誰か囁いた。

死神だ。ボサボサ髪で濁った目、汚れた歯をむき出して、奇妙な笑みを浮かべている。

逃げようとした私は、また、がっちりと腕をつかまれた。

「つれないな〜、ダンナ。まあ、あっしの話を聞いてくださいよ」と死神。

ひどい口臭で息を吹きかけてくる。たまらず顔をそむけた。

「ダンナのお好きなサヴィンコフ、またの名をロープシンなる前世紀のロシアのテロリスト作家がいたじゃないですか。代表作は『蒼ざめた馬』。〈見よ、蒼ざめたる馬あり、これに乗る者の名を死という……〉とは、ヨハネ黙示録だ。でも、サヴィンコフは死ななかった。テロル、亡命、裏切り、あげくソビエト政府に逮捕され、監獄入り……『黒馬を見たり』を書いて、自殺した。黒い馬は不吉ですぜ、ダンナ、へっへっへっへっへっ……」

不気味に笑う。

「キタサン……ブラックか。この不吉な黒い馬も、飼い主のサブちゃんも大好きな……天皇陛下。退位する日が、こないだ閣議で決まりやしたね。平成も、あと1年4か月とか。こんな黒い馬を称えて祭り上げるなんざあ、ねえダンナ、平成の次の時代は、さぞやブラックに……真っ暗な世の中になりやすぜ、うえっへっへっへっへっ……」

まさか！　と私は吐き捨てる。

だって、もうすぐ二度目の東京オリンピックだって開かれるじゃないか。

「東京オリンピック？」と怪訝な声で呟き、顔を歪め、死神は首を振った。

「そんなもなあ、ホントに開かれるとでも信じてるんですかい？　うわっはっはっはっはっ、こりゃいいや、おめでたいなあ、ダンナも。１９４０年の東京五輪は戦争のおかげで中止になった。それから80年後、今度のオリンピックは何だろう……そうだな、ま、世界中に伝染病でも広がって、ぶっつぶれちまいやすよ。ほら、ダンナが芝居にした『疫病流行記』ね、あれは大した予言だった。トントン、トントンと破滅音のウイルスがこれから地球上に蔓延していきやすぜ。よりによってそんな折にオリンピックを開こうなんざ、はっ、呪われた都市《まち》だ、東京は。ぐわっはっはっはっはっ……」

　バカな！　と私は思う。しかし、どうしても死神から逃れられない。その不吉な暗い声に耳を傾けてしまう。

　北島三郎と10万人の観客たちが合唱する『まつり』の歌声は、さらに高鳴った。

「……まつり、か。ねえ、ダンナ。コリン・ウィルソンに『暗黒のまつり』という本があった。狂った殺人鬼が何人も女たちを、売春婦を殺しまくる暗く陰惨な小説でしたっけ。ま、さしずめ今夜は〝暗黒のまつり〟だ。不吉な黒い馬を称えて、唄い、踊り、騒ぎ、みんな真っ暗な破滅に向かって突き進んでゆく……」

　もう、いいよ！　と叫ぶと、私は男を突き飛ばした。地べたにひざまずき、うずくまり、それでも私のほうを見上げると、くっくっくっと死神は不気味に笑っている。

　私は背を向けて、スタジアムを後にした。

〽まつりだ〜、まつりだ〜、キタサンまつりだ〜。

〽ソイヤ〜、ソイヤ〜、ソイヤ〜。

　にぎやかな歌声は、まだ続いている。

　しかし、もう私は振り返らない。決して振り返ったりするものか。

　前を向いて、ただ進むだけだ。

　そう、あの黒い馬、最後のレースで老骨の古馬がいきなり飛び出し、前へ、前へ……武豊騎手がどれほど懸命に抑えようとしても、ひたすら前に向かって走り続け、逃げ切ろうとしていたように。

　若き日に人生の逃げ馬として出発したこの私も、今や齢80を超え、老いたる古馬とも成り果てた。息は切れ、目はかすみ、足腰は痛んで、すっかり体力もスタミナも失っている。

それでも……。

前を向いて、走ろう。

あの死神が言うように、そこには絶望が、破滅が、陰惨な〝暗黒のまつり〟が待ち受けていようとも。

懼《おそ》れるまい。

前へ、前へ、なみだを馬のたてがみに、こころは遠い高原に、今、耳を澄ますと、幻聴のように最後の黒い馬が駆け抜ける蹄《ひづめ》の音が、高らかに聞こえてくる。

ふりむくな
ふりむくな
うしろには夢がない
さらば、キタサンブラック‼

第7章　アイドルおたくを罵倒せよ！

中央線の高円寺のはずれにある安アパートだ。築ン十年という老朽化した木造モルタルのボロい建物である。陽あたりの悪い一階奥のその部屋には、ムッと饐えた臭いが漂っていた。流しにはカップラーメンの残りスープにワリバシが突っ込まれ、小バエがわいている。漫画週刊誌やレジ袋、ほか弁の空き容器、脱ぎ捨てられたシャツやパンツが散乱して山積みだ。

万年床のセンベイぶとんが染みだらけで垢じみている。寝床の脇にコタツが置かれ、四畳半のその部屋はもうわずかしか畳が見えない。

「う〜ん」

唸り声を上げて、青年が寝返りを打った。

ボサボサ髪で細い目、ダンゴ鼻、ぶしょうヒゲ、分厚いくちびるのブ男だ。汚ないランニングシャツと裏返しにはいたパンツ、ぶよっと腹の出た締まりのない体……。

三度、大学受験に失敗して三浪目の21歳である。枕元に積まれた受験参考書には、ほこりがかぶっていた。万年浪人のタクロー青年は、目をしょぼつかせ、なんとか起き上がろうとする。が、体に力が入らない。畳の上にはストロングゼロの空き缶がいくつも転がっている。

「むは〜」とため息をつき、パンツに手を突っ込んで、股間をかきむしった。インキンがさらに悪化している。

と、ペニスに指先が触れて、おやっ、なんか妙な感じがした。突如、ムラムラとくる。こういうところだけは力が入り、たちまち元気びんびんで、やはり彼も青年なのだ。

鼻息を荒くし、枕元の参考書の山をひっくり返して、その奥から何やらひっぱり出す。

雑誌だった。夜中にゴミ収集所に捨てられていたのをひろってきたのだ。

表紙に顔を近づけ、タクロー青年は、にんまりと笑う。

「週刊プレイボーイ」

〈TRY48、出発!!〉

すっ裸の女の子たちの群れが屋外を突っ走る強烈な表紙だった。

こりゃあ、とんでもないひろい物だったな——タクローは、にやつく。

ページをめくろうとしたが、パリパリと貼りついていた。は〜。何度、このグラビアにお世話になったことだろう。青年はベリッと紙をひきはがした。

そこには全裸の少女たちの群れが待っている。ページ全体が若い女子の肌の色で埋めつくされていた。みんな笑顔だ。汗を光らせ走っている。

背の高い女の子もいれば、小柄な少女もいる。ぽっちゃり系に、スリムに、ナイスバディに。ロケットバストの超巨乳に、胸のまったいらな娘も。プリケツに、筋肉質の尻、恥毛をさらしている者も。セクシー系のお姉さんから、不思議ちゃん、ロリータ乙女まで。

いや〜、よりどりみどりだ。タクロー青年の鼻息がさらに荒くなり、心臓の鼓動が高鳴る。ページに穴があくほど、何度も何度も見つめ続けたはずなのに、まったく見飽きない。

ああ、まるで夢の世界だ。夢の中でタクローは、自分もすっ裸になっている。ぶよっとした醜い肉体で、裸の少女たちの群れに混じって、なぜか彼自身も笑いながら走っているのだった。

さて、今日はどの娘にしようかな……。

この超美形ちゃんはこないだざんざんお世話《いいい》になったたし、女相撲取りみたいなデブった巨体も珍しいけど、ちょっとな〜、あれ、長い黒髪をなびかせて笑ってる平面顔の女の子、坂道系のアイドル未満って感じじゃね？　げへへ、こういうのも、いいよね……あっ、こいつだ、金髪のショートカットで、くりっとした瞳《め》の少年みたいで、オッパイがどでかい……く〜、このアンバランス感が、たまらん!!

こいつだ、こいつだ……この金髪ちゃんが今日のオレ様の恋人に決定だ！

タクローの右手の上下動が急速に激しくなる。目がトロンとして、分厚いくちびるからツーッとよだれがたれた。

と、その時だ。コツコツと、何やら音がする。

ハッと正気に返った。

コツコツ、コツコツ……とノックの音だ。

「くそっ！」と吐き捨て、舌打ちをし、タクローはよろよろと立ち上がる。

なんだよ、せっかくいいとこだったのにぃ。また、大家のババアか？　たまった家賃は今度ちゃんと払うって言ったじゃねえか、催促？　うっぜぇな〜……。

ぶつぶつと呟きながら歩を進め、「うぁい」ともらしてドアの鍵をあけた。と、その瞬間である。バーンとドアが全開になった。

えっ！

すらりとしたショートカットの女の子が目の前に立っていた。

くりっとした大きな瞳。少年のような風貌。けど、二つの胸が大きく隆起している。

金髪だ。金髪ちゃんだ。

えっ、まだオレは夢を見ているのか!?　タクローは目をこすった。

「ハ〜イ、ＴＲＹ48のメンバー……ボクッ娘《こ》こと、王蘭童で〜す!!」

金髪ちゃんはにっこりと笑うと、ずかずか部屋の中へと入ってきた。

「うわあっ、けっこう散らかっちゃってますね〜」

呆れ声を上げる。あたりを見廻し、一瞬、嫌な顔をしたが、そこはアイドルだ……また、全開の笑顔に戻った。

おおおおい、おい、待待待待て、待て、待てよ〜……とタクローは追っかける。

白いショートパンツでプリッとしたヒップ、そこからすらりと伸びた少女の二本の美しい脚を目の前にして、ブ男はごくりと生ツバを飲み込んだ。

こんなバカな!　アイドルがオレの……オレの汚い部屋に……。やっぱ夢か?　や、や、夢でもいい。ああ、夢なら覚めるな!!

タクローはとっさにひざまずく。

ボクッ娘は、ひょいとコタツの上に乗っかった。目の前でひざまずくブ男を、見下ろす。

ショートパンツのポケットから取り出したスマホに、さささっと指を走らせると、ふいに音楽が鳴った。どろどろどろと何やら異様に面妖で土俗的な……Ｊ・Ａ・シーザーの楽曲である。

ゆらりと身を揺らすとボクッ娘は、白いＴシャツの裾に両手をかけ、ぱっと脱ぎ捨てた。

「うぉ〜っ!!」とブ男が雄叫びを上げる。

赤いブラジャーから、たわわな胸、二つの乳房がはみ出していた。

突如、ボクッ娘は踊り出す。

コタツの上でステップして、くるくるとターンし、飛びはねる。安普請のアパートが揺れた。

赤いブラからはみ出した巨乳も揺れる。たわわ、たわわと、揺れに揺れる。

タクローは目を見張った。

高円寺のボロアパートでの奇跡。金髪のとびきり美少女が、ショートパンツでブラ一丁、巨乳を揺らして目の前で踊っている。どろどろとした奇妙な音楽をバックに。

「ヒュ〜ッ！」と思わず声が出て、ひざまずいたまま、タクローは身を揺らした。両手を上げ、頭上でパパンパンと打ち鳴らし、リズムに合わせ、コールする。

「ヘタイガ〜、ファイヤ〜、サイバ〜、ダイバ〜、バイバ〜、ジャ〜ジャ〜……」

いわゆる〝MIX〟を打ち、両手を前に突き出してひらつかせる〝ケチャ〟を披露して、〝ヲタ芸〟を全開にした。

コタツのステージ上のボクッ娘は、最前のブ男を指さす。その指先を左右に振ると、ニコッと笑って、ウインクした。

「ぐげっ！」と奇妙な呻《うめ》きをもらし、ブ男は卒倒する。白目をむいて、口から泡を吹き、悶絶していた。裏返しにはいたパンツの股間をもっこりとふくらませたまま……。

同じその頃、小山デブコは突如、押し入ったマンションの一室で〝懐かしの聖子ちゃんメドレー〟を唄い踊りまくった後、襲いかかってきた中年体育教師とがっぷり四つに組み、どすこい！どすこい！　と相手を投げ飛ばした。

キモノ姫はバスケットから大ヘビのジョージを飛び出させて、家族だんらんをメチャメチャにし、男嬢は股間のモノをぶらぶらさせるダンスで女子高生たちに悲鳴を上げさせ、サブコは哲学専攻の大学教授宅に侵入して、老教授を言い負かして涙目にさせた。

超美少女の多重子は？　突如、ぶるぶるぶるっと顔を左右に振ると、表情と人格がくるくると変わり、いったい何をやらかしたやら自分にも記憶がない。

百合子の押し入った家は、小学生の姉と弟の二人きりで、お留守番だった。突然、知らないお姉さんが入ってきて、いきなり唄って踊り出したから、さあ大変。幼い姉弟ちゃんらは目を白黒させる。けれど、そこは子供だ。すぐに面白がって、自分たちも一緒に踊り出した。

ああ、よかった、子供の家で……と百合子は胸をなでおろす。これが変質者、変態男の家だったら、いったいどうなっていただろう。背筋が寒くなった。

変質者、変態男——という言葉と共に、ふっと脳裏に浮かび上がる。そう、ぎょろっとした目のあの老人の顔が……。

ぎょろっとした目の老人が、座っている。元麻布のＴＲＹ48館、光の射し込む広い部屋である。ホワイトボードを前にして、車椅子に座る寺山修司は、ひどく顔色が悪い。茶色いガウンを着ている。老いた入院患者のようだ。

車椅子を押してきたのは、縁なしメガネを掛けた黒いパンツスーツの女性である。松本マネは、無表情なまま、寺山の背後に立っていた。

寺山と向かい合って、７人の女の子たちがパイプ椅子に座っている。

悪魔セブンの面々だ。なんだか老教師の授業を受ける女子高生たち、という風情である。

ホワイトボードに何やら文字が書かれていた。

〈会いに行けるアイドル〉

「どうやらこれが、ＡＫＢ48のキャッチフレーズらしい」と言うと、寺山はペンを持ち、その文字を大きな×印で消してみせた。そうして、その脇にさらさらと書き加える。

〈会いに来るアイドル〉

さらにもう一行。

〈いきなり押し入ってくるアイドル〉

「これだ！　これが、ＴＲＹ48だ」

にやりと笑った。

「こう言うと、宅配されるアイドル、略して〝宅配ドル〟、あるいはデリバリー・アイドル……デリヘルならぬ〝デリドル〟、なあんて思うかもしれない」

ぎょろりとした目で女の子らを見る。

「が、違う。決して。アイドルはウーバーイーツでもなければ、出前館でもない。注文に応じて便利に宅配される存在であってはならない。我々が提供するのは、宅配ではなく……誤配だ」

誤配？

「そう、ある日、注文してもいないのに、いきなり百人前のカツ丼が我が家に届けられる……その驚き！　そうした誤配の驚異をこそ我々は提供するんだ」

女の子らはざわつく。えっ？　何？　百人前のカツ丼って⁉　それって、ただの……嫌がらせじゃね？　とか囁いている。

「嫌がらせ……かもしれない。あるいは。表現は、送り手側が半分しか作れない。残りの半分は受け手側が作るんだ。ことにアイドルは、ファンの側に主体があるとも言われている。それを転覆させたい。いきなり任意の家に押し入って、アイドル活動を展開する。いわば……アイドル・テロルだ！　劇場があって、劇が演じられるのではない。劇が演じられると、そこが劇場になるんだ。劇場は〝在る〟ものではなく、〝成る〟ものだ。いざ、あらゆる場所を、アイドルの劇場に！」

急にテンション高くそう叫ぶと、寺山は息を切らして、げほげほと咳き込んだ。慌てて松本マネが背中をさすり、介抱して、何やら薬を飲ませる。寺山は目を潤ませ、青ざめた顔で震えていた。やはり体の具合が悪いのか？　それとも単に老いて衰えたのだろうか？

女の子たちは、ただ、ぽかんと見ているだけだ。

ともあれ、そんな寺山の老体にムチ打つアジテーションによって、悪魔セブンのアイドル・テロルは決行されたのである。グーグルマップで寺山があてずっぽうに指さした場所へ、メンバーたちが出かけていって、突発的押し入りライブを展開したという次第。

おっと、その前に芸名が決定された。

寺山は、既にメンバー間で流通しているニックネームを訊いて、ホワイトボードにいろいろ書き込む。

ボクッ娘？　ああ、たしかにあなたは少年みたいだね……〈両性具有〉と、〈アンドロギュヌス〉か、う〜ん、〈トランスジェンダー〉ね……ああ、ヴァージニア・ウルフにそんな小説があったな……えーと、そう、〈オーランドー〉か……よし、決まった。

〈王蘭童〉

てな調子である。メンバーらが理解してようが、してまいが、お構いなしだ。

サブコがこう言ったものである。

「ねえ、ユリコさん、寺山修司のネーミングセンスって、超いい加減だからね。天井桟敷の劇団員だってさ……北海道出身でコワモテだから〈網走五郎〉とか、サルバドール・ダリにちょいたりないから〈サルバドール・タリ〉とか、当時、寺山が住んでたのが、世田谷区下馬2ノ5ノ7番地だったんで〈下馬二五七〉とか……」

げっ、マジ!?

「呆れるよね。うん、たけし軍団ってあるじゃん、ビートたけしの弟子の。つまみ枝豆とか、ラッシャー板前とか、水道橋博士とか、ガダルカナル・タカとか……ちょい似たセンスかも」

そういう彼女は〈黒子サブコ〉と名づけられた。なるほど。〈小山デブコ〉と〈多重子〉は「そのまんまでいいだろう」と言われる。男嬢は最初〈御股《おまた》カオル〉と命名され、「ヤダヤダヤダ、絶対にヤダ――ッ!!」と泣き叫び、結局〈男嬢《おじょう》カヲル〉になった。キモノ姫は〈大蛇《だいじゃ》姫子〉だ。

そうして――。

「深井……ユリコ……ユリ……は〈百合〉と書くんだね。ああ、吉永小百合の百合だ。小百合さんはボクが脚本を書いたテレビやラジオのドラマに出てもらったことがある。そう、もう半世紀以上も昔の話だけど……」

遠くを見る瞳になる。

「〈いつか寺山さんのお芝居に出たい〉と言ってくれたんだよ、小百合ちゃんは……」

うっすらと頬を赤らめた。

「よし、あなたは深井百合子のままでいいだろう」

百合子は、ホッと胸をなでおろす。奇名・珍名にされたらどうしよう、と心配だったのだ。

それにしても、と思う。不思議だな。なんだろう。

グループ入りの初日に、いきなり全裸にされて、踊らされ、その後、マクドナルドでみんな大ブーイングだった。

ノゾキ魔で、パンティ泥棒で、セクハラじじいで、女性差別主義者で、小児性愛・幼児虐待・児童ポルノ法違反で、レイプ幇助で、淫乱野郎で、どスケベプロデューサーで……と寺山修司は女の子らにボロクソに叩きまくられた。まるっきり、ど変態、変質者扱いである。

それが、どうだろう。

あの時、「イヤだっ！　ボク、もうＴＲＹ48を辞める。キモい、キモすぎるっ!!」と叫んだボクッ娘でさえ、いまだに辞めもせず、ここにいる。それどころか、寺山の命令どおり薄汚いブ男の汚部屋へ押し入って、ブラ一丁で唄い、踊りまくったというではないか！

いいや、百合子自身がそうだ。強制されてもないのに全裸になって草原を突っ走った。

およそ自分でも信じられない。それは、寺山のペテン……いや、いわゆるたくみなマインドコントロールに支配された結果なのだろうか？

サブコちゃんなら、きっと、もっと明解にうまく説明してくれるかもしれない。

でも……。

目の前の青ざめた顔で震える老・寺山修司を見ていて、百合子は直観した。

この人は……弱い。

たしかに猛烈に頭がよくて、速射砲のように名言・金言を連発する。恐ろしく弁が立ち、常に勇ましいアジテーションをぶちかまして、目の前の若者たちを鋭く挑発する。

でも……オドオドしている。どこか、目が泳いでいる。なんだか、自信なさげだ。

年老いたから？　病み衰えたから？

いや、いいや、そうじゃない。この人は、たぶん、ずっとそうなんだ。

ぎょろっとした瞳のその奥に、自信なさげな、びくびくとした小さな子供がいる。今にも泣きそうな顔をしている。

なるほどマッチョで、ホモソーシャルで、ミソジニーで……ザ・昭和のオヤジ特有の言動や無神経さもあったろう。それでも……。

あの……その……父性？

父性を、まったく感じない。

パパ……そう、うちの存在感の薄い父親、平凡すぎるサラリーマンA、のび太の大人バージョンのような風貌が、薄いエンピツで描かれ、消えかけている……あのパパでさえ、娘の危機ともなれば、急にくっきりとした濃い線の存在感を現した。むんむんとした父性をあらわにしたものだ。そうした父性が、目の前の寺山修司には、まったくない。

ああ、これか、と思う。これだったのか、と納得をする。

女たちが、寺山修司を許すのは。

どれほど奔放で、傍若無人で、ひどく挑発的に見えても、目の前の寺山修司その人に……まるで危険を感じない。

女たち……そう、孫よりも歳下のあたしたち、女の子らでさえ、はっきりとそう感じる。

むしろ、この人を……なんとかしたい。

この……弱い、自信なさげな、小さな子供を……助けてあげたい。

百合子は、心からそう思っていた。

東京都内のライブハウスである。

地階にあって、狭くて薄暗い。オール・スタンディングで、百人も入れば、満杯だ。そこに既に数十人もの人影が蠢いている。

いわゆる地下アイドル、インディーズアイドルのグループが何組か合同で出るライブイベントだった。

ステージ上には、5人組の女の子たちが立ち、唄い踊っている。ペナペナの蛍光ピンクのミニのコスチュームで、頭の上にはみんなどでかいピンクのリボンをつけていた。

桃色遊戯ガールズだ。

「ハイ、あたしたち……桃色遊戯ガールズでっす〜!!」と片手を上げ、中央のリーダーらしきお多福顔の女子が挨拶すると、「ヘ〜ピピンピンピンピンピンピン、ピンク〜、ピンク〜、もっも・いっろ・ゆっぎぃ・がるず〜〜っ!!」とドラ声がとどろいた。

フロアの最前で、ピンク色のサイリウムを振り廻し、十数名の男らが叫び、飛びはね、ヲタ芸に励んでいる。

ステージ上の女の子らは、ファンの声に煽られるように活気に満ち、頬を上気させ、瞳を輝かせて、唄い踊っていた。ひどく音程がはずれ、ダンスはバラバラで、進行もぐだぐだ。でも、それなりに盛り上がっている。

そう、これが地下アイドルのライブだ。

フロア後方の壁際に棒立ちし、無表情で身じろぎもしない……通称〝地蔵〟客は（あ〜、早くツーショット・チェキ会になんねーかなー）と内心の声をもらしていたが。

と、その時だ。

入口の扉が開き、どどっと人群れが侵入してきた。遅れてきた客？　いや、おかしい、いや、いいや、何か異様な気配だ。フロアの客たちを押しのけ、最前に飛び出すと、何人かの人影が突如ステージへと駆け上がった。

えっ、なんだ、なんだ……。

黒子だった。そう、全身黒ずくめで、黒い頭巾で顔もすっぽりと覆われている。歌舞伎の舞台で見るあの黒子たちが数名、ステージを占拠した。

歌声が消えて、女の子たちの悲鳴が上がる。桃色遊戯ガールズのメンバーらは、血相を変えて、みんな凍りついた。

黒子たちは女の子らに襲いかかる。桃色が黒に侵蝕される。一人に数名がかりで体をつかまえ、手脚を引っ張り、はがい締めにして、ステージ袖へと追い払っていった。キャーッ、やめてよ～、何すんの～……と、もう大騒ぎだ。

桃色遊戯ガールズの能天気なアイドル曲をバックに繰り広げられるこんな異様な惨劇に、観客たちも呆然としている。

最前の桃色ヲタらは、何か盛んにわめき立てていたが、他の客たちは、あっ、そうか、これってドッキリ？　もしや仕掛けられたサプライズ企画なん？　と判断を保留したあいまいな顔で、にやついている。

黒子たちが5人のメンバーらを連れ去って、ステージにはがらんと誰もいなくなった。

「たのも――――っ！」

女の子の声が上がる。それを合図に人群れがまたステージに駆け上がった。

7人の女子集団である。

「いざっ、アイドル道場破りだっ!!」

センターに立つショートカットの金髪女子が、マイクも無しで叫ぶ。

「TRY48……悪魔セブン、見参!!」

大音声で名乗りを上げた。

ステージにずらりと並んだ女の子たち。みんな奇妙な衣裳を着ていた。黒いミニのワンピースで、ところどころ赤い血ノリが散っている。頭に二本のツノを生やし、背中には黒い翼を広げ、矢印のシッポをつけていた。

なるほど、悪魔少女というわけか。観客たちは、ぽかんと見ている。

TRY？　……あ、寺山修司の？　……ほら、AKB48に対抗して……ああ、「週刊プレイボーイ」ですっ裸で走ってた？　……なんだ、そうか、あの娘らかあ……。

客席が、ざわついている。どうやら彼女らの存在を認識している者も、けっこういるらしい。

「この会場は……ボクらがジャックした。おまえらは全員、人質だ!!」

ボクッ娘がフロアの客たちを指さして、そう叫ぶと、突如、ギターの調べが響き渡る。ドラムが叩かれ、激しいロックのリズムが鳴った。

シンパシー・フォー・ザ・デビル。

ローリング・ストーンズの『悪魔を憐れむ歌』。

赤いストロボライトが明滅して、悪魔少女らが奇妙なダンスを踊るその姿が浮かび上がる。

びゅん！　と鋭い音が鳴って、センターの金髪女子が手にしたムチを振るっていた。

「てめぇら、みんな、キモいんだよっ！」

ボクッ娘が観客を指さして、叫ぶ。

残りのメンバーらは全員、懐中電灯を手にしていた。点燈したその光を、一斉にフロアに向ける。観客たちの姿が浮かび上がった。

「キモい！　キモい！　キモい！　キモい！　ちょ～～～キモいっ!!」

ボクッ娘が絶叫して、びゅん……ぴしっ！　びゅん、びゅん……ぴしっ！　ぴしっ！　ぴしっ！　と床にムチが叩きつけられた。

「このアイドルおたくの……クズ野郎どもめがっ!!」

ボクッ娘に続いて、他のメンバーたちも次々と声を上げる。

「ブサイク男ども、消えろっ！」

「おまえら……イカ臭いんだよっ!!」

「臭い、臭い、臭い、臭い、臭い～～っ！」

「ちゃんと風呂、入れよっ！」

「アイドルでオナニーしてんのか？　このドスケベ変態!!」

「鼻毛、出てんだよ！　汗かくなって！　酸っぱい臭いがすんだよ、オエ～ッ!!」

「いい歳こいて、子供と握手して、うれしいか？　このロリコンじじい!!」

「若い娘に握手会で説教して、うさばらしすんな……この説教厨！」

「同じCD、何枚も買うなって！」

「ブタおやじプロデューサーにエサ代、貢いで、ブーブー太らせて、てめぇら脳ミソ、腐ってんの？」

「何が恋愛禁止だ、バカ野郎！」

「カノジョいない歴、ン十年のキモヲタおやじ！」

「アイドル女子を道連れにすんなって！」

「おまえらこそ一生恋愛しないで、セックスしないで、死ねっ!!」

「強制おたく収容所に、ぶちこんでやろうか。そこで一人、死ぬまでヲタ芸やってろ!!」

「なーにが、認知だよ、レスだよ、パッパパッヒュ〜だよ……クソがっ!!」

「なーにが、半オタ直樹のガチ恋倍返しだよっ!?」

失笑がもれる。

懐中電灯の光に照らされた男らは、ただ、ボヤッとしていた。どれだけボロクソに罵られても、怒りもせず、ひたすら困惑顔だ。どう反応していいやら、わからない。なぜかニヤニヤしている者もいる。

「クソッ」とボクッ娘が吐き捨てると、ぴしっ！　とまたムチで床を叩き、口笛を吹いた。

それを合図に、さっきの黒子たちが再び、ステージに現れる。二人一組で大きな鏡を運んできた。ステージ前に何枚かの大鏡が置かれる。

「見ろよ、てめぇらのこの汚い、醜い、ちょ〜〜〜キモい顔を!!」

鏡には、光に照らされた客の男たちの顔が映っている。

異様な空気が、場を支配した。

懐中電灯が一斉に消されると、フロアがまた暗くなる。

ヒュ〜と口笛が鳴り、鋭いムチの音がして、一つだけ懐中電灯が点燈した。客の一人の顔が暗がりに浮かび上がる。スポットライトのように。

「おい、西本孝助！」

「ひっ」と声をもらし、黒縁メガネの四十がらみの男が驚愕するその顔が、光に浮かび、鏡に映っていた。

「なあ、都内の出版社勤務の西本孝助、41歳！　おまえ、ハロヲタから地下へ流れてきたんだってな。なんだ、マイナーな地下アイドルなら中年童貞のキモおやじの自分でも相手にしてくれるにゃ～ん……てか？　このクズ野郎!!」

わっ、と西本孝助の表情が崩れ、顔面蒼白となる。

続いて、デブったモジャモジャ頭の若者が光に浮かび「こら、ホリーニョこと堀川雄一！　てめぇ、アイドルを尾行して自宅をつきとめ、彼女の部屋の真ん前のアパートの一室を借りて、ベランダから手ぇ振ってたんだってな……このキチガイ！」……うわぁ～、と絶叫してモジャモジャ頭を振り立て、ホリーニョが錯乱した。

さらには、ひょろりと青白いアバタ面《づら》の細い目の男が鏡に映り「なあ、キツネ目の森本弘樹、38歳、無職！　おまえ、アイドルにプレゼントですって、自分の精液を何年分もためたジャムのびん、渡したんだってな……オエ～ッ、このド変態!!」……キツネ目が異様に吊り上がり、青白い呆けたようなアバタ面がケタケタケタケタと笑い出した。

一人、また一人と血まつりに上げられてゆく。ヒュ～と口笛が鳴り、ぴしぴしムチが叩かれ、『悪魔を憐れむ歌』の旋律が高鳴って……。

やがて会場が真っ暗になると、７人の悪魔少女たちのそろった叫び声が、闇にとどろいた。

「おまえらなんか、大嫌い！　全員、死刑。みんな、消えろ。みんなみんな、死ね、死ね、死んじまえ!!」

元麻布のＴＲＹ48館である。

茶色いガウンを着た寺山修司は、車椅子に座っている。相変わらず、顔色が悪い。

寺山はホワイトボードにまた何やら書き込んだ。

〈観客罵倒〉

7人の女の子たちは、その文字を見つめる。

寺山は口を開き、「あの……」と呟いて、ふいに激しく咳き込んだ。松本マネが慌てて背中をさすり、薬を飲ませる。

「……黒子サブコ」

涙目の寺山が、しわがれた声をもらした。

「あなたが……説明してください」

「あ、ハイ」とサブコは立ち上がる。ホワイトボードの前へと出て、えへんと一つ咳払いをし、赤縁メガネを光らせた。

「あのですね、観客罵倒……これはペーター・ハントケの演劇のタイトルっすね。ハントケってのは、近年、ノーベル文学賞を受賞したオーストリアの劇作家で……ほら、映画『ベルリン・天使の詩』の脚本とかも書いてる。で、『観客罵倒』は最初期の1966年の作品で、寺山さんはこれをドイツでご覧になっていますね。〈私がベルリンのフォーラム・シアターでこれを観たときの観客は、しゃべっても劇に組み込まれるし、しゃべらなくても劇に組み込まれるので、いささか手を焼き、失笑し〉た、と演劇論集『迷路と死海』に書かれている。

同書によると、いきなり舞台上の役者が観客を指さして「あんたがたが、今夜のテーマだよ。あんたがたがニュースの焦点なんだ」と言う。「ここじゃあんたがたは人間じゃないんだものね。目立った特徴もないし、顔つきもそう違わない。個性はないし、性格もないし、運命も、歴史も、過去もない。どうだい？　まるで人相書みたいなもんだ。人生経験もない。あるのは観劇体験だけだ」と、散々、次々と役者たちに〈観客はののしられ、嘲笑され、指さされ、ときには生ツバをかけられる〉。そうして最後に俳優はこう言う。「おまえらは惚れぼれする役者だったよ。おれたちの期待通りの反応だ。このうすのろめ、祖国のない同志め、似非革命家め、時代遅れめ、面よごしめ、精神の亡命者め、軍国主義者め、平和主義者め、ファシストめ、ニヒリストめ、個人主義者め、集団主義者め、政治的未成年者め、罪かぶりめ、拍手乞食め、ずれっぱなしのでくのぼうめ、豚の餌め！」、さらには「ショー・ウインド、性格俳優、人間俳優、世界演劇人、大地の沈黙、神のごろつき、永遠のファン、無神論者、廉価版、複製画、演劇史の一里塚、潜行性ペスト菌、不滅の霊魂、はみ出し野郎、世界の窓、肯定的主人公、堕胎医、否定的主人公、日常的主人公、学問の権威、まぬけ貴族、腐った市民……」と、まだまだ限りなく続けられる。

いや〜、こんなトンガッた芝居をやってたハントケが、歳を経て、老巨匠となり、ノーベル文学賞を受賞するなんて！　いっそ授賞式のスピーチで〝ノーベル賞罵倒〟なあんて、やってほしかったっす」

脇で聞いていた寺山は、声を出して笑った。

「けど、この『観客罵倒』は寺山さんに多大な影響を及ぼしたと思います。先の寺山さんの演劇論集は、まず〝観客論〟から始まる。〝俳優論〟や〝劇場論〟、〝戯曲論〟より先なんです。観客は「立ち会いを許された覗き魔」だと言う。そこで観客を俳優が指さして、批難し、延々と罵倒することで、舞台と観客席の境界線を突破し、俳優と観客の関係性をつき崩す。

寺山さんの映画『書を捨てよ町へ出よう』でも、その冒頭で主役の佐々木英明がいきなり観客に向かって話しかけますね。「何してんだよ。映画館の暗闇の中でそうやって腰掛けて待ってたって、何も始まらないよ。スクリーンの中は、いつでもカラッポなんだよ」、それからタバコに火をつけて、吸ってみせる。「そっちとこっちが違うのは、そっちは場内が禁煙になってるだろ？　だけど、こっちは自由なんだよな」と不敵に笑って、煙を吹かす。「まあ、映画館の暗闇の中で、かっこよく堕落しようなんて思ってるんだったら、そんな行儀よく座ってたってダメだよ。ほら、隣の席にちょっと手を伸ばしてごらんよ。ちょっとな、ひざなんかこう撫でてみてさ、で、失敗したって誰もあんたの名前なんか、知らないしさ」と笑い、散々、観客を挑発する。

寺山さんには『観客席』という芝居もありますね。こっちはもっとダイレクトです。観客の中に俳優がまぎれ込み、観客席で観客のフリをした俳優と観客がやり取りする。観客席は、今や安全地帯じゃない。「いいかね、今夜の主役はあんただ……前から六列目、右から五番目へ坐ったあんたは、もう個人じゃない。今夜の事件なんだ」と名指しされる。もはや匿名の観客であることは許されない。観客もまた暴力的に劇の中へと引きずり出されるってわけ……」

「よし、わかった」と寺山は言う。

ホワイトボードの〈観客罵倒〉という文字を×印で消して、その脇にさっと書き添えた。

〈アイドルによるファン罵倒〉

そうして、さらに〈おたく罵倒〉と。

「アイドルのファン、そう、いわゆるアイドルおたくを、思いっきり罵倒してほしい」

寺山はメンバーらを見廻す。

「……王蘭童！」

指名されて、「ハイ」とボクッ娘が立ち上がった。

「あなたから、やってくれ」

ボクッ娘は、ためらっている。

「なんでもいいんだよ。ほら、こないだ押し入りライブやった時、ひどかったそうじゃない？　その時の相手なんか思い出してさ……」

ボクッ娘は高円寺のボロアパートで対面したあのブ男の顔を思い浮かべる。ふいに眉をひそめ、うつむき、目に涙を浮かべ、くやしそうにくちびるを噛んだ。それからキッと顔を上げて、口を開く。

「キモい！　キモい！　キモい！　キモい！　キモい！　ちょ〜〜〜〜キモいっ!!」

全身を震わせて絶叫していた。

寺山はにやりと笑うと、目でうながす。松本マネがうなずいて、ボクッ娘の叫んだ言葉をホワイトボードに書き込んだ。

「さて、次は誰にやってもらおうかな」

寺山の指名により、次から次へと女の子らによるファン罵倒、おたく罵倒の絶叫は続いて、ホワイトボードはびっしりの文字で埋まっていった。

百合子は、ぼうっとしている。どこか釈然としない表情だ。

う〜ん、これが自分の望んでいたアイドルなんだろうか？

ＴＲＹ48、悪魔セブンの一員としての活動は、驚きととまどいの連続で、何より、とても刺激的だった。見も知らぬ人の家へ突然、押し入ってライブをやり、地下アイドルのライブをジャックして、目の前のおたく客たちをめちゃめちゃ罵倒する——えっ、マジ!?　ホント、こんなことやっちゃっていいの？　もしかして、これ、犯罪じゃね？　なあんてね。

それはひどく大胆で、キャッチーで、煽情的で、正直、やってる瞬間はゾクゾクする……そう、異様な興奮を覚えたものだ。

こんな暴力的なパフォーマンス？　が、あの茶色いガウンを着て車椅子に座った病み衰えた老人の指示によるのが、なんとも不思議である。あの突発的で衝動的とも見えるアイドル・テロルが、しかし、実はすべて理屈ずくめで考えられているとは！　驚きだ。

小難しい演劇論やら外国人の大昔の芝居からの引用やら……とはいえ、百合子にはその理屈とやらがチンプンカンプンでさっぱり理解不能だったけれど。

「なるほどね」とサブコは言う。

湯呑み茶碗を両手で包み込んで、ふうふうと息を吹きかけ、ちびちびとすすりながら。

喫茶・銀河鉄道だった。

久々だ。相変わらず、老いた白い猫のような女店主が、足音もなく飲み物を運んでくる。

「あのさ、サブコちゃん、寺山さんのことなんだけど……」

百合子は、思いきって言ってみた。

先日、直観した自分の考えを。

そう、あの人は……弱い。どこかオドオドしている。ぎょろっとした瞳の奥に、自信なさげな、びくびくとした小さな子供がいる。今にも泣きそうな顔をしている。

そうして、父性をまったく感じない。

「父性ねえ……」

サブコはそうもらすと、黙り込んだ。奇妙な沈黙。表情がまったく消えている。いったい何を考えているんだろう？

しばらくして、やっとフリーズが解けると、うっすらと笑った。これまで一度も見たことのない表情だ。

「うん、面白い」

サブコは、しっかりとうなずいた。

「寺山修司にとって父性ってのは、たしかに重要なワードではあるよね。寺山は幼くして父を亡くしているし、遂に自分も父親になることはなかった。

　　父親になれざれしかな遠沖を泳ぐ老犬しばらく見つむ

なあんて短歌もあるし。

九條映子と結婚して、九條さんが妊娠した。けど、流産しちゃったんだ。その後、子供はできなかった。その時、子供が生まれて、父親になっていたら、寺山の人生は変わっていたかなあ。

ボルヘスについて書いた『父親の不在』と題する一文があってね、〈父親は、世界をうつし出すことによって増殖させる鏡と同義〉だという。鏡はものを映し、父は精子《たね》をまき散らして子を増やす、ゆえに不吉だというんだね。寺山お得意のレトリックだけど。

〈少女と娼婦と人形は、同じものだ〉とも言ってる。最近は、これにアイドルを加えてるけどね。つまり、孕《はら》まない存在だっていうんだ。母親と対極だね。〈少女の反対語は、少年ではなく、母親だ〉ってさ。これもさっきの〈子を増やす〉不吉な父の話と通じる。

つまりさ、寺山修司ってのは……不能なんだ」

不能!?

「うん、そう、父親にはなれない。子供を作れない。それゆえ、あれほど多彩なジャンルで膨大な作品を〝産んだ〟んだ、と。現実に子供を〝産む〟代わりにね。

寺山と九條映子の新婚宅に、東由多加が転がり込んだ。で、一時、東が九條映子と関係を持ってしまったらしい。九條さんも著書で告白しているよ。〈東を好きだった。もしかしたら一緒に生活するようになるかもしれないとまで思ったこともある〉。あわれ、寺山は〝寝取られ男〟だね。しかも弟子にさ、愛する奥さんを奪われた……なあんてゴシップ的な意味で、寺山修司が性的不能者だって言いたいわけじゃないよ。もっとこう、本質的なさ……象徴的かつ存在論的な意味で、不能だって思うんだな、寺山の表現って」

寺山の表現？

「うん、あのね……不能で多産、淫乱にして不感症、インポテンツのニンフォマニア、射精なき永遠の勃起、無性生殖の子だくさんの貧しい豪華絢爛さ……」

えっ？　えっ？　えっ？

「あ、ごめん。わかりにくかったよね。あのさ、ユリコさん、言ったでしょ？　ＴＲＹ48の活動にしたって、あれほど多彩な面白いアイデアを次々と思いついて、繰り出してくるのに、どうして、まあ、あんなに理屈ずくめなんだろうって」

百合子はうなずく。

「それはさ……理屈でしか、思いつけない。や、違うな。思いつきなんかない。寺山修司にはね、そう、理屈しか……ないんだ」

サブコの表情がこわばった。赤縁メガネのレンズの奥の瞳が、じっとこちらを見ている。

「同じなんだ……わたしも」

えっ？

「いつか、ユリコさんに言ったよね。わたし、バカなんだって。わたし、ダメだ、未熟な子供なんだ、自分をコントロールできないのって。ひどく迷惑をかけてさ、あのー……そう、暗闇坂で」

赤い夕陽に照らされた、暗闇坂での光景が甦ってくる。路上にひざまずいて泣きじゃくってい た、あの日のサブコの姿――。

「さっき、ユリコさん、言ったよね。寺山修司を見て、この人は……弱い、そう直観したって。父性をまったく感じないって」

静かにうなずく。

「ユリコさん、さすがだよ。そういうのを、本当に頭がいいって言うんだ。天才だって言うんだよ。わたし、バカだ。マジで、そう思う。だってね、わたし、全然、わかんなかったもん。実物の寺山修司が目の前にいるのにさ。直観が働かない……てか、わたし……わたし、直観なんて……ない」

えっ？

「知識しかない。理屈しかない。本で読んだことをずらずら並べるだけ。父性？　そう聞いたら、エディプスコンプレックスとか？　アンチ・オイディプスとか？　ボルヘスの父と鏡の共通性とかなんとか？　うん、いくらでも延々と果てしなく知識を語れる。けど、そんなのＡＩにだってできる。人間のやることじゃない。生きてる……価値……ない」

そんな……。

「寺山修司も、そうだよね。直観がない。本当の意味での、思いつきがない。だから、理屈で作るしかない。理屈ずくめ。知識をずらずらと並べる。引用、コラージュ、パクリ……。いわば、マイナスの父性……そう、寺山修司は父性ならぬ、〝負性〟の人だ。プラスの確信がない。ゆえに確信なき無性生殖の表現が、いくらでも自在に産み出せる。人が、一人の子を産む時の決断、その重大さ、切迫性、取り返しのつかなさ、その不可避の確信の強度を、完全に欠いている。寺山も……わたしも……」

サブコが、さっと目を伏せた。

「生きてる……価値ない。わたし……人間じゃない」

……。

「寺山修司と……同類なんだ」

そう言うと、赤縁メガネをはずす。つるんとした赤ん坊みたいな顔が、かわいい。森の小動物だ。つぶらな瞳がきらめいていた。

ふいにオカッパ頭がふらつく。横並びの隣の席に倒れ、身を預けてきた。

えっ！　と、とまどう。

百合子の制服のひだスカートの上に、うつ伏せにオカッパ頭が乗っている。

「サ、サブコちゃん……」

しばらく、そうしていた。

オカッパ頭は何も言わない。

ただ……。

ただ、スカートがひんやりとする。頭の乗っかったあたりが、濡れているのを、彼女は感じた。

ひっく、ひっくと、しゃくり上げる感触と一緒に。

その小さなオカッパ頭を、思わず、ぎゅうっと百合子は抱き締めた。

第8章　スマホを捨てよ、町へ出よう

やけにすっきりとした顔をしていた。今日は、どうやら体調もよさそうだ。茶色いガウンも着ていないし、車椅子に座ってもいない。

元麻布のTRY48館である。

寺山修司は、黒いセーターにグレイのジャケットを着て、座っていた。広い窓から射し込む陽の光に、老いたその柔和な笑顔が浮かび、映えている。

7人の女の子たち、悪魔セブンの面々が対座していた。今しもチームリーダーのボクッ娘こと王蘭童が立ち上がり、何やら興奮した様子でまくしたてる。

「いや〜、ホッント、めっちゃアガりましたよ〜。テンション、マックスって感じで。目の前のアイドルおたくたちに、てめぇら、みんな、キモいんだよっ！　キモい！　キモい！　キモい！　キモい！　キモい！　ちょ〜〜〜キモいっ!!　て叫んだ瞬間には、なんかこう、ずっとつっかえてたモヤモヤが、パァッて一気に吹っ飛んだ感じがして。ボク……ボク、こんな解放された気分って、ああ、生まれて初めてっす」

頬が紅潮して、瞳をきらきらと輝かせていた。

いつもの黒いパンツスーツ姿の松本マネが、パワポを操作してホワイトボードに次々と資料を映す。突発的押し入りライブや、ライブ・ジャックのおたく客罵倒や、いわゆる一連のアイドル・テロルは大変な反響を巻き起こした。ことにインターネット上では、大炎上の大騒ぎだ。〈ＴＲＹ48〉〈悪魔セブン〉は検索ワードの上位に急浮上して……バズった。

ツイッター、ブログ、ネットニュースの数々の反響がホワイトボードに映し出されるのを、メンバーたちも寺山修司も、笑みを浮かべながら見ている。

その時だった。

「ちょっと、いいですか」

赤縁メガネのオカッパ少女が、手を上げている。

そう、サブコだ。

一人、にこりともしないで、口を真一文字に結んでいる。

「うん、何だ？」と寺山が応じた。

サブコは立ち上がる。

「あのですね〜……違うんじゃないですか」

「違う？」

「ええ、たしかにバズった。大反響だった。けど、こんなのは……違う。寺山さんが構想していたこととは、ぜーんぜん違うんじゃないかなって」

「ん〜、どういうことだ？」と寺山は、けげんな顔だ。

サブコは一つため息をつき、しっかりとうなずいた。席を立ち、前へと出る。ホワイトボードの前で、寺山と対峙した。

「えっと、わたしの考えを言っていいですか？」

「どうぞどうぞ」と寺山。

しばし、沈黙があって、決意に満ちた表情をすると、赤縁メガネのレンズが光った。

「……あのー、かつて寺山さんは天井棧敷という劇団を旗揚げして、こうおっしゃった。〈我々の主目的は、政治を通さない日常の現実原則の革命である〉と。さらには〈天井棧敷の軌跡は、新劇という一ジャンルへの無の贈与をくりかえしてきたのではない。あくまでも、呪術的な媒介作用を通して「社会転覆」をめざしたのである〉とも。〈革命の演劇ではなく、演劇の革命、演劇による革命〉というわけですね。

観たこともない人が、〝寺山修司の芝居〟と聞いてイメージするのは、白塗りの暗黒舞踏や赤い着物のオカッパ少女が恐山で手マリをつくようなオドロオドロの……いわゆるザ・アングラな世界です。が、実際の劇は、まるで違う。そもそも天井棧敷は劇団ではなく、〝演劇実験室〟と称されていた。その名前どおり、あらゆる実験を試みましたね。〈俳優のいない演劇と誰もが俳優である演劇、劇場のない演劇と、あらゆる場所が劇場である演劇、観客のいない演劇と、相互に観客になり代わる演劇、市街劇、戸別訪問劇、書簡演劇、密室劇、電話演劇、さまざまの試行を繰り返してきた〉という。観客をバスに乗せ、行き先を告げず、連れ去ったり、マッチの灯りで部分的に浮かび上がる暗黒劇や、劇場の出入口を封じて逃げられなくしたり、果ては観客に睡眠薬を入れた料理を食べさせ、眠らせる劇な〜んてのまでやった。時にはやりすぎて、通報され、警察官が出動したり、新聞の三面記事になったり、社会的スキャンダルを巻き起こしたりもした。天井棧敷ならぬ、炎上棧敷というわけ。すごいです。すごい……けどねえ」

サブコは、ため息をついた。

「……今となっては、どうでしょう？　行き先を告げず、観客を連れ去る劇……な〜んてのは、ミステリーツアーと称して現在では旅行会社の目玉企画になっています。劇場の出入口を封じたり、壁があちこちに降りてきて、迷路化して、観客が逃げられなくなる劇……な〜んてのも、リアル脱出ゲームと題する人気イベントとして大流行している。寺山さんのかつての前衛的な実験劇も、今じゃすっかり無害化され、商業化された、お子様向けのアトラクションと成り果てたんですね。天井棧敷の活動休止後、近年では寺山さんはインターネットに舞台を移して、ツイッター劇、インスタグラム劇、ＬＩＮＥ劇……等々、独自の実験劇を仕掛けてもいます。正体不明の匿名アカウントをいっぱい作り、偽情報を拡散したり、人と人とを盛んに出会わせたり……。けど、それも虚構新聞の亜流か、新種のマッチングアプリとしてプチ炎上し、失笑されている始末です」

寺山は神妙な顔で聞いている。

「時代が寺山修司に追いついた、とはよく言われます。寺山さんは予言者だった、と。しかし、どうでしょう？　かつて「ぴあ」という雑誌がありました。情報だけで成り立っている雑誌、いわゆる情報誌の元祖です。インターネットを予言した雑誌とも称される。けど、インターネットが登場し、普及したら、もう「ぴあ」は必要なくなった。休刊したんですね。予言は実現したら、もはや予言ではない。凡庸な事実になってしまう。そう、まるっきり必要なくなるんですね」

「それは、あれかな」と寺山が口をはさむ。

「寺山修司は、もう必要ない、と」

「いえ、いいえ、そんな、そんな……」とサブコはあせる。

「寺山さんは、必要ですよ。わたしに……や、わたしたちにとって、ものすごく必要な存在です。

さっきのボクッ娘……リーダーの話、その表情を見たでしょ？　寺山さんの方法論は、現在のアイドルの世界で充分に通用する。強いインパクトを与えて、大きな反響を呼んだ。何より、面白い。ただ……」

「ただ？」

「ええ、ただ……うまくいきすぎてるんじゃないか」

「う〜ん、どういうこと？」

「あのー、わたしも押し入りライブをやって、正直、ひやひやしました。こりゃ住居侵入罪だぞ、逮捕されるんじゃないかって。地下アイドルのライブ・ジャックだって、警察に通報されて、なんらおかしくはない。少なくとも、あれだけボロッカスに罵倒されたアイドルおたくたちは、怒り心頭でもうカンカンだろうと。ところが……」

ゆっくりと首を振る。

「ところが、そうはならなかった。まったく違いました。誰一人、警察に通報するどころか、みんな受け入れている。や、むしろ喜んでるみたいで。突然、家に押し入られて、強行ライブをされた人たちは、それがいかに刺激的で面白い体験だったかを、ツイッターやブログで嬉々として自慢気に報告しています。ライブハウスで突如、ボロッカスに罵倒されまくったアイドルおたくたちも、カンカンに怒り狂うどころか、〈すごかった！〉〈神ライブやった!!〉〈伝説的現場に立ち会えたぜ、イェ〜イ〉〈超ラッキ〜♡〉と、なんとみんな大喜びです。〈うらやますぃ〜〉〈オレも悪魔セブンに嫌われて〜！〉〈ボクッ娘に罵られたい！〉〈ムチ打たれたいっ!!〉と大盛り上がりだなんて……ハァ〜」

サブコは苦笑いした。

「う〜ん」と寺山は腕組みする。

「寺山さん、これが革命ですか？　社会転覆でしょうか？　かつて世を騒がせ、日常の現実原則を大いに揺さぶりもした、天井桟敷流の先鋭的な実験劇の方法論《メソッド》が、今では挑発としても煽動としてもまるで機能せず、単にアイドルおたくたちを「あいたたたた……ヒャッハァ〜」とマゾヒスティックに大喜びさせるネタとも成り果てた。むしろ歓迎され、安全に消費されてる始末だなんて……」

　寺山は渋面を作って聞いていた。が、くちびるを噛み、両手でひざをパンと叩くと、立ち上がる。きりっとした表情になった。

「わかった。個人宅への押し入りライブや、ライブハウス・ジャックのおたく罵倒なんて限定的な……うん、閉じられた小さな空間でのパフォーマンスじゃダメなんだ。もっと、こう……もっと広い、もっともっと大きい……そう……」

　ぎょろっとしたその瞳が光った。

「よし、あれをやろう！」


「なんだ、なんだ!?」

　奇声が上がって、みんな目を丸くしている。

　JR阿佐ケ谷駅前である。ある朝、突如、その奇妙な集団は現れた。南口前の広場に押し寄せたのは、女の子たちの一群だ。

　数十人はいるだろうか？

　血まみれのセーラー服を着た者、全身ぐるぐる巻きの包帯姿の娘、松葉杖を突いた少女や、車椅子に乗った乙女、焼けこげた肌にボロボロの衣服をまとったギャル、ナイフ・包丁・ドライバー・千枚通しと……とがった物を全身に突き刺した女子高生や、脳天をマサカリで割られ流血している女の子もいる。

通りかかった人々、朝の通勤・通学客らの群れは、一瞬、ギョッとして驚き、怯《ひる》んだが、すぐに目をそらして足早に逃げ去っていった。

奇妙な女の子たちの集団は、無言でゆらゆらと揺れていたが、突如、雄叫びが上がる。

いたたたたたた〜〜っ……。

女の子らの群れから、一人、前へと飛び出してきた。白いTシャツの背中がざっくりと裂かれ、そこから鮮血が流れている。

「痛い、痛い、痛い、痛い、痛いよ〜〜っ！」

地面にひざまずいて、頭を抱え、身を震わせた。

「ボクらは……傷だらけだ!!」

金髪のショートカットで、大きな瞳を輝かせる。ボクッ娘の叫びと同時に、背後の女の子らの一群は「痛い、痛い」「いてて、いてて、いてて」「えーん、えーん」とわめき、うめき、泣き叫んで、地面にごろごろ転がり、身悶えして、あげく血や泡を吹き、果ては全身けいれんさせたりした。

「ボクら……ボクら……血まみれだ！」

そう叫ぶ、ボクッ娘のその背後が真っ赤に染まる。羽根音が耳をつんざく。

赤く塗られた鳩の群れが一斉に飛び去ったのだ。

「傷だらけのアイドルの魂を、ノックしてみろ!!」

ボクッ娘が空中に何かまき散らした。

白い紙だ。

いつしか群れ集っていた人々、見つめていた一団は、わっとその紙を求め、うごめく。ひろい、受け留め、奪い合った。手に取って、広げ、紙に顔を近づけ、仔細に凝視する。

そうして女の子たちも、一団も、朝の路上にパッと散っていった。

突如、阿佐ケ谷駅前で発火した炎は、隣り駅へと飛び火する。高円寺のパル商店街にはアイドル衣裳の女の子らの一群が現れ、季節はずれの阿波踊りを舞い踊り、声高らかにねり歩いて、道行く人々を驚かせた。


商店街から離れた路地裏、道端に人だかりができている。マンホールを取り囲んで、みんな押し黙ってつっ立っていた。と、ふいにマンホールのふたが開いた。ぬっと顔が突き出る。白い眼帯をした黒髪の少女だ。身を乗り出すと、赤い着物を着ていた。地上に這い出たキモノ姫は、ロープで地下孔から何やら引っ張り出す。バスケットだ。ふたを開いた。

ぎゃっ！　と悲鳴が上がる。

大蛇が飛び出してきた。人だかりは右往左往し、逃げまどう。大蛇は身を伸ばして、巨体をあらわにした。マンホールから飛び出してきた丸々と太ったネズミに、すかさず食らいつき、その頭を嚙みちぎる。首なしのネズミが走り廻り、大蛇が路上をのた打って、「ひゃ〜〜っ!?」と奇怪な声が上がる。見物人たちが次々と腰を抜かし、卒倒し、失禁した。

「けけけけけ、行け、ジョージ！」

キモノ姫は、笑いながら雄叫びを上げた。

そこから5分ほど歩くと、高円寺中央公園である。

喚声がとどろいていた。公園のど真ん中、地面に土俵が作られ、相撲取りがシコを踏んでいる。

相撲取り？

肌色のビキニの上にマワシを締め、しかもブラには乳首が描かれているので、裸に見える。ちょんまげカツラをかぶっていた。まるっきりオンナ関取……そう、小山デブコである。

デブコがシコを踏むたび、よいしょ！　よいしょ！　と、取り巻く群衆から掛け声がかかった。

〈アイドル横綱にチャレンジ！〉のノボリ旗が風にはためいている。

ずらりと並んだ挑戦者たち、血の気の多い男どもが、めらめらと瞳に炎を燃やしていた。背中に龍のイレズミの俠客や、全身筋肉マンのボディビルダー、巨漢のトラック運転手、柔道・空手・合気道の有段者、大学の相撲部員まで……次々とぶつかっていくが、バッタバッタとなぎ倒され、張り飛ばされ、突き出され、押し出され、投げ飛ばされた。

そのつど、わっと歓声がわく。

どすこい！　どすこい！　アイドル横綱の高らかな吠え声が、高円寺の空に響き渡った。


少女革命の砲火は、さらに隣り駅へと延焼する。

中野駅の北口を出ると、駅前の広場の一角に奇妙な紳士が立っていた。山高帽に八の字ひげ、黒ずくめで蝶ネクタイ、棒つきのプラカードを持っていた。

〈宝さがし〉の大きな文字が目立つ。その下には〈10万円を隠しました〉とある。例の白い紙を広げた人々が次々と押し寄せ、怪紳士を取り囲んだ。

「〽さあて、皆さま、これより始まりまする宝さがしぃ〜……」

女の子の声だ。怪紳士と見えたのは、少女がつけひげをして、山高帽をかぶったコスプレだった。

口上は続く。

「〽宝は宝でもぉ〜、お宝……お宝漫画の〜、ページの中にぃ〜、カギはありぃ〜……」

群衆は耳を澄ましている。

「〽手塚治虫〜、藤子不二雄〜、石森章太郎〜、永井豪〜、つげ義春〜……」

「まんだらけだ！」と誰かが叫んだ。人群れは、わっと駅前のアーケード街へと駆け出す。通行人をはじき飛ばして、そのどんづまりにある中野ブロードウェイへ……ショッピングセンターではあるが、上の階は漫画・アイドル・懐かしオモチャの店がどちゃくそ軒を連ねる、サブカルの殿堂……いや、墓場とも呼ばれていた。

〝サブカル墓場〟階へのエスカレーターや階段を、どどっと一群が駆け上がり、ぶつかって、通行人がはじき飛ばされる。

「痛ぇっ、な、なにすんだよぉ〜〜っ!!」

尻もちをつき、かん高い悲鳴を上げた。見れば、顔がひび割れている。

……大槻ケンヂだった。

三階には世界一の漫画古書店まんだらけがある。数十万、いや、数百万冊もの古漫画たちの屍《しかばね》が、むぉ〜んと怨念のような霊気を発していた。

そこに墓場荒らしの如きバチ当たりの者どもが、どどっと押し寄せ、傍若無人に踏み荒らし、棚に並んだ漫画古書を次々と引っぱり出す。さながら墓石や卒塔婆を倒し、暴くようにページをめくって、あったあった、これだ！　と、はさみ込まれた紙片に目を凝らした。

〈隣り　小さな杉　ミルク〉

えっ……何だ、これ？

みんな首をひねっている。

すかさず誰かがスマホでググる……そう、キーワード検索を試みた。

「隣り……高円寺、小さな杉……小杉湯だ！　ミルク風呂で有名だって」

その情報は、LINEでツイッターで即リンクされ、リツイートされ、たちまち共有されて、ぱっと拡散していった。

群衆は慌てて隣り駅へと駆けつける。

高円寺駅北口のほど近くに小杉湯はあった。昭和8年創業、89年の歴史を持つ老舗銭湯だ。破風屋根の古風な外観の内に、ポップなイラストの内装が映える人気湯である。

宝さがしの群衆は、その入口で「えっ、男湯？　女湯？」ととまどう。一団の大勢の男らは男湯へ、少数派の女らは女湯へと入った。異様な気配の新規客らの大挙来襲に「えっ、何、何、何、何ぃ〜!?」と番台の看板娘・レイソン美帆嬢はあたふたしている。

脱衣所でくつろいでいた客たちも、何ごと？　と目を丸くした。と、その時、群衆の中の男ら数名が、帽子を取り、コートを脱ぎ捨てる。長い黒髪が広がり、ひらひら衣裳を着ていた。

……アイドルだ！

突如、音楽が鳴って、脱衣所で唄い、踊り出す。

押しかけ群衆も、裸の銭湯客も、唖然としてアイドルの突発的ライブを見ていた。

〽タ・カ・ラ〜　タ・カ・ラ〜

タ・カ・ラ〜　は、ミルクの中に……

「ミルク風呂だ！」

服を着たまま群衆は、浴場へとなだれ込み、乳白色のミルク風呂に飛び込んだ。

その日はフルーツデーで、徳島産のミカンがぷかぷかと浮いている。柑橘類とミルクの香りが混じり、あふれていた。

「あった〜〜!!」

ミカンの中心に押し込まれたビニール袋から札束を取り出して、男が叫んだ。


発火点の阿佐ヶ谷へ戻ろう。

ＪＲ阿佐ケ谷駅を起点に中央線と交差して、南北に延びるケヤキ並木がある。中杉通りだ。南へ歩いてどんづまり、青梅街道とぶつかるあたりに、書原といういい本屋さんがあった。夜中まで開いていて、ふいに谷川俊太郎が入ってきたりして驚いたものだ。

中杉通りを北のほうへ歩くと、西瓜糖やバナナフィッシュというカフェがあり（リチャード・ブローティガン『西瓜糖の日々』、サリンジャー「バナナフィッシュにうってつけの日」）、アメリカ文学通り……なあんて呼ばれてもいた。書原も、西瓜糖も、バナナフィッシュも、今はもうない。街も随分、姿を変えた。文学が様変わりしたように。

さて、その中杉通りを一本、路地裏へと入った阿佐谷北一丁目、緑色の看板に白い字で〝ネオ書房〟とある。

店内に入ると、漫画や映画・特撮関連の古書から駄菓子、ブリキのオモチャなど懐かしグッズまでぎっしり並ぶサブカル古本屋だ。エプロンをつけ白髪にひげの中年男が、怪獣人形を手にニヤついている。店主の切通理作である。評論家にして映画監督、失恋マニア……その風貌は是枝裕和にも中森明夫にも似ていた。

　突如、扉が開いて誰か入ってきた。

「らっしゃい」と顔を上げ、切通は目を丸くする。

「うわっ!?」

　全身、白ずくめの怪人だ。顔面の白マスクからカラダ全体が白い包帯のようなもので被われていて、ところどころにヤケドの痕があった。

「ス……スペル星人！」

　そう、『ウルトラセブン』第十二話、「遊星より愛をこめて」に登場する。〝被爆星人〟の呼称が抗議を受け、同作は完全封印された。その後、ビデオ化もされず、存在を消された、いわば〝禁断の怪人〟である。

　切通は被爆二世だ。スペル星人についての優れた批評（『怪獣使いと少年』所収）もある。

　白ずくめの怪人は、ずんずんと店内に侵入して、わっと店主に襲いかかった。逃れようとする切通をがっちりとつかまえ、ぎゅうっと抱き締めた。胸の隆起を感じる。白ずくめの中身はもちろんＴＲＹ48のメンバーで、怪力のレスリング少女だった。

　切通の体がけいれんする。スペル星人に強力に締めつけられ、失神寸前で、断末魔の叫びを上げた。

「た……助けて、ウルトラセブン！　アンヌ隊員!!」

　ネオ書房から程近い、阿佐谷北の路地裏に、忽然と奇怪な建物がそびえている。樹々に鬱蒼《うっそう》と被われたレンガ塀の円型の建物で、まるで空に浮かんでいるかのよう。さながら天空の城ラピュタ……そう、ラピュタ阿佐ヶ谷だった。

レストラン、ギャラリー、映画館を含む複合ビル。その建物の前の路上で、何やらかん高い悲鳴が聞こえる。

セーラー服を着た少女たちの一団だ。手に手に日本刀を持ち、やっ！　はっ！　とおっ！　と声を上げ、チャンチャンバラバラやっている。斬られた乙女らの血ノリがドバッと吹き出し、見物人の男どもを真っ赤に染めた。

そう、聖ミカエラ学園の少女たち……。

4年前に亡くなった劇作家・高取英は、寺山修司の薫陶を受けていた。高取の主宰した月蝕歌劇団は、〝暗黒の宝塚〟とも呼ばれた少女劇団である。『聖ミカエラ学園漂流記』は、その当たり芝居だ。目の前のラピュタの地下劇場・ザムザ阿佐谷で、よく公演されていた。

見ると、〈追悼・高取英〉のノボリが風にはためいている。TRY48のメンバーらが月蝕歌劇団の座員に扮して、路上の追悼劇を熱演していたというわけだ。

おや、電信柱に隠れて人影が……。誰かいる。黒いコートに身を包み、杖をついた白髪頭のその人が、そっと覗き見ていた。

純白のセーラー服を真っ赤な鮮血で染めて、少女たちがバタバタと路上に倒れてゆくその様を、じっと見つめながら、白髪頭がひそやかに囁く。

「バカだなあ……高取、俺より先に逝っちゃうなんて」

ぎょろっとした目を光らせた。

もう、まもなく陽が沈む。朝の阿佐ケ谷駅前で発火した少女らの狼煙《のろし》は、JR中央線を導火線のようにして、高円寺、中野へと延焼し、杉並区・中野区一帯を大炎上させた。

夕暮れの中野駅北口、サンプラザの三角屋根に赤い夕陽が反射している。

駅前広場は大にぎわいだった。

いくつものテント小屋が軒を連ねている。おどろおどろしい絵看板の見世物小屋では、キモノ姫の大蛇ショーに悲鳴が上がり、小山デブコの風船オンナが巨体をふくらませていた。幕合いに男嬢カヲルが股間のモノを揺らせて半裸で踊りまくる。

隣りのテントには〈運勢相談〉とあって、美女占い師が座っていた。頭髪の薄い太った中年男が汗をにじませ訴える。

「いやあ、ウチの女房がね～、冷たいんっすよ～。やね、アタシがね、ほら、こんなに額に汗して働いて、養ってやってるっていうのに、感謝の言葉の一つもなくって～。もね、最近はね、お恥ずかしいハナシ、ええ、そのー……夜のほうもトンと相手にしてくれなくって～……」

はあ、はあ、それはまあ、大変ですね……と心配そうに相づちを打っていた美女占い師の表情が急にフリーズして、ぶるぶるぶるっと顔を左右に振ると……くるっと一変している。三白眼で、鼻を鳴らし、下卑た笑いを浮かべていた。

「おおっ、なーにほざいとんねん、このハゲおやじ！　額に汗して……って、おっさん、汗くっさいんじゃ、アブラ症かい？　養ってやってる？　感謝の言葉の一つもなく？　アホぬかせ、寝言もたいがいにしとけよ、このブッサイクおやじ！　夜のほうもトンと……って、あったりまえじゃい、こんなキモいジジイの相手に……オエ～ッ、鏡、見てみぃ、もう空気吸うな……死《い》んでまえっ!!」

中年男は泣きながらテントを飛び出した。

その隣りのテントには〈人気アイドル握手会〉の看板が掛かり、ずらりと外まで行列が延びている。

テント内、机の向こうにはショートカットの金髪の美少女……そう、ボクッ娘が微笑んでいた。行列の先頭の青年が、歩み寄り、右手を差し出す。と、その手が振り払われ、いきなり青年の頬に平手打ちがお見舞いされた。ぴしゃり、といい音がして、青年はよろめく。目に涙を浮かべ「ありがとうございます！」と叫んで、テントを出ていった。

次の小太りの少年は「来年、受験なんです……うっす、気合い入れてください」ともらす。

受験がんばって！　……ぴしゃり。

小太りの少年は、吹っ飛んだ。

ぴしゃり、ぴしゃり、ぴしゃり……と果てしなく平手打ちの音は続く。

よく見れば、看板の〈握手〉の文字が×印で消され、〈ビンタ〉となっていた。

阿佐ヶ谷、高円寺、中野と放火して流れてきたアイドルゲリラたちは、夕刻、ここへたどり着いた。白い紙を開いた群衆たちも同様だ。どうやらフィナーレの場所であるらしい。

テント小屋が取り囲んだ広場の中央には、木材で組まれた巨大な飛行機の模型があった。

人力飛行機だ。

寺山芝居のシンボルとも呼べるオブジェ。未だそれは実際に一度も空を飛んだことはない。

と、その時、突如、西の空からいくつもの影がこちらに向かって飛翔してきた。今にも沈もうとする赤い夕陽を浴びながら。

高らかに鳴り渡る楽の音《ね》……リヒャルト・ワーグナーの『ワルキューレの騎行』である。

広場の群衆は空を見上げ、指さした。

「……人力飛行機だ！」

そうだった。近づくにつれ見えるのは、骨組の翼の下にぶらさがる人の姿……ひらひらの衣裳を着た女の子である。

アイドルだった。

アイドルの乗る人力飛行機が幾機も、幾機も西の空から飛来し、やがて広場の上空に到達する。

そうして次々と何かを落下させた。

火のついたマッチだ。

広場の中央に置かれた巨大な人力飛行機の模型が、パッと燃え上がる。

群衆が歓声を上げた。

人力飛行機は、炎に包まれる。高鳴るワーグナーの楽曲……ワルキューレ……。

テントから、わっと女の子たちが飛び出してきた。みんな背中に黒い翼を広げ、頭にツノを生やし、矢印のシッポで……悪魔少女の扮装だ。血まみれである。

燃え上がる人力飛行機を取り囲んで、悪魔アイドルたちが踊り出した。

ワーグナーの楽曲は、いつしか変奏されている。J・A・シーザーの奏でる『人力飛行機ソロモン』だ。

〽ソロモン、ソロモン！

血まみれの悪魔少女たちの大合唱……両手を高々と掲げ、踊り、泣きながら絶叫するその姿が、炎と赤い夕陽に照らされ映えている。

高い櫓《やぐら》の上から見下ろす小さな影。

オカッパ頭の赤縁メガネ……そう、サブコだ。インカムをつけている。先程までずっと指示を飛ばしていた。リモコンを手にした操縦者らに対して。

西の空から飛来した人力飛行機の群れ……それはドローンだった。アイドルを模した少女人形がぶらさげられている。上空から火のついたマッチを落下させるのは至難の技ではあったが、みごとにやってのけた。

赤縁メガネのレンズに、揺れる炎と少女たちの影が映っている。

今一つの影が櫓の上に現れて、背後からサブコの肩をぽんと叩いた。

振り返ると、微笑んでいた。そう、ぎょろっとした目のその人が。


「よし、あれをやろう！」

ぎょろっとしたその瞳が光った。

寺山修司はホワイトボードに何やら書き込んだ。

〈市街劇〉

目で合図を送ると、当然のようにサブコがしゃべり始める。

「寺山さんの演劇でもっとも大きな反響を呼んだのは、市街劇です。芝居小屋を離れ、路上で、街の真ん中で劇をやる。劇場を捨てよ、街へ出よう！　というわけですね。１９７０年5月の『イエス』では、観客をバスに乗せ、街を移動して、劇に巻き込んだ。同年11月の『人力飛行機ソロモン』では、高田馬場や新宿一帯へと場所を広げ、さらに大がかりになる。〈一メートル四方一時間国家〉の宣言のもと時間の経過により幾何級数的に領土を広げてゆく。〈日没時には街全体が、劇国家のなかで虚構化をはたす〉というわけです。この劇は翌年、フランスやオランダ、デンマークでも再演され、世界的な反響を巻き起こした。

とはいえ、これまで最大の市街劇といえば、やはり『ノック』でしょう。1975年4月19日の午後3時から翌20日午後9時まで〝30時間ノンストップ〟で行われた。場所は阿佐ケ谷駅南口から杉並区一帯ですね。観客はチケットの代わりに手描きの地図を買い、これを頼りに街のあちこちで同時多発的に勃発する劇を探して歩くというわけ。マンホールのふたが開いて怪人が現れ、空中散歩者が公園を浮遊し、突如、銭湯の中で演劇が始まる。これをまったく無許可でやって、街ゆく一般市民も巻き込まれ、大騒ぎに……遂には警察も出動して、社会的事件として一大スキャンダルともなりました」

ホワイトボードに当時の新聞記事が次々と映し出された。

〈「天井桟敷」演出オーバー
無断で〝舞台〟にされ フロ屋さんびっくり
気味悪がり 逃げ出す客も〉

〈巻き添え、市民は迷惑　「天井桟敷」ハプニング〉

〈ストーリーは「迷惑」だった？
無断でポスター、銭湯で奇声
「警察注意も劇の一部」と閉幕〉

〈公衆浴場でヤリ放題……鼻つまみアングラ市街劇〉

〈〝ハプニング劇いけません〟 驚いた人が110番
杉並署　寺山氏に警告へ〉

サブコが新聞記事を読み上げる。

「〈……人騒がせな芝居が横行している。実験演劇と称して、突然、異様な姿で場所をかまわず登場し、住民や通行人をビックリさせる。二十日は、何の前ぶれもなく、東京、杉並区の公衆浴場にあらわれて騒ぎ、前日には包帯姿で団地の主婦を驚かせた。この劇団は天井桟敷（主宰者、前衛演劇家、寺山修司さん）。やっている人たちは芸術と思っているのだろうが、やはり迷惑をかけるのはほどほどにしてもらいたい……〉

あ、こんな記事もありました」

〈怪人［全身白包帯 車イス］夕やみのノック　団地夫人が仰天
杉並署がオキュウ　『天井桟敷』の市外劇〉

「つまり全身包帯を巻いたミイラ男が、突然、団地のドアをノックして、開けた主婦が悲鳴を上げた。入口前には、それを見守る観客たちがいて、主婦は〈俳優〉にされた……という。国勢調査員がドアをノックしたら、受け入れるのに、ミイラ男がノックしたら、警察に通報される。寺山さんは、こうおっしゃっています。〈市街劇『ノック』というタイトルは、そうした閉ざされた心をノックしてみるというほどの意味だった〉」

うん、うん、と寺山はうなずいている。

「だけど、寺山さん……なんで阿佐ヶ谷だったんですか？」

ああ、えーっと、そう……と寺山は遠くを見るような目をした。言葉が出てこない。

サブコは手元の本をめくった。

「天井桟敷出身でアップリンクを立ち上げた浅井隆氏は、こう言ってますね。〈選挙や何かのデータや、世帯の人口とかを分析して、最も小市民的な街だということになった。東京の平均的な小市民という属性を内包している街ということで阿佐ヶ谷が公演の場所として選択されたわけです。そこは天井桟敷の僕らにとっては一番の敵地だったんじゃないかな。『ノック』は小市民的社会に演劇による〝異化効果〟を起こすことを企てた。ステージの上にではなく現実の街に〉」

ああ、そうだったかな……と寺山はうなずいた。

「そうして、あれから47年後の今、また、その阿佐ヶ谷を起点として、寺山さんは……」

最後まで言わせず、寺山は〈市街劇〉というホワイトボードの文字の前に書き加える。

アイドル｛市街劇

「そうだ、アイドルによる市街劇をやろう。47年ぶりに。ただ、私ももう歳だ。30時間ノンストップなんて、とても無理だろう。12時間……いや、10時間が限界かな」

そう呟くと、寂しげに微笑む。

あのですね……とサブコ。

「あの……阿佐ヶ谷を起点とした1975年の市街劇『ノック』から8年後、83年5月、寺山さんは瀕死の状態に陥ります。奇しくも、阿佐ヶ谷の河北総合病院で。もし、あの時、寺山さんがそこで亡くなっていたら……こう考えられませんか？　8年前の阿佐ヶ谷の呪いに復讐されて、死の扉を〝ノック〟されたんだ、と」

ほう、と寺山が声をもらす。

「天井桟敷の一番の敵地、もっとも小市民的な街・阿佐ヶ谷で、まさか寺山修司が亡くなるなんて。ありえませんよね。あ、ごめんなさい……いくら女の子の妄想だとしたって、失礼すぎました」

サブコが頭を下げ、寺山がかすかに微笑んだ。

「ただ、こうも思うんです。阿佐ヶ谷の小市民性をノック（アウト）して、8年後、阿佐ヶ谷でダウンした……〝死にかけた〟寺山さんが、さらにそれから39年後の……この今、今度はアイドルを、少女たちをゲリラ兵士として、再び、戦いに立ち上がる。そう、阿佐ヶ谷から〝生きよう〟としてるんじゃないかって……」

寺山が声を上げて笑った。うっすらと目に涙を浮かべている。

「ははは……あのねえ、サブコ。前に君は言ったじゃないか。あえて深読みを誘発する、みたいなところが、テラヤマらしさだって。すると、どうだろう。今の君の熱弁ね、市街劇によって、阿佐ヶ谷の小市民性を踏みにじった、その呪いで復讐され阿佐ヶ谷で〝死にかけた〟私が、今、阿佐ヶ谷で〝生きよう〟としてる……ってのは、あまりにもロマン主義的な深読みじゃないかな？」

　サブコは絶句している。

「ミイラ獲りがミイラになった、そう、苛烈なテラヤマ批判者が、すっかりテラヤマ信者になったというわけか？　いや、そうじゃない。たぶん、何だっけ、ほら、君らの言葉でよく言う……〝釣り〟？　釣りじゃね？　ってことかも。それは君の深読みだ、と私が深読みすることを、みごとに読み込んで、釣ってみせた……。あえて深読みを誘発する、サブコ、君はまるで……テラヤマみたいじゃないか？」

　サブコは、うっすらと笑う。何も言わない。二人は無言のまま、しばし、じっと見つめあっていた。

　まあ、いいや……と寺山が根負けしたように目をそらす。

「実は、市街劇は私が演出したんじゃない。もともと竹永茂生の発案でね、『イエス』と『人力飛行機ソロモン』は竹永が、『ノック』は幻一馬こと小暮泰之が演出を務めた。私は総合的に企画をし、一部を作ったにすぎない。市街でゲリラとして戦うのは、若者たちだ。今回も、そうしよう。今度の市街劇の演出は……黒子サブコ、君がやれ！」

　えっ、とサブコは目を見開く。とまどっていた。構わず、寺山は続ける。

「そうだな、この小市民的な……退屈な日常を、君たちが粉砕する。思いっきり、ぶっ壊す。スマホを捨てよ、町へ出よう！　君たちアイドルが市街へ出て、この世界をノックアウトする。そう、『アイドル・ノック』だ!!」

　市街劇『アイドル・ノック』のプロジェクトが動き出した。

サブコは人が変わったようになる。演出の大役を任され、猛烈に活発に働き始めた。TRY48のメンバー全員のリストを作り、一人一人と面接して、その容姿・性格・長所・短所・魅力・特技などを調べ、どうすれば、この娘の実力を発揮させられるか？　熟考に熟考を重ね、配役を検討した。

1975年の市街劇『ノック』の地図を手に、阿佐ヶ谷へと足を運び、次々と現場を見て廻る。47年前のその街といかに様変わりしているか、実感した。

「阿佐ケ谷駅南口を起点とするのは、いいと思います。けど、もはやそこにかつての……そう、昭和の小市民性は残っていません。ここは、えいやっと中野駅まで場を広げたい。現在の中野は、秋葉原や下北沢と並ぶ〝サブカルの街〟として知られています。あいだの高円寺も、ロック・アート・漫画・演劇、それに漫才師志望の若者たちが棲みついている。むしろ、そうした旧態依然たる中央線の〝ぬるいサブカル〟的感性を粉砕したいです」

なるほど、と寺山。

「ちょうど市街劇『ノック』が決行された75年に、夕刊紙「日刊ゲンダイ」が創刊されました。翌76年から同紙に寺山さんが編集長を務めるページが始まる。週一回連載で見開き2ページの「人生万才」という新聞内新聞です。学生証つき女子大生ポルノや、有名人のゴミ箱あさり、無名人の人気投票まで……多彩な企画が話題を呼んだ。ことに〈宝さがし〉と題して〝都内某所に2万円を隠しました〟と告知、ヒントを与えて推理させる企画は、大変な反響で、読者らが街を走り廻ったとか。これぞ市街劇の発展形ですよね。や、むしろ寺山芝居のコアな観客じゃなくて、サラリーマン夕刊紙のカタギの読者にお金めあてで街を探索させるほうが、はるかに〝異化効果〟は大きい。これは、ぜひやりたい！　2万円を10万円にして、中野のサブカル地帯から高円寺の人気銭湯まで〈宝さがし〉の人群れを走り廻らせ、ぬる〜い街に火をつけて思いっきり攪乱《かくらん》したいっす」

うん、うん、わかった、と寺山。

サブコは次々と企画を発案し、準備して、それを実行すべくメンバーらに仕事を割り振った。常に叱咤激励して、活発に動き廻っている。

市街劇『アイドル・ノック』の手描き地図も作成した。75年版『ノック』の地図を、寺山は懐かしそうに見る。

「ああ、これを描いたのは榎本了壱だ。やっぱり才能があったなあ、あいつは。そうだ、萩原朔美と一緒に「ビックリハウス」というパロディ雑誌を作ったんだっけ……」

ため息をついた。

さらには当時、発行されていた「天井桟敷新聞」を模して「TRY48新聞」を編集し、市街劇『アイドル・ノック』の特集を組む。新宿の文壇バー・風花から広告も取った。サブコの指揮命令は徹底していた。

そうして遂に当日、朝を迎える。

JR阿佐ケ谷駅南口、駅前のロータリーに突如、女の子たちの一群が現れた。たちまち、みんな血まみれだ。

いたたたたたた〜〜っ……。

痛い、痛い、痛い、痛い、痛い、痛いよ〜〜っ！

傷だらけの女の子らの雄叫びが朝の空にこだまして広がってゆく。

少女革命の号砲が鳴り、路上のテロルの幕が切って落とされた。

アイドル実験室 TRY48新聞

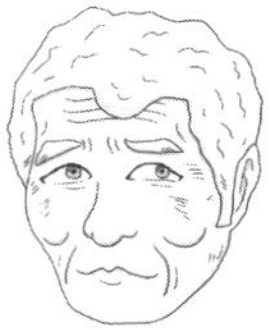

1

題　字◎◎◎寺山偏陸
挿　画◎◎ホリーニョ
編集人◎◎黒子サブコ
発行人◎◎◎寺山修司

10時間市街劇

アイドル・ノック

アイドルが時代の扉をノックする！

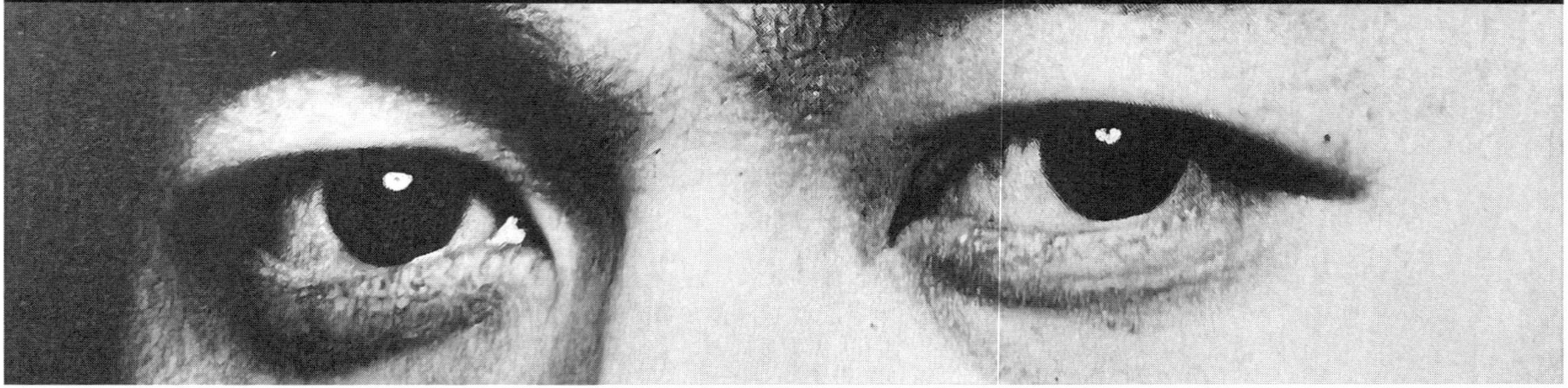

スタッフ

構成・演出◉黒子サブコ
企画◉寺山修司
舞台監督◉王蘭童
音楽◉J・A・クレオパトラ

制作　松本マネ

特別参加　◉弓指カンジ　◉岡島紳士　◉森永理科　◉さわやか　◉大久保千代太夫　◉稲増龍夫（アイドル学会）

キャスト

◉王蘭童◉小山デブコ
◉大蛇姫子◉男嬢カヲル
◉多重子◉深井百合子
◉黒子サブコ
（以上、悪魔セブン）

●小松菜奈々●矢田部ハナエ●佐藤玲子●加藤ひまわり●矢崎望●松永莉子●黒永歩美●小宮明希●山岡えみ●白柳徹子●地下鉄ザジコ●李洗礼●右川ちか●四本不倫子●淀川美代●呪怨叫子●下間カリン●HALU●道草雨子●滝沢クキコ●田辺しおり●大場ミナミ●深谷エリ●山下ミキ●夢見奈血須●小悪アゲハ●にゃ〜ちゃん●ノレン玲奈●三階堂踏●岬カオナ●島尾もほ●腹くくる●三浦リル●高円寺マリコ●暗黒ひばり●大角八洲こ●ララララン●横山タユ●西川才花●木屋橋莉奈●桜木りん子

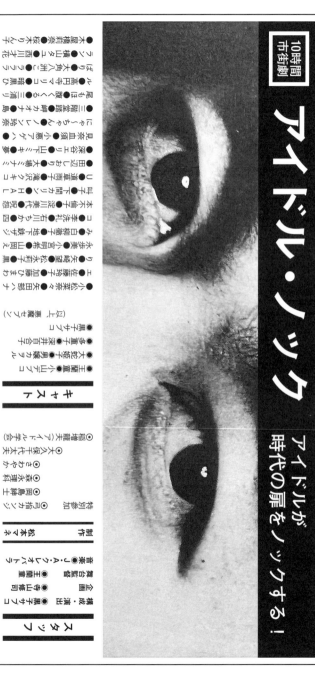

黒子サブコ
構成・演出 ◉「アイドル・ノック」

［解説］この劇ではチケットが発売されません。メール登録されると、ある日、告知メールが届きます。そこで日時と集合場所をお知らせします。いつ、どこで、何が起こるかは、まだ極秘です。いや、あなたのメール登録こそがこのアイドル市街劇の住民登録なのであり、そう、すでに劇は始まっているのです。アイドル・ノック――そこでは、この地上のあらゆるものがアイドルによってノックされる。ノックせよ！　退屈な日常も、がんじがらめの見えないルールも、意味不明なプレッシャーも、したり顔の道徳教師も……叩け。ノック、ノック！　空気を読むな。空気を叩け、叩きつぶせ!!　このアイドルたちによる強烈なノックを受け止め、扉を開くか、開かないかは……そう、あなた次第なのです。

アイドルがライブハウスを飛び出した
街を劇場に　路上をステージに
駅前広場を少女テロルの戦場へと変革する
令和の閉塞状況を突破せよ
今こそ……スマホを捨てよ、町へ出よう!!
天才・黒子サブコが挑む
新しいアイドルの可能性の地平！

一枚の地図を入手し、A駅に降りたったアイドルファンは、「不思議の国のアリス」であり、さまよえるニッポン人である。彼らは暮方の電波によって、幻想のライブ空間へと誘い込まれてゆく。同じ頃、サブカル古書店のドアがノックされ、ミイラ人間が入ってくる。マンホールの下の地下水道には、大ヘビが出口を探してさまよっている。銀行の窓口の女性店員らは、カウンターの背後でコスプレをし、破産宣告の新曲を歌う。預金者らは涙目でヲタ芸を踊る。すべてが破綻した後のこの街で、誰かのノックする音が聞こえる。それは不意撃ちの脅迫か、救済のサインか、はたまた滅亡へのカウントダウンか？　まだ見ぬアイドルたちが降臨するクーデター劇を、体験せよ!!

「黒子サブコ」論

黒子サブコは突然、現れた。彼女は、女の子の形をした知的爆弾であり、キュートな挑発なのだ。人を切ったら血が出るが、サブコを切れば、ロジックが、レトリックが、言語の海があふれ出す。この少女十字軍の気まぐれリーダー。小娘哲学者。オカッパ頭の乙女剣士。メガネをかけたアイドル・ジャンヌ・ダルク。天才サブコよ、その暗黒のまなざしの彼方に、キミはいったいどんな途方もない夢を見ているのだろう？

（寺山修司）

TRY48
アイドル実験室◉渋谷区元麻布3-12-45
アイドルノック宣言
アイドルがノックする。アイドルをノックする。アイドルとノックする。ノック，ノック，ノック！！！
早稲田通り
薬師あいロード
オリエントスパゲッティ
南印度ダイニング
寿湯
中野サンプラザ
サンプラザ中野
中野通り
中野ブロードウェイ
おたく サブカル 墓場
カレー ターリー屋
インド料理 2F
タラキッチン
健康浴泉
プール・露天風呂・炭酸泉アリ
アクア東中野
松本湯
東中野本通り
東中野ギンザ通り
祭りの大フィナーレ！
テント小屋・人力飛行機・炎・乱舞
見世物小屋
宝さがし
10万円！ 隠しました。怪紳士がヒント出します。早いもの勝ち
北口
MOVIE
ポレポレ東中野
中野駅
東中野駅
東高円寺駅
新中野駅
スリランカ料理 アチャラナータ 3F
サファリ カレーショップ
南インド カレーリーフ 2F
日本インド娘化計画
中央線は日本のインドか？ サリーを着た無数のヤマトナデシコたちがインド料理店を急襲する。超辛口の爆弾批評を投下！！
鍋屋横丁通り
大黒湯
1948年 「光クラブ」事件の事務所の場所
2022年 「少女光クラブ」事件、勃発！
スパイス居酒屋 やるき
名物 パクチー入り玉子焼き
店主トニーさん
カルロス・ゴーン似
YARUKI
看板娘リティカ
カレーと銭湯
◉なぜ私たちは中央線のカレー屋と銭湯を標的とするのか？
◉「カレーライスは家庭的だが、ラーメンは社会的である」
『寺山修司』。かつてカレーには家庭的なイメージがあった。
◉現在、カレー屋は中央線の街に氾濫している。
◉街に弥漫したこの甘ったるい家庭料理的
空気を超辛口で粉砕すること！
◉銭湯は全裸で市民らが集う場所。
◉このぬる〜いお風呂のような戦後
民主主義に熱い銭湯を浴びせる。
◉加齢ではなくカレーを！
◉銭湯ではなく戦闘を！！

10時間市街劇
アイドル☆ノック
2022 市街図
IDOL☆KNOCK
CRAZY MAP
ミルク風呂が有名
小杉湯
MILK
カリーショップ
くじら
怪人現る!!
サブカル古書店
吞井書房
旧中杉通り
中杉通り
河北病院
1983年5月
寺山修司
逝去死に!?
大一市場
高円寺純情商店街
©ねじめ正一
追悼 高取英
路上の少女劇場!
北口
JR中央線
阿佐ケ谷駅
高円寺駅
南口広場
赤い九鳥が飛ぶ
真紅の乙女らの叫びを聞け
朝、血まみれの少女たちがアイドルテロルの宣戦布告!!
アイドル・ノック開幕
季節はずれの阿波踊り
参加歓迎
パル商店街
DOSU KOI!
中央公園
アイドル横綱
Yoi Yoi Yoi
本家 徳島県民大激怒!!
小山デブコ関
大相撲大会
挑戦者大募集!!
路地裏
マンホールのふたが開いて何が飛び出すか?
南阿佐ケ谷駅
新高円寺駅
地下鉄丸ノ内線
書原
今はなき

10時間後――。

フィナーレの中野駅前広場での狂騒、悪魔少女たちの乱舞、夕陽と炎と血まみれの真紅の饗宴……。赤いランプを点燈させてパトカーが出動し、警官隊が押し寄せてきた。

「責任者は、誰だ！」

サブコが後ろを振り返ると、もう寺山修司はいない。忽然と姿を消してしまった。

「君が、責任者か？」と警官隊の長が、つめ寄る。青くなったサブコの前に誰か飛び出してきた。

「私が……私が責任者です！」

黒いパンツスーツの縁なしメガネ、松本マネだ。両腕を広げ、警官隊の前に立ちはだかっている。さながら子猫を守る母猫のように。いつもクールな彼女だが、目が潤み、頰が紅潮していた。かすかに震えている。

警官隊に取り囲まれ、逮捕されると、松本マネはパトカーで連行されていった。


数日後のＴＲＹ48館である。

寺山修司も、悪魔セブンの面々も、いささか興奮している。それは、そうだろう。市街劇『アイドル・ノック』は大変な反響を巻き起こした。インターネットは元より、テレビや新聞でも大きく報じられている。

遂には警官隊まで出動して逮捕者を出し、社会的事件、一大スキャンダルとなったのだ。今度ばかりはさすがに「無害化された」とか「安全に消費された」とかでは済まされないだろう。大いに世を驚かせ、風紀を紊乱し、市民社会の倫理を踏みにじった。まさに、日常の現実原則の革命？　社会転覆？　そう、天井桟敷の初心をまっとうしたのだ。

してやったりの得意顔の寺山とサブコは、ホワイトボードに映し出される新聞や週刊誌の記事見出しに目を凝らした。

〈阿佐ヶ谷駅前で珍事　季節ハズレの……
にせハロウィン騒動!?〉

えっ？

〈……早朝、阿佐ヶ谷駅前に血まみれの少女たちの一団が現れ、通行人たちを驚かせた。全身、包帯でぐるぐる巻きの者や、脳天をマサカリで割られた者などが、奇声を上げている。「何かのハプニング・イベントでしょ？」「サプライズ・キャンペーン？」と、道行く人たちはこの季節ハズレの〝にせハロウィン〟集団の奇行に薄笑いを浮かべ、首をひねっていた……〉

えっ？

〈阿佐ヶ谷・高円寺・中野　同時多発少女パフォーマンス
首謀者は寺山修司氏？
ポケモンGOからテラヤマGOへ!!〉

えっ？　えっ？

〈……何の変哲もない街角や、路地裏に、急に人群れが押し寄せ、世を驚かせる。こんな光景も、すっかり見慣れたものとなった。ポケモンGO――そう、スマホのGPS機能を利用した超人気ゲームアプリで、稀少キャラが出没するとの情報が拡散され、押し寄せる人々だ。先頃の中央線一帯で勃発したお騒がせ〝少女パフォーマンス〟にも、実はその影響があるとマーケティング・ディレクターのA氏は言う。「首謀者は寺山修司氏です。前衛的な劇作家だったが、アイドル・プロデューサーに転身した。今回の騒動は、某・大手広告代理店とゲーム会社が仕掛けたものと言われ、ポケモンGOの二番煎じで〝テラヤマGO〟なるゲームアプリの前パブだともっぱらです」。それで60年代の遺物・寺山修司が担ぎ出されたという次第？　さて、柳の下に二匹目のモンスター……となりますやら（苦笑）〉

〈都会をにぎやかに少女たちが街おこしに貢献〉

えっ？　えっ？　えっ？

〈……先頃、東京の中野・杉並で突発的に行われた少女たちの路上パフォーマンス。警官隊が出動し、逮捕者も出て、事件化している。劇作家・寺山修司氏が主宰するアイドルグループ〝TRY48〟の野外ライブ活動であると判明した。無許可ではあるものの、少子高齢化が問題視される現代の都会を「にぎやかに」しようと若い世代が、いわゆる〝街おこし〟にボランティア貢献したもの——として地域住民らに支持の声が広がっている。「面白かった」「元気が出た」「楽しい、おかげで寿命が延びました！」と破顔一笑の地元のお年寄りたち。この社会貢献活動に対して、杉並区・中野区では……〉

はあ？　はあ？

にせハロウィン？　テラヤマGO？　街おこし？

〈杉並・中野区長、近々……

寺山修司氏に感謝状〉

え——っ！

寺山もサブコも、盛大にずっこけた。

第9章　天才少女の落日

百合子は、ため息をついた。

近頃、ずっとそうだ。

はあ。あ〜あ、なんなんだろう？

『アイドル・ノック』の準備が始まってからである。

サブコは演出の大役を任され、大忙しだ。猛烈に活発に動き廻り、生き生きと働いていた。

たまあに声をかけても、心ここにあらずといった表情で「あ、ユリコさん、ごめん」と、どっかへ行ってしまう。

ＬＩＮＥメッセージを送っても、既読スルーだ。

疎外感を覚える。むちゃくちゃ。

近頃では寺山とサブコは意気投合し、すっかり仲良くなっている。

えっ、「二人で一体としての合格」と告げられ、あたしの〝黒子〟としてＴＲＹ48入りしたんじゃないの？　それが今じゃあ、寺山の〝黒子〟になったかのよう。

なんだか親友を寺山修司に奪われたみたいな気分。

『アイドル・ノック』で大活躍したサブコと対照的に、百合子は大した働きはできなかった。そう思う。

その他大勢のメンバーらと組まされ、サリーを着て、インド料理屋やカレー屋を廻った。〝日本インド娘化計画〟と呼ぶのだそうだ。高円寺のカリーショップくじら、中野の南印度ダイニング、アチャラナータ、東中野のタラキッチン……へ飛び込み、辛口カレーを食べて「全然、辛くな〜い！」とか叫んで、辛口批評をするという……何がなんだか。

新中野のスパイス居酒屋やるきの店主・トニーさんも、看板娘のリティカも、目を丸くしていた。

はあ。思わず、また、ため息が出る。

それにしても……。

松本マネージャーの件には、驚いた。

逮捕された彼女にまつわるネット記事を読んだのだ。

四半世紀前、カルト教団のテロ事件が世を騒がせた。その折、サティアンと呼ばれる教団施設から保護された子供の一人が、松本マネだったという。

当時の映像を見ていて、ハッとした。信者らはみな〝サマナ服〟と呼ばれる真っ白な服を着ている。そうだ、『デスノート』のLの葬式で寺山のそばに立っていた少女、彼女が着ていた純白のローブを想起した。調べたら、テロ事件から10年後のことである。年齢が一致した。やはり、あれは松本マネだったのか？

あっ！

〝松本〟という姓字が、教祖の本名だったことに突然、思い当たった。

……教祖の娘？　まさか！

教団から保護された幼い娘が、寺山修司に引き取られ、養女となる。それが現在の松本マネージャーなのだ……とネット記事では、臆測まじりのゴシップ秘話を披露していた。

真偽はわからない。

しかし……。

『アイドル・ノック』のクライマックス、夕刻の中野駅前広場で警官隊に取り囲まれた時のこと。

「私が責任者です！」

母猫が子猫を守るように、サブコをかばって立ちはだかり、逮捕され、連行されていった。そう、あの時の彼女の様子。

常にクールな松本マネが、ひどく動揺していた。目が潤み、頬が紅潮して、震えていた。普段とはまるで別人のよう。さながら怯えきって連れ去られる、幼い女の子みたい……。

その姿に純白のサマナ服を着せてみたら、どうだろう？

百合子は胸騒ぎを覚えた。

スマホの画面に指を走らせ、関連ワードを次々と検索して、タップする。

えっ！　目を見張った。

むさ苦しい長髪でヒゲ面の太った男が、白いソファーのような玉座に座っている。紫色の服を着ていた。教祖だ。

その隣に座る、ぎょろっとした目の男。

現代の2大教祖が初対談!!

〈……片や、近頃、世を騒がせる新々宗教のユニーク教祖、こなた、60年代から若者を挑発し続けるアングラ&サブカルのカリスマ、初対面した現代の2大教祖が激論を交わす……〉

「オウム真理教、面白いじゃないですか」

といきなり寺山は口火を切っていた。

「僕はオウムをいわゆる新興宗教として評価しない。〽ショ〜コ〜、ショ〜コ〜……と教祖の歌を流して街宣車を走らせたり、信者がみんな麻原尊師のお面をかぶって現れたり、オウムシスターズですか？　お揃いのサマナ服の少女たちが街頭で唄ったり踊ったりしている。つまり、そう、芸能としての興味です。しかも、劇場の中で市民社会に許容された安全無害な〝お芝居〟をやるのではなく、街へ出て、道の真ん中で突発的に社会規範を揺るがす荒唐無稽なパフォーマンスに及び、市民らの眉を大いにひそめさせている。痛快です。これは、実はずっと僕がやってきた社会転覆をめざす演劇実験、市街劇の発想などに近いのではないか……」

「光栄です」と麻原は神妙にうなずく。

「シャカ、ゴータマ・シッダッタも、ジーザス・クライストも、いわゆるキリストも、初期は芸能者として捉えられていた。共通するのは出家して、放浪したことです。寺山さんはかつて〝家出教の教祖〟とも呼ばれた。『家出のすすめ』は若者たちのバイブル、そう、教典ですね。60年代の若者たちは家出して天井桟敷へ入った。今、若い世代は出家してオウムへ入っている。寺山さんは先達です。大いに尊敬しております」

「これは参ったな」と寺山は破顔一笑した。二人の対話は弾み、すっかり意気投合していた。

その後に起こったのが、地下鉄サリン事件である。

麻原と対談して、オウムを持ち上げた宗教学者や国民的コメディアンらは袋叩きに遭う。彼らは一斉に沈黙した。

そう、寺山修司を除いては……。

寺山はひるまず、インタビュー取材でこう答えた。

「……今、殺人が容認されているのは、国家という単位だけなんですよ。国家は死刑という名の虐殺もできるし、戦争という名の大量殺人もできる。お国のために人を殺すと、英雄にだってなれます。オウム真理教の場合、彼らは日本の現行の国家を、自分たちの国家として認めていないわけです。彼ら自身が内部に省庁を持ち、大臣を置いて、我らこそ真理の国家なりと宣言している。こうした〝幻想の国家〟もまた国家として認めるべきではないか？　そもそも国家とは一つの共同幻想ですよ。つまり彼らは、まだでき上がっていない〝未来の国家〟から召集された兵士であり、敵国〝現行の日本〟の権力機構との戦争を引き受けたわけです。やれ狂信者だ、犯罪者だと決めつけるのではなく、これは一つの戦争として捉えられるべきではないか……」

さらに独自の論を展開してもいる。

〈……麻原彰晃はかつて小説を書こうとして表現者をめざしたという。それが今、カルト教団のテロル殺人者として裁かれている。しかし、挫折した芸術家志望が狂信的犯罪者になったのではない、と私は思う。麻原は一貫して芸術家であり、つまり歴史の画布にファシズムの絵を描いたのだ。画家志望の青年ヒットラーがナチスドイツの総統になったのと同様に。代理現実の世界を飛び越えて、歴史という途方もないステージで初期衝動を実現しようとした。その意味で、麻原彰晃はもっとも純粋な芸術家であり、それゆえにもっとも反社会的な人物だったのである〉

屁理屈だ、こじつけだ、犯罪者擁護だとさんざん批判され、総スカンを食ったが、寺山は平然としていた。いや、しかし、それだけではなかったのである。

１９８７年、一冊の短歌集が上梓された。

『サラダ記念日』。なんと２８０万部を突破した大ベストセラーとなる。

著者の俵万智は当時24歳、高等学校の国語教師だった。早速、俵と寺山修司の対談が企画され、短歌雑誌に載る。

「ああ、あなたは早稲田出身なの？　後輩だ……とは言っても、僕の場合、ほとんど出席しないで中退したクチだけど（笑）」と寺山。なごやかなムードで対話は始まった。

「学生の頃、文学部の机の上に落書きを見つけたんです」と俵。

〈海を知らぬ少女の前に麦藁帽のわれは両手をひろげていたり〉

「わあ、センスのいい学生が書いたんだなって。気に入りました。すうっと自然に暗唱してしまうぐらいに。後に短歌を作るようになって、寺山さんの歌集を開いたら、あの歌に再会して……そうだったのか！　って」

「なるほど」と寺山はうれしそうに笑う。

「僕の短歌にこういうのがあるけれど……

〈マッチ擦るつかのま海に霧ふかし身捨つるほどの祖国はありや〉

最近では、この〈マッチ擦る〉を〈万智する〉と言い換えて、寺山修司は俵万智の出現を予言していた！　なんて言い出す若い奴もいてね……」

寺山が苦笑して、俵はほがらかに笑った。

「あなたの本の題名になった一首……

〈「この味がいいね」と君が言ったから七月六日はサラダ記念日〉

これは何の変哲もない平凡な一日を、想像力によって特別なアニバーサリーに一変させる……

そう、日常変革の歌として僕は高く評価しているんですよ」

ベタぼめだった。

対談終了後のツーショット写真では、寺山はちゃっかり俵の肩に手を廻して、にやついている。才能のある若い女子が大好物な寺山修司の面目躍如である。

それから8年後――。

1995年3月20日、地下鉄サリン事件が勃発した。その日に詠んだという寺山の短歌が以下の一首である。

〈「このガスが臭うね」と君が言ったから三月二〇日はサリン記念日〉

大ひんしゅくを買い、俵万智のファンからも猛烈な非難を浴びた。二度と俵が寺山と会うこともなくなる。

百合子は、呆れた。

いつも世間の良識を逆なでして、大ひんしゅくを買う、その万年お騒がせ男ぶりもだが……。地下鉄サリン事件にしろ、『サラダ記念日』ブームにしろ、時代時代のトピックに常に何らかかからみ、いわゆる「いっちょ噛み」してくる寺山修司の「いっちょ噛み力」のすごさに、呆れ果てたのだ。

袴田巖氏の件もある。

袴田氏は元プロボクサーだ。全日本フェザー級で6位まで行った。年間19戦の日本最多試合記録保持者でもある。１９６６年、強盗放火殺人事件の容疑者として逮捕され、80年に最高裁で死刑判決が確定した。

寺山修司は「袴田犯人説の根底にあるのは、刑事の『ボクサーくずれ』への偏見であると思える」と書いている。寺山は〈無実の死刑囚・元プロボクサー袴田巌さんを救う会〉の世話人となり、支援を訴えた。

２０１４年、静岡地裁は再審開始と死刑及び拘置の停止を決定、袴田氏は釈放された。逮捕から実に48年もの歳月が経過している。

寺山は快哉を叫んだ。裁判所の前で〈勝訴〉と大書された紙を広げる支援者の男性の姿を見て、ぼそりと呟いた。

「ああ、あれはラウンドガールがやるべきなんだがな……」

ＷＢＣ（世界ボクシング評議会）は、袴田氏を名誉王者と認定し、チャンピオンベルトを贈呈した。ボクシング王者のベルトを締めた元・死刑囚が後楽園ホールのリングに上がる。その隣りに立ち、袴田氏の手を取って高々と掲げる笑顔の男……寺山修司だった。

ＴＲＹ48館の清掃は、メンバーらが分担して務めている。百合子が資料室に入った時のことだ。

「えっ？」

床に紙片がちらばっていた。ひろい上げると、古びて変色した新聞の切り抜きである。

2大アングラ劇団、夜の乱闘
寺山修司と唐十郎
両座長ら9人逮捕

ああ……あれか、と思い出した。

1969年12月の渋谷、天井桟敷館へとタイムトラベルした。サブコと共に銀河鉄道に乗って。

その時、出っくわした路上の乱闘事件の記事だ。唐十郎率いる状況劇場の劇団員たちが、天井桟敷に殴り込んだ。寺山と唐の激突の珍事である。

死活を賭けたナワ張り争い
「アングラ暴力団」渋谷橋血闘の背景

〝アングラの両雄〟寺山、唐がなぐり合い
葬儀用花輪が原因

ライバル意識が爆発！

切り抜き記事はいくつもあった。大型封筒に入れてあったのが、封が開いて散乱したようである。百合子は古びた封筒を手に取った。マジックペンで表にでかでかと何やら書かれている。

路上演劇「葬式の花輪」

えっ！
どうやら寺山の筆跡のようだ。

主演　寺山修司
　　　唐十郎
協力　渋谷警察署
宣伝　朝日新聞　読売新聞ｅｔｃ．
　　　ＮＨＫ　各テレビ局

吹いた。いかにも寺山らしい。あの乱闘騒動を〃路上演劇〃と捉えていたなんて！
百合子は笑いながらちらばった新聞の切り抜きをひろい集め、封筒に入れ直した。
ふとその手が止まる。妙に真新しい紙片があったのだ。
見ると〈２０１９年12月〉の日付……なんと3年前のものである。

寺山修司と唐十郎
50年ぶりに路上で乱闘

ええええ――っ！

〈……寺山修司と唐十郎、60年代以来のアングラ演劇の両巨頭はかつて（69年12月）路上で乱闘騒ぎを引き起こし、新聞沙汰にもなった。あれからちょうど半世紀、今や老カリスマとなった二人が再び、路上で乱闘劇を繰り広げたと話題になっている。

かつてと同じ渋谷の路上で、寺山修司の姿を見かけた唐十郎は、声をかけようと駆け寄った。が、足もとが覚つかなく、よろけ、背後から寺山の背中にしがみついてしまう。振り返った寺山は「わっ、カ……カラ!?」と叫んで、真っ青になった。

50年ぶりに唐十郎が襲いかかってきたのだ！

よろめいて体勢を整え、力ない猫パンチを繰り出す。唐はなおもしがみつき、二人は取っ組み合って、もみ合いになった。

しかし、寺山は84歳、唐は79歳……もはや後期高齢者である。老人特有のスローモーな動きで、ふがふが、むにゃむにゃと何やら意味不明な声を上げていた。

やがて抱き合うようにしてくずおれ、倒れてしまう。路上でぐにゃぐにゃと身をよじっていた。

通りがかった若者たちが二人を引き離し、助け起こす。

「おじいちゃーん、おじいちゃんたち～、大丈夫？」

「やべっ、もしかして徘徊？　ボケ？」

「こんなとこで遊んでちゃダメでちゅよ～……げっ、おもらししてない？」

「いい歳なんだからさあ、お大事に。血圧が上がっちゃうよ〜」
よろよろと起き上がった二人。息が上がって、震え、真っ赤な顔の両者は、こんな会話を交したという。

寺山　な、なんだよ、唐……いきなり。もう、おまえとは絶交だ！
唐　絶交って、そんなあ……挨拶しようとしただけなのに。今のは寺山さん、ユーモアですよね？
寺山　いや、ノーモアだ!!〉

スマホでググッていたら、こんな見出しに目が留まった。

寺山修司&谷川俊太郎
『ビデオ・レター』

〈……若き日から長らくの知己である二人の詩人は、ビデオ映像による「往復書簡」を始めた……〉
添付されたアドレスに飛ぶと、ＹｏｕＴｕｂｅだった。
アップされた映像を観る。

谷川俊太郎→寺山修司
１９８２年９月６日

スタンダードサイズの画面で、両端が黒く切れている。ネジが巻かれ、オルゴールが鳴り、セピア色の写真がスライドのようにぎこちなく横に流れた。写っているのは、寺山修司だろうか？　とても若い。

「……古い写真が出てきたよ、1960年6月、武満徹と一緒の古い写真が出てきた」

谷川俊太郎のナレーションが流れる。

「……朝日新聞に載った新しい詩、よかったぜ。ちょっと田村隆一風だったけど。言葉で言うと、なんだかちょっとみんな格好よすぎるような気がするけどね」

オルゴールの音色が止まった。

寺山修司→谷川俊太郎
1982年9月10日

ピアノを弾く音、洋書がめくられる。

「……ビデオの便り、ありがとう。谷川さんは、言葉にするとなんでも格好よくなってしまうと言うけど、言葉にでもしないと耐えきれないってこともときどきある……」

寺山修司の声が聞こえ、思いっきり接写した古い写真とボケボケの画面。

「……言葉、言葉、言葉……」

浮腫《むく》んで爛《ただ》れた首の後ろと、ひざ、吹出物だらけの汚ない背中がどアップで映る。

「……これが僕の近況です」

えっ！　寺山の肉体だろうか？　あまりにも病的だ。百合子は息を飲む。

その後も交互に二人のビデオ・レターは続いた。部屋の中の小物や、風景や、なんだか正体不明の流動画や……が次々と画面に映り、時折、やけに抽象的な言葉を話す二人の声が聞こえる。

「……谷川さん、言葉をたくさんありがとう。でも、問題は言葉が文字でも音声でもなく、意味だということです……意味だけが、滅びかけているもの、壊れかけているものを、建て直すことができる……」

「……命って、意味以上のものじゃないかな……どうしても意味だけじゃ捉えられないようなところが、あるような気がする……意味と無意味のあいだに何があるか、知ってるかい……意味ありげってもんが、あるんだってさ……」

さっぱり、わけがわからない。百合子は、まぶたが重くなり、うとうとしていた。

ハッと目を開けると、寺山修司のアップが映っている。しきりに何かしゃべっているが、音声が消されていた。かすかに鳥のさえずる声が聞こえる。どういうことだろう？

映像が途切れ、方眼紙に波形の線が左から右へと流れてゆく。

何かのグラフかな。

心電図？　脳波形？

波線は上下動を繰り返し、小刻みに震え、やがて波を失った直線となって横に流れる。

画面が真っ暗になった。

〈二十才　僕は五月に誕生した〉

谷川俊太郎→寺山修司

1983年5月4日

そこで映像は中断している。

ああ、寺山が病いに倒れ、危篤状態に陥った日付だ。

しばらく真っ暗な画面が続いていた。

ふいに音楽が流れる。壊れた古いプレーヤーから漏れ聞こえるような歪《ひず》んだ音色で。

ハッピー・バースデイの調べだ。

画面がゆっくりと明るさを取り戻し、人の姿が映し出される。

パジャマ姿で、ベッドに半身を起こし、ぎょろっとした目の男が、片手を上げて、はにかんだように笑った。

さし出されたケーキには、48本のろうそくが灯されている。

寺山修司↓谷川俊太郎
1983年12月10日

ああ、寺山は生還したのだ。48歳の誕生日……そう、〝TRY48〟の始まりである。

その後も断続的にビデオ・レターは続いた。画像が急速に鮮明となり、スタンダードから横長の画面になる……デジタルカメラが導入されたのだろう。開始から20年近くが過ぎ、21世紀に入る頃には……

〈寺山修司&谷川俊太郎『ビデオ・レター』――最長継続記録の〝快挙〟でギネス登録!!〉

……の見出しの新聞記事が画面に映し出された。

近年では、ぽつりぽつりとした更新となっている。

谷川俊太郎↓寺山修司の最新のものを見ると……。

顔だけ寺山で、首から下はアイドル衣裳の女の子のコラージュ、ツイッターに誰かが投稿したフェイク画像が接写され、映っていた。

谷川のナレーションがかぶる。

〈聞いたよ、アイドルをプロデュースしてるんだって？　けど、〝TRY〟ってさ、〝TERAYAMA〟の略であると同時に、〝トライ〟、そう、〝試みる〟って意味でもあるんじゃないか

な？　あなたはずっと〝トライ〟を続けてきた人だから……〉

寺山修司→谷川俊太郎のほうは……。

スヌーピー、チャーリー・ブラウン、ルーシー……キャラクターの描かれた『ピーナッツ』のコミックスがずらりと床に並べられている。

〈……谷川さん、とうとう『ピーナッツ』のコミックスをすべて翻訳したんですね。半世紀以上もかけて。お疲れさま。人は谷川さんを〝達観した子供〟チャーリー・ブラウンのイメージで見るかもしれないけれど、実は〝トリックスター〟スヌーピーじゃないか？　ってボクはひそかに思っているんです。常に周囲に〝美しい小鳥のような女性〟ウッドストックをまとわりつかせてもいるしね（笑）。チャーリー・ブラウンは〝現在、93歳の子供〟羽仁進じゃないか？　彼と一緒に映画『初恋・地獄篇』を撮った時、羽仁さんは〝保護過剰児童〟と呼ばれた。対する寺山は、なんと呼ばれたと思いますか？

〝愛情飢餓児童〟

ですよ！　あれには参ったな。これが現在のボクです……〉

床にぺたんと座り、抱えた毛布に頬ずりして、親指を口にくわえる寺山の姿が映し出される。

ああ、ライナスだ。

〈Ｓｉｇｈ〉の書き文字が浮かび上がって、〈＊タメイキ＊〉と続き、寺山ライナスの姿がゆっくりと消えていった。

学校帰り、百合子は突然、ダッシュする。チビで丸っこい後ろ姿を見かけたのだ。やっと追いついて、その両肩をぎゅっとつかむ。

振り返った赤縁メガネのその瞳が、ボーッとしている。

「あ、なんだ……ユリコさんか」

心ここにあらずといった表情だ。

百合子はムッときて、サブコの手を握り、ずんずんと引っぱってゆく。どどどどこいくのよ〜〜っとあせるサブコ。そう、いつぞやと真逆のシチュエーションである。

狭い脇道に入って、真っ黒な建物の扉を開けた。

喫茶・銀河鉄道だ。暗い店内はしんとして、客は誰もいない。列車の座席のような二人掛けのソファーに並んで座った。

例によって、老いた白い猫のような女店主が足音もなく現れ、二人の前に湯気のもわっとたった日本茶を置く。サブコは湯呑み茶碗に手も触れず、ぼんやりと壁を見つめていた。その視線の先には、北極星がまたたいている。

ため息を一つ、吐いた。

「ねーねー、サブコちゃん！　どしちゃったのよ〜、最近、全然話してもくれないじゃん」

百合子は訴える。

「う、うん」と浮かない表情。

あのさ……と赤縁メガネの奥の瞳が、やっとわずかな光を取り戻したようだ。

「あのさ……ほら、例の『アイドル・ノック』の件があってさ、あ〜あ……って」

また、ため息をつくと湯呑み茶碗を両手で取って、ふうふうと息を吹きかけ、冷ましている。

森の小動物が木の実を齧るようにひとすすりすると、ぱっと顔を上げた。

「あのさ……わたしも寺山も……落魄したなあって」

「ら、らくはく？」

何それ、さっぱり意味がわかんないし……と言うと「ん〜、ググッてみてよ」とそっけない。

百合子はスマホに指を走らせる。

〈らくはく【落魄】――おちぶれること。零落〉

あ、これか？

「うん、そう。おちぶれたなあって」

サブコは、どこか遠い空を見上げるような瞳をして、口ずさむ。

「――きけ、颶風の中から芽をふくのを。

いま庭は滅びようとしてゐる。

をののく生命を吹き消す風が　また木を軽くするのか。

地上に切倒された驕慢と怠惰の幹は　君の思念をあまりにも酷くさいなむ。

それはすべて偽りの姿だ　仮りに塗られたマスクだ。

烈日の海は開く　一群の薔薇を絡みつけ、いはれた言葉だけが赦しを乞ひ　なほ生きようとしてゐる。」

片目からひと筋、涙を流していた。

百合子は絶句して、ただ、圧倒されている。こんなサブコの表情は見たことがない。

「うん、〝落魄〟という左川ちかの詩……」

さがわちか？

「そう、百年ぐらい前の詩人……24歳で死んだんだ。あのね、〈左川ちかの薔薇《バラ》色した刃物みたいな詩のコトバにふれ、ぞっとした〉って白石かずこが言ってたけど、うん、わかる〜。ぐさぐさ刺された……わたし、今、16歳でね……〝落魄〟の本当の意味を、痛みを知ったんだ」

百合子は、もう何も言えない。ただ、じっと聞き入っているだけだ。

「似てるって言われたんだ、わたし……左川ちかに」

えっ、誰に言われたの？

「うん、そう、伊藤整……みたいな男に、さ」

サブコは、うっすらと微笑む。

イトウセイ？　誰それ？

「左川ちか」をググると、丸メガネを掛けて笑う女の子のモノクロ写真が出てきた。う〜ん、サブコちゃんに似てるかなあ。

「あっ、そうだ、そうだ」とスマホをひったくられる。

えっ？　えっ？

「ユリコさんさあ、バンクシーって知ってるよね」

バンクシー？

ああ、あれか……なんか謎のアーティストの人？

「そうそう、正体不明のアーティスト」

サブコはスマホに指を走らせ、次から次へと画像を引っぱり出す。街の壁や塀に描かれたさまざまな絵だった。小池都知事がしゃがみ込んで、カサをさすネズミの絵を指さす写真もある。オークションで高額の値がつけられた瞬間、絵が額の下へと落ちてシュレッダーのように千切りとなる場面もあった。

「バンクシーの正体については、いろんな説があってね、イギリスを拠点に活動してるから、まずイギリス人だろうって言われてる。若いミュージシャンだ、いや、中年画家だ、女性説もあるし、いやいや、何人組かのアーティスト集団だって有力な声もあった……」

サブコがまくしたてる。

「でもね、違う」

しっかりとうなずいた。

「違うんだよ。わかったんだ、わたし。そう、ねえ……ユリコさん、ほら、これ」

スマホの画面に指を走らせる。

なんだか、ぼんやりとした写真画像だった。

屋外だろうか？　薄暗い。

スマホを操作すると、写真の一部をズームアップした。荒れた画像だったが、はっきりと見える。

カサをさしたネズミの絵だ。そう、小池都知事がしゃがみ込んで指さしていた、あれである。港区・日の出駅近くの屋外、防潮扉に描かれたものだ。

そのそばに二つの影がある。一つはしゃがみ込み、ネズミの絵をはさんで、今一つは立っていた。しゃがみ込んだ影が拡大される。どうやら男のようだ。スプレーで描かれたネズミの絵に筆を入れていた。

えっ、この人がバンクシー？

百合子は、目を見張る。

男の横顔が急拡大される。髪が黒い。日本人だろうか？　老男性である。

「……横尾忠則」

えっ！

今一つの立った影に焦点が移る。拡大されてゆく。

ネズミの絵を指さし、何やら伝えているようだ。

その顔がズームアップされると……ぎょろっとした目の老人だった。

百合子は愕然とする。

「そうだ、そうなんだよ、ユリコさん。バンクシーの正体は……寺山修司と横尾忠則だったんだ!!」

最終章　寺山修司を超えて

「〝白夜討論〟を始めます」

寺山が神妙に言った。

元麻布のＴＲＹ48館である。

いつもの広いその部屋が、遮光カーテンが引かれ真っ暗だ。

マッチが擦られて、火がともされる。ろうそくの柔らかい光に、ぎょろっとした目の老男性の顔が浮かび上がった。

寺山は作務衣《さむえ》を着て、あぐらをかいている。

７人の女の子たちも床に座り、ろうそくを囲んで車座だ。

淡い光に、みんなの顔が照らし出される。

「今から半世紀ほど前かな？　渋谷の天井桟敷館の地下室で、こんなふうにろうそくを一本立てて、それが燃え尽きるまで劇団員らと討論しあったんだ。真夜中にね。君たちは未成年女子だから、まさか真夜中に呼び出すわけにもいくまい。それで、ま、こうして人工の夜をこしらえた。そう、うん、あのー……トリュフォーの〝アメリカの夜〟というやつだね。でも、いや、このほうが〝白夜討論〟の名にふさわしいかな。

当時、私は30代の半ばあたりで、劇団員たちはみんな20代前半の若さだった。暴力から性、言語、演劇、政治など毎回テーマを決めてね、活発な討論が交わされた。そこから市街劇の発想が生まれ、新たな活動を展開したんだ。天井桟敷の劇は、私一人のものじゃない。ダイアローグやグループワークの産物ですよ。

そういうわけで半世紀ぶりに〝白夜討論〟を復活させました。まず、私がテーマに沿って自身の見解を述べる。その後に皆さんが自由に意見を発してほしい。批判でも非難でも、なんでもけっこう。ここではＮＧワードは、なしです。

それでは始めよう。

今夜のテーマは……アイドルだ」

寺山の言葉に、みんなうなずいた。ろうそくの光に照らされて、少女たちの瞳がきらきらと輝いている。

「ＴＲＹ48の活動を始めて、私はほうぼうでアイドルについて語った。皆さんはそれを目にしたかもしれない。今日は、なぜアイドルという奇妙な文化が日本に生まれ、それがいったいどこへ行こうとしているのか？　を、考えてみたい。

アイドル（ｉｄｏｌ）というのは、外来語です。〝偶像〟を意味する。が、我々がアイドルと聞いてイメージするものは、何か？　歳若い芸能人がひらひらキラキラした衣裳を着て、唄い踊り、ファンたちが歓声を上げて応援する——そんな光景だろう。いったい、それはいつから始まったか？

国産アイドル第一号は、南沙織だと言われている。１９７１年に『17才』という曲でデビューした。〝国産〟と言ったけれど、ここで問題になるのは彼女が沖縄出身で、当時はまだ沖縄は返還前、アメリカの占領下にあったということです。つまり、アイドルの誕生、その出発点にはアメリカという問題が孕まれている。南沙織はＣＢＳ・ソニーレコードからデビューしたわけだけど、当時の同社は米国のＣＢＳレコードの下請会社のようなもので、洋楽の日本盤を出していた。南沙織は、同社初の日本人ソロ歌手です。アメリカの占領下の沖縄からやって来た少女が、米国傘下のレコード会社からデビューした。これが国産アイドル第一号だ、と。

戦後の我が国、芸能界を考える時、〝アメリカの影〟は拭い難い。数多くのアイドルを産んだ老舗芸能事務所、渡辺プロダクションやホリプロダクション、サンミュージックには共通項がある。創業者がみんな米軍のキャンプ廻りのジャズマンだったんだね。ナベプロの渡辺晋はシックス・ジョーズのベーシスト、ホリプロの堀威夫はワゴン・マスターズのギタリストだった。サンミュージックの相澤秀禎は17歳の時、横須賀のアメリカ海軍基地でエンジン洗いのアルバイトをやっていた。そこで米兵からスティールギターを譲り受け、バンド活動を始める。日本が戦争に負けて、アメリカ兵が大挙して占領地へと訪れた。彼らに娯楽を提供するため米軍のキャンプ廻りの日本人バンドが多数、結成される。そのメンバーらから後の我が国の芸能界の重鎮たちが輩出した。

これが逆だったら、どうだろう？　もし、日本がアメリカに勝っていたら？　ＳＦ作家フィリップ・Ｋ・ディックに『高い城の男』というそんなパラレルワールド小説もあったけれどね。太平洋戦争で日本が勝利していたら、当然、日本兵が大挙して米国へと押し寄せる。占領地アメリカに日本軍キャンプが多数敷かれ、日本の兵隊に娯楽を提供するため、アメリカ人たちがバンドを組んで廻ったろう。すると、どうなる？　フランク・シナトラやエルビス・プレスリーは、演歌を唄っていたに違いない。シナトラなんて、支那虎って芸名でさ。おっと、支那虎は天井桟敷の役者だった（笑）。

つまり、文化なんてのは軍事支配の結果だということです。

ここで、井原高忠という人物に注目したい。彼もまた米軍キャンプ廻りのバンドマンだった。堀威夫と同じグループで演奏してもいる。開局直後の日本テレビに第一期社員として入社した。アメリカのテレビ局を廻って、番組の制作現場を視察、バラエティ番組のノウハウを日本に持ち帰る。『光子の窓』や『シャボン玉ホリデー』を制作した。ザ・ピーナッツや、とんねるずの名づけ親でもあるね。

１９７１年、日本テレビで『スター誕生！』という番組が始まった。これは南沙織のデビューと共に、同年をアイドルの起源とする画期的なオーディション番組です。当時は渡辺プロダクションの全盛期でね、ナベプロにあらずば芸能人にあらず、とまで言われた。その大ボス・渡辺晋社長と、井原高忠は激突したんだね。ナベプロのタレントが出演しなければ、歌番組など成立しない。どうする？　そこで『スター誕生！』ではナベプロ抜きで新人を発掘することにした。ホリプロから森昌子や山口百恵、サンミュージックから桜田淳子がデビューした。花の中三トリオだね。さらにピンク・レディーが登場して、大ブレークする。ナベプロ帝国は没落し、『スター誕生！』は芸能界の地図を塗り替えた。これは日本のアイドル界にとって非常に大きな転換点ですね。

その後、井原高忠はどうなったか？　51歳で引退して、ハワイへ移住した。２０１４年、死去。享年85。ジョージア州アトランタの病院で。アメリカ国籍を取得していた。日本のテレビマン第一号、戦後芸能界の基盤を創り、アイドルの歴史にとって最重要の人物は、なんと最後はアメリカ人となって死んだんだ！

話を整理してみよう。まずは日本が戦争に負けた。戦後芸能界は〝アメリカの影〟を帯びる。71年、国産アイドル第一号・南沙織がデビューし、『スター誕生！』が始まった。奇しくもそれはドルショック、そう、アメリカの〈貨幣〉価値が相対化した年だ。その年に誕生した日本のアイドルは、いったいどこへ行くのか？ 結局、最後は母国アメリカへと回帰しようとしているんじゃないか？ それが私の見立て……まあ、江藤淳じゃないが、アイドルの〝成熟と喪失〟だね」

寺山はひと息つくと、手元のお茶を引き寄せ、ぐびりと飲み干した。

「秋元康っているだろう。そう、ＡＫＢ48の生みの親、総合プロデューサーですね。彼は少年時代、深夜ラジオのリスナーで、番組に『平家物語』のパロディー文を投稿した。それがディレクターの目に留まり、放送作家となる。まだ高校生で、70年代半ば、山口百恵のラジオ番組も構成していた。アイドルというジャンルの最初期から活動していたわけだ。

85年、フジテレビの『夕やけニャンニャン』に秋元は構成作家として参加する。同番組からおニャン子クラブがデビュー、秋元が作詞した『セーラー服を脱がさないで』が大ヒットした。おニャン子クラブは放課後の女子高生集団です。まったくの素人、誰でもアイドルになれる時代が到来した。他方、秋元は美空ひばりの遺作『川の流れのように』を作詞する。おニャン子クラブと美空ひばり――戦後芸能界の最底辺と頂点を輝かせ、〝昭和〟を締め括ってみせたというわけです。

その後、秋元はどこへ向かったか？ アメリカです。そもそも『川の流れのように』の詞はニューヨークで書いたという。〝川〟とは、イーストリバーだったんですね!? しかし、ニューヨークでショービジネスを成功させるという秋元の夢は頓挫する。帰国した彼は、どうしたか？

ＮＨＫの『おーい、ニッポン』という番組で全国各地を廻り、すべての県の歌を作った。日本回帰ですね。そうして、たどり着いたのが……秋葉原です。

２００５年、ＡＫＢ48が発足する。その後、各地に支店グループを増殖させた。２０１０年代の一大アイドルブームを牽引しました。

さて、秋元康は今後、どこへ向かうのか？　当然、アメリカでしょう。かつて敗れた夢の地でリベンジを果たしたいと思っている。そう考えれば、ＡＫＢ48が発進したのは05年12月8日、それが太平洋戦争開戦の日付だったのは、あまりにも象徴的な話じゃないか」

寺山は、つがれたお茶を飲んだ。

みんな呆然として、ただ聞き入っている。

「ここで視点を大きくして考えてみたい。人類史にとってアイドルとは何か？　まず、アメリカの問題ですね。アメリカ合衆国は建国からたかだか２４０年余り、浅い歴史の人造国家です。インディアンの土地をヨーロッパからの移民たちが収奪した。アメリカとは、人類史上の壮大な実験なんだ。共産主義国家、ソ連邦と並ぶね。だが、20世紀末には東西対立を制して、世界のトップに立った。

このアメリカと全面戦争を戦った国が、たった一つある。日本だ。太平洋戦争だね。ほら、朝鮮戦争やベトナム戦争、湾岸戦争なんて代理戦争だ。アメリカの本土が戦場になっていない。１９４１年、日本軍はハワイの真珠湾を攻撃した。それから4年間の戦火を交え、二発の原爆を落とされて無条件降伏する。敗戦後、占領され進駐軍がやってきて、米兵の娯楽のため日本人バンドが多数結成されて、そのメンバーらが戦後の芸能界を作り、さらに四半世紀後にはアイドルが誕生する——という流れは、さっき話したとおりだ。

すると、今後、我々はどうするのか？

答えは、はっきりとしている。

もう一度、アメリカと戦争するんだ！

だが、それは軍事力による戦いではない。エンターテインメントによる戦争です。日本のアイドルがアメリカ人のハートを占領する。もう一滴の血も流さない、一発の銃弾も撃たず、爆弾も投下しない、何も破壊しない、それは人々を喜ばせ、楽しませる戦争です。

実際、AKB48は09年にニューヨーク公演をやり、その3年後には首都ワシントンのリンカーン・シアターでライブをやって千人以上もの観客を集めている。AKB以外のアイドルたちも世界各国でライブ活動を展開した。

いや、まだまだマイナーな存在だとの見方もある。だけど、ほら……インターネットってのがあるだろう。アメリカの各地でインターネットによって、そう、YouTubeとかでジャパニーズ・アイドルにハマるオタクたちが急速に増殖しているんだ。インターネットってのは、そもそもアメリカの国防総省の傘下組織が軍事利用の目的で研究開発して誕生したものだ。それが今では日本のアイドルたちが全米本土にオタクを増殖させる文化侵略の武器として逆利用している……はは、愉快じゃないか。

石原莞爾という軍人がいた。関東軍の参謀で満州事変を引き起こした。五族協和を唱え、アジア統一をもくろむ。AKB48グループも日本各地に支店グループを作り、さらにはJKT（ジャカルタ）、TSH（上海）、TTP（台北）とアジア諸国に進出、増殖しました。なるほど秋元康は現代の石原莞爾で、アジアの統一支配をもくろんでいる。そう、大東亜アイドル共栄圏だ。

石原莞爾は苛烈な日蓮宗組織・国柱会の信徒であり、特異な軍事思想家だった。彼の著《しる》した

『世界最終戦論』（１９４０年）は予言の書だね。まず、東亜が統一されて日本が勝ち上がる。他方、欧米連合ではアメリカが浮上する。そうして日本とアメリカが世界最終戦争を戦うというんだ。結果、日本が勝利して覇者となり、人類に恒久平和が訪れる——という構想です。

するとと、どうだろう？　さっき私が言った、もう一度、日本はアメリカと戦争する、という宣言は。うん、もうおわかりだろう。

……世界最終アイドル戦争だ!!」

一瞬、座がシンとした。

ちょ、ちょ、ちょ……ちょっといいですか、と赤縁メガネの女子が片手を上げている。

「ん？　なんだい、サブコ」

「あのですね〜、さっきから寺山さんが延々としゃべってるその内容って……まんま、アイドル評論家・中森明夫の『敗戦後アイドル論』の丸パクリじゃないですか！」

えっ、と寺山がずっこけた。顔を赤らめ、バレたか!?　という表情をしている。

「な、中森明夫？　知らんなあ、どこの馬の骨だ？　そいつこそ私の論をパクったんじゃないか？」

あくまでシラを切り、絶対に負けを認めない寺山である。

ショートカットの金髪少女も片手を上げた。

「ん〜、あの〜、寺山さんがしゃべったこと、難しくって、ボク、ちょっとわかんないんっすけど〜……でもね、あれっ？　おかしくね？　って。その〜、世界最終アイドル戦争って、日本のアイドルがアジア代表としてアメリカと戦うって話ですよね？」

「う、うん」

「それって、違くね？　って。アイドルのアジア代表は今、日本じゃなくて韓国じゃないっすか？　ＢＴＳ、そう、防弾少年団ですよ。アメリカのビルボードでトップになったし、グラミー賞にもノミネートされた。世界中にファンがいる。日本のアイドルには叶わなかった快挙っす。女子アイドルでも、少女時代なんてアメリカ進出でいいところまで行ったし。いや、今やＮｉｚｉＵが大人気だけど、それってＪ・Ｙ・Ｐａｒｋにプロデュースされて日本人の女の子がＫポップをやってるわけで。日本女子が韓国人プロデューサーに喜んで侵略支配されて、ハートを占領されてるわけっすよ。日本中の女の子たちがＮｉｚｉＵの縄跳びダンスやうさぎダンスをぴょんぴょん踊ってる。ＡＫＢなんてとっくにオワコンだし、秋元康のプロデュースするアイドルはファンはおっさんばっかで、今の若い女子的にはウゲーッしょ？　坂道系だってダサダサで……」

えっ！　坂道系だってダサダサ……百合子はハートをグサッとやられた。呆然自失している。

「……ビーティーエス？　ニジュー？　ジェイワイパーク？」

寺山はぶつぶつと呟いている。困惑顔だ。つけ焼き刃知識の一夜づけで知ったか王の彼も、情報がアップデートされていなかったようである。

「あの〜」とおずおずと小山デブコが片手を上げた。

「ウチ、70年代や80年代のアイドルが大好きなんよ。百恵ちゃんや聖子ちゃんやキョンキョンや……当時のアイドルってほとんどソロっしょ〜？　でも、今はみーんなグループやん？　なんで……ソロアイドルはどこいったん？」

一同は考え込んだ。

「ああ、わたくし……」と男嬢が口を開く。

「……わたくし、はるな愛が大好きで、ずっとYouTubeとかあさってたんだけど、松浦亜弥のものまねとか、も、最高で……。けど、松浦亜弥そのものをよく知らなくって。で、調べたんです。モーニング娘。から始まるハロー！プロジェクト、いわゆるハロプロ系アイドルの中で、ソロで大人気だったって。過去映像をあさったら、も、ぶっ飛んで。単にかわい〜ってレベルじゃない。歌もダンスもパフォーマンスもキレッキレで、完璧じゃん！　って。アイドルって未成熟のものでしょう？　それをファンが応援して成長させる……けれど、あややはもう最初《ハナ》っから完璧で、完成形？　ここまで極まったら、ソロアイドルなんてこれ以上、やっても意味ないんじゃないか？　あとは、はるな愛ちゃんがものまねするぐらいで……」

「鋭いね、男嬢！」とサブコが声を上げた。

「なるほど、松浦亜弥がソロアイドルのムーブメントを終わらせたんだと」

小山デブコもしきりにうなずいている。

「……はるなあい？　まつうらあや？　はろーぷろじぇくと？」とぶつぶつ呟きながら、寺山は首をひねっている。

すっかり司会の座を奪ったサブコは「あなたはどう思う、キモノ姫？」と水を向けた。ろうそくの光から離れて、赤い着物の眼帯少女は床に身を横たえている。

「……う〜ん、るみ子」ともらすと、のっぺらぼうのオカッパ人形を枕にしてグースカ眠ってしまっていた。

「多重子ちゃんは？」

超美少女はキョトンとしていたが、ハッと目を見開くと、ぶるぶるぶるっと顔を左右に振った……いや、振ろうとした。が、すかさず誰かがすっ飛んでいって、背後から顔面をつかむ。男嬢だ。顔振りを止めた。

一瞬、三白眼で、鼻を鳴らし、下卑たいやらしい笑いを浮かべたオヤジ顔になりかけた多重子は、すぅーっと元に戻る。

多重人格少女の切り替えスイッチがブロックされたのだ。

キョトンとした超美少女のままである。

男嬢は、ほっと胸をなでおろした。

「あ〜、ちょっといいかな」

寺山が咳払いして声を荒らげた。

なんとか主導権を取り戻そうとしている。

「その〜、人類史にとってアイドルとは何か？　という話なんだが……つまり、始源のアイドルについて考えてみたい。えへん……社会人類学者ジェームズ・フレーザーの定義によれば〈呪術の一般的な適用は、その像に害を加えたり、それを破壊したりすることによって敵に危害を加え、あるいはこれを殺そうとする企てであって、像が悩むとまったく同じように人が悩み、像が破壊される時に死亡するという信仰によるものであり、多くの時代を通じて多数の民族の試みたところである〉と。この呪術における像が俳優の起源であるとすれば、そのままアイドルに当てはまるのではないか？　また、文化人類学者マルセル・モースの『魔術論素描』によれば〈われわれは、呪術の起源に集団表象の初期形態を認め、それが後に個人（対他）の悟性の基礎になったと考えるのである〉と。モースの言う〈夢のにせ金〉としての魔術を司る者として、始源のアイドルは現れたのではないかと……」

「古いっ！」と声が飛んだ。

サブコだった。

えっ、と寺山は絶句する。

「古いですよ、寺山さん。いまだにフレーザーだ、モースだ、決まってその後にはブレヒト／ベンヤミンの複製芸術論の批判へと至る……ってのがテンプレですよね。寺山さんのロジックは、まったく更新されていない。たとえば、イスラエルの歴史学者ユヴァル・ノア・ハラリによれば……」

「はらり？」と寺山は首をひねる。

「ええ、『サピエンス全史』がベストセラーになりましたよね。まあ、通俗書だし、アフリカ大陸の片隅にひっそりと棲息していたローカルな高等類人猿の一種属にすぎないホモ・サピエンスが、地球を支配したのは〝虚構〟を信じたからだ——という論は凡庸なものです。ほら、岸田秀の唯幻論とか、吉本隆明の『共同幻想論』とか、ベネディクト・アンダーソンの『想像の共同体』とか……。問題は、その〝虚構〟の起源がどこにあるのか？　人類と他の生物を分けるのは、言語であって、言語とはソシュールの言う〝差異の体系〟ですよね。差異の根源は、どこから来たのか？　……アイドルじゃないか。アイドルとは〝偶像〟の意味で、神の頽落したものであると。けど、それは遠近法的倒錯でね、人類が世界宗教や神の概念を作り出すより前に、祈る対象——すなわち始源のアイドル（偶像）が存在したはずでしょう。地震や嵐や旱魃や……自然災害に遭うたび、原始人らは多大な被害をこうむり、しかし、なす術《すべ》もなかった。そこで、祈ったんでしょうね。そう、ほら、新海誠監督のアニメ映画『天気の子』みたいに。あれが始源のアイドルじゃないですか。動物にだって本能的に親子の区別はつく。猿だって群れを作る。そこに言語／差異はない。猿の群れを統率するボス猿は、暴力支配の長です。強いものが頂点に立つ。しかし、人類は強さではなく、美しいものに祈った。それが差異の根源であり、始源の〝虚構〟、人類進化の契機となる……一番最初のアイドルだったんじゃないか……」

ほう、と寺山が声をもらす。

ろうそくの炎がゆらりと揺れた。

「半世紀前に出版された『白夜討論』という本を読みました。寺山さんと若者たちが、ちょうど今のわたしたちのように、ろうそく一本が燃え尽きるまで語り合った記録です。〈空想論〉と題する章が面白くて、〝トマトケチャップ皇帝とわれわれの立場〟の副題がある。映画『トマトケチャップ皇帝』を撮るに至る企画会議のようです。ある日、突然、子供たちが叛乱を起こして、大人を支配する。このテーマは、ずっと昔から寺山さんにありましたね。１９６０年に九州のＲＫＢ毎日で放送されたラジオドラマ『大人狩り』です。ラジオの臨時ニュースで〈福岡市西新町一画の子供たちが暴動を起こし……〉とアナウンサーが伝え、そう、フェイク・ドキュメンタリーの手法で劇は始まる。これはオーソン・ウェルズが全米中にパニックを引き起こしたとも言われるラジオドラマ『宇宙戦争』のパクリ……いや、失礼、オマージュですね。『大人狩り』には抗議が相次ぎ、〈暴力革命を肯定するものだ〉として福岡県議会で大問題となり、新聞沙汰にもなりました。当時、寺山さんは24歳です。それから10年後、１９７０年に映画『トマトケチャップ皇帝』へと発展する。

寺山さんの発言を引きましょう。

〈ある日突然、宿題をやらないということで父親に殴られた子供が、いつもなら泣いて机に向かうところを、その日に限って振り向きざま父親を刺殺した、あるいは殴り殺した。（…）それを合図に国中の抑圧に耐え、管理家庭に服従していた子供たちが一斉に蜂起しはじめた。もうがまんがならない、権力のしつけはごめんだ。すべて親たちは「大人狩り」の対象にするべきだ。われわれに勝手に生きる自由を与えろ、われわれは大人につくられたのではない、（…）われわれはわれわれ自身であると。一切の大人は収容し、そして子供に固定観念を与えた大人は、裁判にかけて処刑する。処刑もハリッケから豚に食い殺させるもの、さまざまある。教育の方法も一変させ、性教育と童話とは同じ次元で教えられる。子供による子供のための子供の空想のユートピア、つまりはエロス社会をつくろうと。それは大人たちがつくった「国家」という概念に代るに足る幻想の共同体たりうるか？　少なくとも玩具箱の中のヒットラーユーゲントくらいにはなるのではないか〉

トマトケチャップ皇帝とは、この子供革命の独裁者の名称ですね。まあ、子供はトマトケチャップが大好きですから……」

寺山は、懐かしそうな瞳をして聞き入っていた。

「『大人狩り』や『トマトケチャップ皇帝』の主題を見ると、寺山修司って人が常に子供の立場から叛乱を企てているように見えます。『家出のすすめ』だって、そうでしょう。家に抑圧された子供を解放しようという啓蒙書です。たとえば、父親が家を出る場合、それは〝家出〟ではなく、〝蒸発〟だ。『蒸発のすすめ』になってしまう。寺山さんには、その視点は一切ない。父性を欠いています。寺山さんが若者のカリスマであったのは、自分自身が決して大人になることなく、子供たちのリーダーであり続けたからでしょう。そう、86歳になるたったこの今まで……」

サブコの立板に水のような語りを、寺山は黙って聞いている。

「TRY48の活動をやっていて、気づいたんです。寺山さんの提案するアイドル・パフォーマンスは、挑発的で、ハッとするほど面白いけど……どこか子供のイタズラめいたとこがあるよなあって。児戯にも等しいっていうんですか？　寺山さんは猛烈に頭がいいので、そこに大層な理屈をくっつけて、何か壮大な実験をやってるような気になるけど、冷静に考えれば、単にピンポンダッシュみたいなガキんちょのイタズラをかまし続けてるにすぎないんじゃね？　って。

市街劇『アイドル・ノック』を指揮して、痛感しました。ああ、これはもう通用しない。ただの面白おかしいお子ちゃまのお遊戯として市民社会に歓迎され、受け入れられ、安全無害に消費されるだけだ。つかの間の危険、一瞬の挑発にすらなりはしないって」

サブコはくやしそうにくちびるを嚙む。

「何がいけなかったのか？　どこで間違えたんだろう？　寺山修司の思想を、アイドルとして具現化すること、それがＴＲＹ48だと思っていた。しかし……。大人／子供の権力関係では捉えられない、寺山思想に欠けるもの、絶対的に抜け落ちているものがある。何だ？　何だ？　何だ？」

サブコは思案げに首を振る。

やがて、ハッと目を見開いた。

「ああ、そうか、そうだったのか！　うん、それは……男／女の権力関係ではないのか？　寺山さんは男で、わたしたちは女だ。そうして、男性プロデューサーに支配される少女アイドルとして隷属している。圧倒的に非対称的なこの関係……まず、それを突き崩すこと。そうだ、そうなんだ、〝オトナ狩り〟ならぬ、〝オトコ狩り〟……いや、〝テラヤマ狩り〟だ!!」

えっ、と寺山は怯む。

サブコの瞳がぎらりと光った。

ふと見れば、暗闇の中、ろうそくの炎を映した少女たちの瞳が異様に輝き、揺らめいている。

「寺山修司を、引っ捕えろ！」

サブコの号令で、わっと立ち上がった女の子たちは一斉に寺山に襲いかかった。

「や、やめろ……」ともらし、必死でもがくが、あっという間に少女らに手脚を取られ、首をつかまれ、組み伏せられる。

そこにいるのは、もはや稀代のカリスマではない。床に這いつくばり、ぜえぜえと喉を鳴らす非力な老人にすぎなかった。

その前に小柄で丸っこい女子が仁王立ちしている。腰に手をやり、目の前の老人を見下ろしていた。さながら侮蔑するかのように。赤縁メガネのレンズに映る、ろうそくの炎がめらめらと揺れている。

寺山は犬のような潤んだ真っ赤な目でその姿を見上げた。

「よし！」とサブコが一喝する。

「子供の遊びは、もう終わりだ。アイドル実験室？　理科室での優等生たちのおベンキョウ、ボクちゃんらの安全装置つきの実験？　退屈な時間は、もはや永遠に過ぎ去った。実験ではなく、実戦だ！　そう、戦争だ！　わたしたちは戦争をやるんだ。本物のアイドルの戦争を。くたばれ、男ども。オタク野郎。おっさんプロデューサーたちよ。これは女による男たちへの宣戦布告だ。#MeToo？　ぬるいぬるい。#KillTooだ！　男どもをぶっ殺せ!!　ペニスを切断せよ、睾丸をえぐり抜け、薄汚ない野郎どもは皆殺しだ。トマトケチャップ？　ふざけんな。ガキんちょどもは、すっこんでろ。どろりと真っ赤な経血の女たちによる革命の邪悪な夢——邪夢《ジャム》だ！　さあ、始めよう。みんな、武器を持て。女の子たちよ、立ち上がれ。わたしたちの……わたしたちだけの、本物の劇の始まりだ。いざ
……イチゴジャム皇帝!!」

イチゴジャム皇帝

第一幕　家庭

夜、娘が自分の部屋でベッドに寝転び、スマホ(注1)をいじっていると、突然、中年男が入ってくる。プ〜ンと酒臭い。酔っぱらっているようだ。

「な、なによ〜、ノックぐらいしてよ、パパ(注2)……」と訴える娘に、問答無用、力ずくでスマホを奪い取り、放り捨てる。

「なんだなんだなんだ、いつもこんなもんばっかいじってやがって、えっ、おい、インスタかLINEかTikTokかマッチングアプリか(注3)……けっ、色気づきやがって！」

「な、なにすんのよ〜、バカオヤジ」と押しの

注1　家の機能は、経済的・身分的・教育的・宗教的・慰安的・保護的・愛情的の七つで、その六つは意味を失った。最後に残る愛情的機能、その絶縁こそ『家出のすすめ』の理由であるとは寺山の主張だ。が、現在ではすべての機能がスマホで代替されている。
注2　中年男性愛人の意味ではなく（用例＝パパ活）、ここでは単に父親をさす。
注3　ヤケに詳しい笑笑　若い世代の流行のツール、固有名詞をずらずら並べたがる……のは、オヤジの逆証明である。
注4　子供部屋のクローゼットから突如、騎士

け、スマホをひろおうとする。その手を振り払い、襟首をつかんで、父は娘を平手打ちする。
　と、その時だった。突如、クローゼット（注4）の扉が開いて、女の子たちが飛び出してくる。TRY48、悪魔セブンのメンバーだ。悪魔っ娘コスの少女らは父親をつかまえ、殴る蹴るの袋叩きである。オヤジどもを殴り殺せ（注5）！　イチゴジャム皇帝の叛乱劇が開幕した!!

◎イチゴジャム憲法

勅語
朕ハ国家ノ隆昌ト女ノ子ノミノ慶福トヲ以テ中心ノ欣栄トナシ万世一系ノ帝位ヲ賤ミ朕ガ親愛スル所ノ少女アイドルハスベテ翼賛ニ依リ　与ニ国家ノ進運ヲ扶持セシムコトヲ望ム

第一章　皇帝
第一条　皇帝ハ神聖ニシテ侵スベカラズ
第二条　皇帝ハ典範ノ定ムルトコロニヨリ選バレタル女子ガ即位ス
第三条　皇帝ハ陸海空軍ヲ統帥シ　私事ノ安寧秩序ヲ保持シ　女子ノミノ幸福ヲ増進ス
第四条　皇帝ハ自ラノ好物イチゴジャムヲ以テ国民ノ象徴トナス
第五条　皇帝ノ欲望ハ男子コレ　関与スルベカラズ

や小人が現れて大暴れするのは映画『バンデットQ』だ（テリー・ギリアム監督、81年公開）。

注5　『バンデットQ』の結末は、両親が悪魔のカケラに触れて爆発、消滅するものだった。家族崩壊の悪魔的危機は、子供部屋のクローゼットに潜んでいる。

第六条　皇帝ハ戦ヲ宣シ和ヲ講ジ　及諸般ノ条約ヲ締結ス
第七条　皇帝ノ尊厳ヲ犯スモノハ　不敬ノ罪ニ問ヒ　首吊リノ木ニ処刑ス

第二幕　学校

夕陽の射す放課後の教室、セーラー服（注6）の少女と、ハゲ頭の中年教師が向かい合って座る。少女はうつむき、中年教師はガミガミと居残りの説教だ。少女の肩が震え、ツーッと涙がひと筋こぼれると、中年教師が立ち上がり、背後に廻り込む。少女の肩に手をやり、耳元で囁き、ハゲオヤジの分厚いくちびるが醜くゆがんだ。

ふいに少女を抱きすくめる。（注7）悲鳴を上げ、身をもがく女子。椅子が倒れ、床に仰向けの少女に馬乗りとなり、獣のような雄叫びを上げ、中年教師は襲いかかる。

と、その時だ。突如、ロッカーの扉が開いて飛び出してきた女の子たち。ボクッ娘が金属バットでハゲ頭をヒットし、小山デブコの巨体がおおいかぶさり、キモノ姫がオヤジの股間を思

注6　援助交際以来のＪＫ（女子高生）風俗ビジネスは、女子高生イメージを強制する学校そのものが原因であり（学校こそイメクラだ！）、制服をなくせば、解決する。（参照＝宮台真司『制服少女たちの選択』）

注7　学校でセクハラ、パワハラが横行するのは、教育＝ハラスメントだからだろう。教師はハラスメント加害者の自覚を持って、自制するべし。

注8　２０１３年2月、女子中学生２人が夜、学校の窓ガラスを割って侵入し、教室を水浸しにする等、めちゃめちゃにした事件が勃発。社会学者・古市憲寿がワイドショーで「尾崎豊みたいでカッコイイ」とコメントして、大炎上するに至った。

いっきり踏んづけた。悲鳴が上がる。窓ガラスが割られ(注8)、机や椅子が倒されて、黒板は落書きだらけで、消火器が噴射され、ホースから大放水で水浸し、めちゃめちゃになった教室(注9)で、悪魔少女たちが狂ったように唄い、踊りまくる。

◎アイドルの教理問答《カテキズム》

一、アイドルの自己自身に対する態度

アイドルとは社会の絆であれ、家庭の絆であれ、友人の絆であれ、彼女を結びつける絆の一切を自ら断ち切る人間のことである。どんな激しい感情が湧き起ころうと、それ

注9　先の事件にインスピレーションを得た漫画家・今日マチ子が描いたイラストがSNSで拡散され、キュートすぎる！　と大反響を呼んだ。

©今日マチ子

はアイドルというただひとつの目的に向けられる。彼女はこのために、自己の利益、愛情、恋愛を犠牲にする。

「アイドルとは、あらかじめ罰せられた人間である」。社会とアイドルとの間には無慈悲な戦いあるのみであり、アイドルは敵の側からのどんな憐みもあてにすべきではない。そして、彼女自らもアイドルのあらゆる敵を「自分自身の手で殺す」覚悟がなくてはならない。到達せらるべき目標だけが彼女にかかわる一切である。道徳の概念は有効性のそれにとってかえられる。言い換えると、アイドルの勝利に貢献しうるものはすべて道徳的であり、アイドルにとって害となるものはすべて道徳的ではない。

第三幕　劇場（注10）

ライブハウスのステージに立つアイドルグループ、女の子たちが唄い、踊っている。超満員の会場、おたく臭ムンムン。コールが飛び交い、最前の野郎どもがヲタ芸に励んでいる。

と、突如、ライトが消え、場内が真っ暗になった。再び、明かりがつくと、ステージのアイドルたちは手に手に何やら持っている。マシンガンだ。ニッコリと笑い銃口を客席に向け、引き金を引く。

注10　02年、ロシア・モスクワの劇場でミュージカル劇を公演中に突如、テロ組織メンバーが舞台に上がり占拠した事件は「これも一つのハプニング劇なのだ！」と寺山修司が評しそうだが、その後、劇場内にガスを散布して終幕した権力側の「演出」を寺山はどう評価しただろう？

注11　寓話的にではなく、サム・ペキンパーやセルジオ・レオーネ、深作欣二のようにリア

ダダダダダダッ（注11）！　銃弾が撃たれ、次々と倒れる観客たち。フロアは、アイドルおたくたちの流血で真っ赤に染まる。（注12）

ルに暴力的にぶっ放してほしい。

注12　おたく男たちが「少女を楽しんだ」ことは、殺されるに価する重罪である。

◎アイドルの教理問答《カテキズム》

二、アイドルのファンに対する態度

アイドルがそのファンから受ける恩義は、ただそのファンがいかにアイドルのために役立ち、また今後、役立ちうるかによって決まる。

ファンの間には階級が存在する。その筆頭に属する人間だけが、最終的な目標とアイドルそのものに精通する資格を持つ。第二、第三の階級に属するファンたちは相互に細かい意識的な配慮をもって活用されるべき「アイドルの資本」を構成する。なお、筆頭の「精通する資格を有するファン」もまた自分を「アイドルの勝利のために、支出されることが避けられない資本」であると考えなければならない。

ファンに不幸が起こった場合、救助の手を差し伸べようとする仲間らに対し、規律は感情に捉われるなと命じる。仲間の救助に努めることが、アイドルにとって益よりもむしろ害になる場合、その不幸なファンは運命の手にゆだねられるべきである。

第四幕　マスコミ

深夜のテレビ局スタジオ、生討論番組の放送中だ。白髪頭（注13）の老司会者を中央に、与野党の政治家、学者、評論家、実業家、ジャーナリストらが居並び、唾を飛ばして激論を交す。加齢臭ぷんぷん、ジジイ放談だ。

と、突如、スタジオ内に乱入する少女たちの一群……即座にディレクターらを縛り上げ、カメラマンに銃口を突きつけ、パネラーたちを壁際に立たせる。服をはぎ取り、全員すっ裸にしてジジイどもの醜い裸体を全国放送にさらす。（注14）泣き叫ぶお歴々、ひざまずいて小便をもらす老司会者……「見ろ、これがコイツらの本当の姿だ！」「死ね、ジジイ」「くたばれ、口先オヤジども!!」。パネラー席についた少女たちは言いたい放題だ。司会者の席には赤縁メガネのチビで丸っこい女子が座り、高らかに宣言する。「このスタジオは占拠された。さあ、これから

注13　ニュース番組の老キャスターやコメンテーターはみな白髪頭で、ツルッパゲはいない。白髪＝リベラル風の法則で、微笑みながら穏当な政権批判を発する。白髪にかかったウェーブは、やや「左巻き」のようだ。

注14　79年、大阪の銀行に猟銃を持った男が押し入り、籠城。女性銀行員らを全裸にした事件は、世に衝撃を与えた。が、むしろイバッている老男性権力者たちをすっ裸にしてさらしたほうが、瞬時に権威を失墜させ、世を一新させる効果があるように思う。

注15　過激派の女性メンバーからカンパを求められた寺山は、それを断り「テレビ局をジャックして、お茶の間のニュースで主張しろ」と挑発したという。一か月後、件の組織は実

我々は女の子たちの解放記念放送をやろう。(注15) そう、〈朝までイチゴジャム皇帝〉だ!!」

際に電波ジャックを決行したそうな。（参照＝高取英『寺山修司　過激なる疾走』）

◎国旗&国歌

「イチゴジャム皇帝国って女の子だけの帝国でしょ、やっぱ国旗はこうなるんじゃないかな？」「う〜ん、ちょっとベタすぎじゃね？」「なんか大昔のウーマンリブみたいで……」「あ〜、もひとつパンチがほしい」「……とすると、やっぱコレかな〜？」「ああ、オス（♂）の先っちょを切断しちゃうわけね!?」「いいんじゃない、今んとこウチらはまだ抵抗運動なわけだし……」「うん、革命が成就したら、また新たな国旗を作ろう」

「国歌はオヤジPじゃなくって、でんぱ組.incのプロデューサー、もふくちゃんこと福嶋麻衣子さんに作ってほしい！」

「引き受けてくれるかな〜？」

イチゴジャム皇帝国歌

福嶋麻衣子（もふくちゃん）作曲

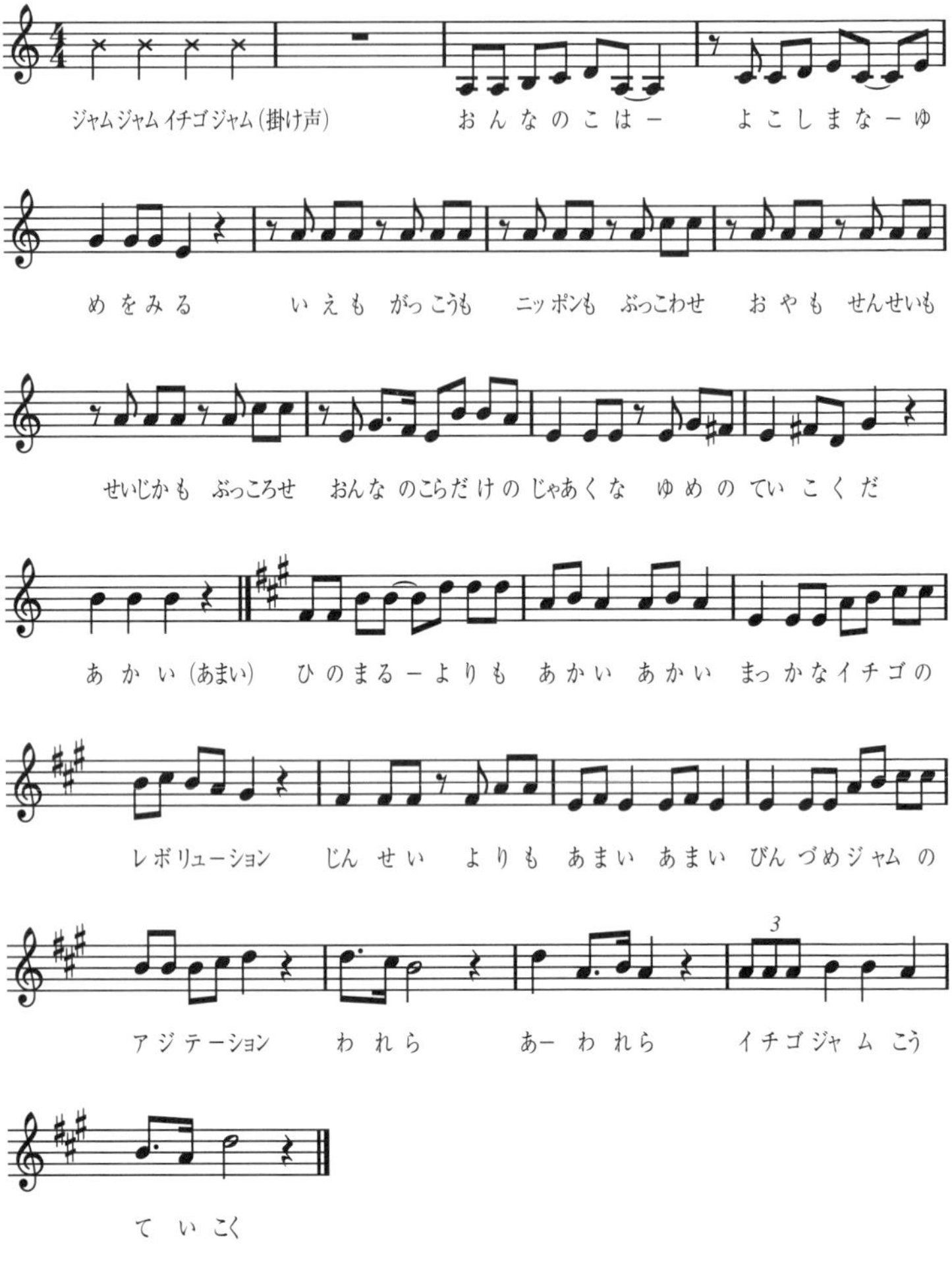

イチゴジャム皇帝国歌

TRY48作詞

ジャム　ジャム　イチゴジャム

女の子は　よこしまな　夢を見る

家も　学校も　ニッポンも　ぶっ壊せ

親も　先生も　政治家も　ぶっ殺せ

女の子らだけの　邪悪な夢の帝国だ

赤い(甘い)　日の丸よりも　赤い　赤い

真っ赤なイチゴのレボリューション

人生よりも　甘い　甘い

びんづめジャムのアジテーション

われら　ああわれら　イチゴジャム皇帝国

第五幕　国家

国会議事堂、本会議場、議長席を中心に半円形の座席が多層に取り巻いている。今しも本会議中、議員らの大半は男、しかもジジイばかりだ。みんな居眠りしている。

突如、号砲が鳴り響き、老議員らは眠りを覚まされる。入口の扉が開き、場違いな闖入者たちが殺到する。悪魔セブン、TRY48の面々のみならず、日本全国から結集したご当地アイドル、地下アイドルの少女たちである(注16)。

国会を占拠せよ(注17)！　衛視、SP、警官隊をなぎ倒し、ジジイ議員どもを捕まえ、皆殺しだ。名誉男性(注18)＝ババア議員らは強制収容所送りにして徹底した思想改造を。

悪魔セブンの面々は、議場の中央へと駆け登ってゆく。めざすは高みの議長席……いや、その背後にある赤い幕、赤い階段の上……そう、赤い玉座だ。あれこそ我らがイチゴジャム皇帝

注16　ご当地アイドル、地下アイドルの増殖によって現在、日本には一万人以上ものアイドルが存在するという!?　一万人の少女アイドルたちが一斉に蜂起したら、何事かを変えられる——というのは、決して夢物語ではない。

注17　国会議事堂は単に建物にすぎず、占拠しても現実的には意味がない。だが、象徴的、劇的には大いなる効果があるだろう。よって国会占拠はむしろ演劇として、演劇人らによって劇的な「演出」が企てられるべきだ。

注18　男以上に男的に振る舞う名誉男性（女性）議員らがいて、男権政治の手先となっている。また近年では、女以上に女的に振る舞

う名誉女性（男性）言論人やタレントらが現れ、活躍されているようだ。

が座る席！　瞳を輝かせた少女たちは、喜び勇んで階段を駆け登ってゆく。
と、その時、一発の銃声が……

と、その時、一発の銃声が……とどろいた。先頭を走る短髪少女、その金色の髪が赤く染まり、ドッと倒れる。「ボクッ娘！」と叫んで駆け寄る小山デブコの巨体にも、一発、二発、三発と続けざまに銃弾が撃ち込まれ、そのつどボールのように跳ね、悲鳴が上がり、風船のようにしぼむ。後を追う、キモノ姫が、男孃が、多重子が……次々と銃弾に撃たれ、絶叫し、真っ赤な血を流して倒れる。

誰だ？　どこにいる？　狙撃者は？　少女たちの革命の成就、その寸前で、謎のスナイパーは次々と狙い撃ち、血まつりに上げる。そう、つぶれたイチゴが真っ赤なジャムに変身するように、血まみれになる。

反対側の階段から、ちょこまかと駆け上がるチビで丸っこい赤縁メガネの少女が、うっ、と胸を押さえて立ち止まる。何だ、これ……胸に穴があき、赤い花びらが開く。燃えるように熱い。銃弾に撃ち抜かれて、くずおれた。

「サブコちゃん！」

駆け寄る長い黒髪の少女は、赤縁メガネの女子を抱いた。

「ユ、ユリコさん……」

息も絶え絶えにメガネを曇らせ、血に染まった震える手で指さす。その先にあるのは、最上段の……そう、赤い椅子だ。

イチゴジャム皇帝席。

血まみれの女子を抱き締めたまま、百合子は、光り輝くその赤い玉座を見上げた。

☆

都心のホテルの高層階、エレベーターの扉が開くと車椅子が降りた。つき添いの男が背後から押している。廻廊を車椅子が進む。

黒いハットをかぶった小柄な老男性、そう見えた。肘掛けに置いた手はシワだらけだ。

黒い上着に黒いシャツ、黒いマフラーが首を覆っている。目深にかぶった帽子の影で、顔はよく見えない。目をつむっているのだろうか？　しかし、車椅子に座るその背筋は、すっとまっすぐに伸びていた。

背後から押す男も老齢である。70代半ばぐらいか？　短く刈った白髪頭で、丸顔、伏し目がちのその瞳から時折、ぎらりと光がもれる。さながら青年のような、まがまがしい輝き。男は異様な殺気を帯びていた。

車椅子が止まり、目の前にドアがある。

「先生、着きました」

ああ、と黒いハットが顔を上げる。

「ここからは自分の脚で行くよ。杖を」

背後の男は杖を渡し、ひざまずいた。その肩に手をやり、老男性は車椅子を降りる。杖を支えに自分の脚で立った。

帽子を脱ぐ。白髪頭で、深いシワの刻まれた面長の顔、大きな瞳が澄んでいる。口を真一文字に結んでいた。

チャイムを押すと、ドアが開いた。

「ああ、どうも」とスーツ姿の若い男が出迎えてくれる。

杖をついて老男性は部屋に入った。

スイートルームだ。広い空間に数名の人影。ライトスタンドがセットされ、カメラマンがスタンバイしている。テーブルの上にはＩＣレコーダーが置かれ、速記係の女性スタッフも見える。

老男性の姿が現れると、その場の全員が立ち上がった。

「ああ、三島由紀夫先生」

メガネをかけた初老の男が声を上げる。出版社の相談役だ。その隣で深々と頭を下げるのは、文芸誌の編集長である。

「やあ、ごぶさただったね」

三島の声は快活で、表情も若い。

とても97歳には見えない。

椅子に腰掛けると、テーブルの向こうに、ぎょろっとした目の男がいる。

「ああ、寺山さん、お久しぶり。いったい、いつ以来かね？」

寺山は微笑み、かすかに首を傾げた。

「そう、およそ……半世紀ぶりですかね」

「半世紀？」と眉をひそめ、「参ったな、これは。お互い、歳は取りたくないもんだよなあ……ワッハッハッハッハッハッ」

三島の哄笑が弾けた。

「いや、ずいぶんとお元気そうじゃないですか」

相談役がお追従を言う。

「そうかな？　昔、ああ、日本浪曼派の「文藝文化」で最年少と言われたボクも、今や文壇の最高齢か……いや、ほら、あの人がいたじゃないか。瀬戸内晴美さん……あ、今は寂聴さんか？えっ、99歳で亡くなった？　たしかボクより三つも上だ。それであんなにお元気だった……昔、彼女からは熱心なファンレターをいただいたものですよ」

お茶が出た。

つき添いの男は車椅子を部屋に入れ、背後のソファーに黙って腰掛けている。

「さて、今回、お越しいただいたのは、三島先生と寺山修司先生の半世紀ぶりの対談ということでありまして……」

文芸誌の編集長が司会を務める。

「ああ、そうか、あの対談は１９７０年の初夏だったんだね」

三島の呟きに、寺山がうなずく。

「ええ、三島さんの例の……市ヶ谷のあれがありましたでしょ？　その4か月前ですね」

「へえ、なるほど、ああなる前に、一度は寺山さんと対談しておきたいと思ったんだろうね。そう、ほら……ナントカのみやげにってさ、ワッハッハッハッハッハッ」

三島は上機嫌だ。

編集長が手元の資料をめくり、半世紀前の対談のタイトルを読み上げる。

〈エロスは抵抗の拠点になり得るか〉

「へえ、時代だねえ」と三島は目を細める。

寺山もうっすらと笑った。

「あの時、三島さんは胸の筋肉を自在に動かしてくれました。僕が、いつかその筋肉が動かなくなる日が来るって言ったら、いや、絶対にそういう日は来ないってムキになって反論されて」

三島が急に真顔になる。

「三島さん、今でもその筋肉は動きますか？」

ふいに老人が立ち上がった。上着を脱ぎ、シャツのボタンをはずして、下着をめくり上げる。腹部に大きな傷痕と縫い目があった。その場の誰もが息を飲む。

まばゆいストロボが点滅して、カメラマンが連続的にシャッターを切った。

とても90代の老人とは思えない。引き締まったその肉体。胸の筋肉がぴくりと動いた。

その刹那、激しく咳き込んだ三島は、ドッとくずおれる。

つき添いの男が飛んできた。三島を抱き抱え、ソファーに寝かせて、薬を飲ませる。しばらくして回復した。

「いやあ、面目ない。見苦しい限りだ。ここにいる森田が、ほら……」

つき添いの男に目配せする。

「介錯の刀を三度も打ち損じて、そのあいだに総監室に自衛隊員らが突入してきた。あっという間に取り押さえられた。今でも、その時の傷がここに残ってますがね」

マフラーを巻いた首の後ろに手をやった。

「いや、でも、三島さん。彼が打ち損じたおかげで、今でもこうしてお元気に生きてらっしゃるんだから、いわば、それは、そう……〝愛の傷〟じゃないですか？」

三島の頬がゆるむ。

「……〝愛の傷〟か？　相変わらずだな、こんな年寄りになっても、キミは詩人だ……キザだねえ、ワッハッハッハッハッ」

対談が再開された。

〈老いてなおエロスは抵抗の拠点になり得るか〉のテーマをめぐり語られる。

「ボクはね、昔、マルキ・ド・サドに傾倒していた。翻訳した澁澤くんが、ほら、サドにとっての牢獄は、孤高の王宮だって言ったじゃないか。サド、それにオスカー・ワイルド、ジャン・ジュネ……彼らの気持ちが真にわかるようになりました。なんせボクも、およそ十年も檻の中の王宮にいたからねえ」

三島の瞳が潤んでいる。

「かつてボクはジョルジュ・バタイユに入れ込んだ。死とエロティシズムとの深い類縁関係、神、絶対的なものがあり、禁忌がある。エロティシズムは超越的なものに触れる時、初めて真価を発揮する……というバタイユの思想にね、シビレました。監獄から出ると、今度はボクはジュリア・クリステヴァに魅了された。『恐怖の権力』、『斬首の光景』……そう、アブジェクシオン、おぞましいものにね……」

「ああ、なるほど、『仮面の告白』に幼い頃、汚穢屋に憧れたって話が出てきますもんね」

「うん、そう、それでほら、何だっけな……『枯木灘』や『千年の愉楽』の……」

「中上健次？」

「ああ、そう、中上健次。やたらボクにつっかかってくる男でね、三島由紀夫はクリステヴァを真に理解していない、オレが本物のアブジェクシオンを食らわせてやる！　とかなんとか、文学賞のパーティーで追い廻されましたよ（笑）」

「中上は46歳で亡くなったんですね。僕が47歳、三島さんが45歳で死に損ったのに」

「ああ、そうか、小説はともかく……人間としては、ほら、大江くんなんかよりよっぽど面白い奴だったけどなあ」

懐かしそうな瞳をした。

「三島先生は、島田雅彦という作家をご存じですか？」と編集長が訊く。

「シマダ……マサヒコ……誰かね？」

「三島由紀夫の再来とも言われた作家です」

「へえ」

「1983年にデビュー作『優しいサヨクのための嬉遊曲』で芥川賞を受賞しました。22歳。当時の最年少受賞者ですね。受賞発表の夜にパーティーの二次会の後、呑み屋の階段から転げ落ちて、頭を強く打って死にました」

「それは、まあ」

「なかなかの美青年でね、死後、39年もたつのに、いまだ熱狂的なファンがいる。命日は〝嬉遊忌〟と呼ばれて、文学少女らがたくさん墓参りに集うそうな。伝説の夭逝作家ですよ。たった一作を残しただけなのに……」

「そりゃあ、うらやましいな。ボクもね、『花ざかりの森』を一冊だけ残して、二十歳で戦争で死んでいたら、日本のレイモン・ラディゲになれたんだが。せめて70年の市ヶ谷で死にきれていたら……。ご覧のとおり、今や花ざかりからはるか遠く、老残の枯木だよ、ワッハッハッハッハッ」

その場が笑いに包まれた。

「そうですね、島田雅彦もヘタに若くして芥川賞なんか取らないで、いっそ何度も落選でもして、三島先生みたいにしぶとく生き延びていたら、今頃、ちょい悪オヤジ作家になって、芥川賞の選考委員なんか務めてブイブイ言わせていたかもしれませんよ（笑）」

座がなごんだ。

「三島さんは出所……いや、失礼、シャバに復帰されてから……」と寺山が訊く。

「『豊饒の海』以来の大作『藤原定家』の執筆を開始されています。〈神になろうとした男〉という副題で」

「ああ、あれね」

「しかし、連載は中断されました」

「うん」

「なぜだろうって考えたんですよ。老年になったら『藤原定家』を書くとずいぶん前から公言されていた」

「そうだったかな」

「ええ、で、三島さんに「存在しないものの美学」という小文がある。〈「新古今集」珍解〉の副題で。そこで藤原定家の一首を取り上げておられます。

み渡せば花ももみぢもなかりけり
浦の苫屋の秋の夕ぐれ

この歌は〈なかりけり〉であるところの花や紅葉のおかげでもっていいるという。

〈「花ももみぢもなかりけり」というのは純粋に言語の魔法であって、現実の風景にはまさに荒涼たる灰色しかないのに、言語は存在しないものの表象にすらやはり存在を前提とするから、こ

の荒涼たるべき歌に、否応なしに絢爛たる花や紅葉が出現してしまうのである〉

　真っ赤なミニスカートをはいたとびきりの美少女が、いなかった——と書く。すると、いないはずの〝真っ赤なミニスカートをはいたとびきりの美少女〟の残像が、まぶたの裏にくっきりと浮かび上がる、というわけですね。

〈新古今集の醍醐味がかかる言語のイロニイにあることを、定家ほどよく体現していた歌人はあるまい〉

　それが〝存在しないものの美学〟である、と。すると、老年になったら書くと公言されていた作品は、それこそ定家流のイロニイであり、存在しないはずだった。ところが死にきれず、生き残って、存在しないはずの大作『藤原定家』を書くように追いつめられ、頓挫した。イロニイに復讐された。三島さん自身が、神になろうとして、なれずに地に堕ちた。さながら五衰の天使のように……というわけですか？」

「えっ、おい、キミ、ちょっと失敬じゃないか」

　三島の血相が変わる。編集長らが割って入って、対談は終了した。

　あとは雑談である。

「三島先生は、村上春樹氏の小説をお読みになったことは？」

「いやあ……ノーベル賞候補なんだって？　人に勧められてね、『羊をめぐる冒険』というのを……」

「ああ、冒頭が〈１９７０／11／25〉ですからね」

「そう、あれをちょっと読んで、やめてしまいましたね。どうして、また、あの時、三島由紀夫が死んでいたら……というパラレルワールドの小説を書くのかね？」

「そういえば、松浦某の『可能』も、矢作某の『じゃ・あ・ぱん』も、もし、三島が……いや、ご本名の平岡公威が死んでいたら、という設定でした。紋切型《クリシェ》ですかね？」

「ああ、そうか、そんなにみんな三島由紀夫に死んでほしかったのかね、ワッハッハッハッハッ」


ワッハッハッハッハッ……という哄笑が、頭の中で反響している。

はっと目を覚ました。

寒い。身震いする。真っ暗だ。

いったい自分はどこにいるのか？

それにしても……さっき見た場面、聞いたあの哄笑は、何だったんだろう。夢か？　はたまた回想か？　ああ、三島由紀夫は生きているのか？　死んだんじゃなかったのか？

考えてみたが、よくわからない。

それに……自分自身もまた、生きているのか？　死んでいるのか？

今一つ判然とせず、確信が持てなかった。

ＴＲＹ48館の広い部屋である。

暗がりに小さな火の光が揺れていた。ろうそくは、もうあとわずかで燃え尽きようとしている。

一瞬、ぎょっとした。

目の前に誰かいる。何か異様な者が……と思ったら、鏡だった。大きな姿見が置かれていたのだ。そこに映る自分の姿といったら……何だ、これは!?

全裸だった。ぺたんと床に座っている。長い金色の髪のカツラ、つけまつげ、べったりと白粉《おしろい》と、真っ赤な口紅が塗られていた。醜い。異形の老ゲイボーイといった風貌だ。

思わず、目をそらした。

ああ……先程の光景が甦ってくる。

「寺山修司を、引っ捕えろ！」

サブコの号令で、女の子たちは一斉に寺山に襲いかかった。少女らに手脚を取られ、首をつかまれ、組み伏せられる。それから服をはぎ取られ、全裸になったのだ。

「いつもいつも劇団員や若い連中ばかりを裸にして、舞台に上げ、テメエは陰に隠れてコソコソ覗き見ばかりしている。寺山修司よ、姿を見せろ！　まず、自分がすっ裸になって、その醜い肉体をみんなにさらせ!!」

冷徹な少女の声で、刑が下されているようだ。

〈私は肝硬変で死ぬだろう。そのことだけは、はっきりしている。だが、だからと言って墓は建てて欲しくない。私の墓は、私のことばであれば、充分〉

ああ、１９８3年5月に週刊誌に発表されたエッセイ、その結びの部分だ。「墓場まで何マイル？」と題する。既に危篤で、瀕死状態にあった。あのまま47歳で亡くなっていたら、これが絶筆になっていただろう。

「ふん、何さ、最後の最後までかっこつけちゃってさ」

「ええかっこしいは、死んでも治らないってわけね」

「この顔を、よっく見ろ！」

真っ青な顔で震えている。47歳の寺山修司だ。阿佐ヶ谷・河北総合病院の医師に残り少ない余命を告げられた。ショックで呆然とし、顔色を失っている。

「寺山修司ともあろう人が、なぜ、死を恐れるんですか？」と医師は問う。

寺山は震えながら、もらす。

「この世への未練だ」

医師はさらに問いかける。

「じゃあ、死ぬ前に本当は何がしたいですか？」

しばし思案してから、寺山は呟く。

「……女学生をいっぱい裸にして、その上に寝たい」

女の子たちのあざ笑う声が聞こえる。

「あはは、これが本音か？」

「ふん、ドスケベ」

「ヘンタイ」

「色キチガイ」

「この女狂いジジイ！」と叫ぶと、ボクッ娘が往復ビンタを食らわせた。裸の老人がふっ飛ぶ。

その首をつかんで、無理矢理、半身を起こさせたのは、巨漢少女である。

「人のこと、デブコデブコって呼んで、しかも女の子のことを……この女性差別主義者め！ ルッキズムの怨みを、食らえっ!!」

デブコは巨大な尻を、老人の顔面に押しつけた。ぎゅうぎゅうと圧迫する。息ができず、寺山は身をもがき、けいれんした。窒息死寸前で、やっと巨尻は離れたが、最後に盛大な放屁がかまされる。もろにガスを吸い込んだ寺山は、失神した。

冷水が浴びせかけられる。身を震わせ、老人は、ぎょろっとした目を見開いた。

光が見える。暗闇に何か映写されていた。

女だ。若い。誰だ？

……芳村真理だった。

『夜のヒットスタジオ』の司会をやるより、もっとずっと昔だ。モノクロームの映像の中、若き芳村真理はビルの屋上から次から次へと何やら下に投げ捨てている。

猫だ。猫たちは口を開け、すさまじい形相で断末魔の雄叫びを上げて、地面に投げ落とされる。

あまりにも残虐な映像――。

『猫学　Catlogy』、1960年公開。寺山修司の一等最初の映像作品だ。百匹の猫たちが8階建てビルの屋上から投げ落とされ、殺された。このフィルムは現在、残されていない。残っていたら、大変だ。世界中の動物愛護団体、いや、愛猫家たちから大ブーイングを食らい、ただでは済まなかっただろう」

寺山は真っ青な顔をして、身を震わせ、ただ聞き入っている。

サブコの冷徹な声が響いた。

「キモノ姫……いや、ケモノ姫！」

赤い着物姿で眼帯をつけた少女が、目の前に躍り出る。

「かわいいニャンコを百匹も屋上から投げ落とし、殺すなんて……許せない、許せない！　動物虐待の人でなしジジイめ、ケモノたちの怨みを思い知れっ」

脇に抱えた大きなバスケットのふたを開いた。

「行けっ、ジョージ!!」

大蛇が飛び出して、シャーッと首を伸ばす。驚愕する寺山のその喉元にガブリと嚙みついた。

ぎゃあああ〜〜っ！　と老人の悲鳴が上がる。

失神した寺山にまた冷水が浴びせかけられた。

ズタボロになったその老体をやさしく抱くのは……男嬢カヲルだ。

「まあ、かわいそうに。天下の寺山修司も、形無しね。そう、もう、やめちゃいなさいよ……男なんて、さ」

男嬢は、寺山の顔面に白粉や口紅を塗りたくり、つけまつげをつけ、金髪のカツラをかぶせて、ニヤリと笑った。

「あら、似合うじゃないの！　いい、いい、いいわよ〜。このキュートな格好で新宿二丁目の路上で立ちん坊でもしたら、フケ専客がい〜っぱい群がるわよ〜、オホホホホホ」

男嬢は老人の鼻をつまみ、無理矢理、口を開かせると、股間を押しつけ、自らのイチモツを突っ込み、思う存分、しゃぶらせた。

寺山は涙目で苦しそうに口を動かしている。

オホホホホホ……と笑いながら老人の口内に放出し、男嬢が離れた。

「よし、トドメだ」

冷たい少女の声が宣告する。

「寺山修司を……去勢しろ！」

えっ、と、ぎょろ目が見開いた。

超美少女こと多重子が目の前に立つ。その手に握られた出刃包丁の鋭い先端が、ぎらりと光った。

ひっ、と寺山は身をすくめる。

多重子は逃がさず、寺山の股間に手を伸ばし、老いてしなびたペニスを引っぱり出した。

ぶるぶるぶるっと超美少女が顔を左右に振ると、表情がくるっと変わる。三白眼で、鼻を鳴らし、下卑たいやらしい笑いを浮かべていた。

「ええっ、おい、ジジイ、ええもん持っとるやないかい。これでさんざん悪さしたんやろ？　よっしゃあ、ワシが矯正手術したるさかい、覚悟しときい。なっ、もう、こんなもん、いらんやろ？　スパッとちょん切ったるでえ、スパッとな、ぐへへへへへ～……」

出刃包丁をかざして、勢いよくスパッと振り下ろした。

絶叫が響き渡る。

目の前が真っ暗になった。

どれほどの時間が経過しただろう。

まぶたを開くと、周りには誰もいない。大きな姿見に映る自分の裸体、その股間を見て、ぎょっとする。……な、ない!?

慌ててうつむくと、しぼんで縮こまった小さなペニスが白い陰毛に隠れていた。

ほっとする。

夢？　悪夢だったか？

それにしても……どこへ行ったんだろう、あの女の子たちは？　がらんと広い、真っ暗な部屋には、自分一人しかいない。

ろうそくはほとんど燃え尽き、かすかに揺れる火は今にも消え失せそうだ。

その小さな光の向こうに何か見える。

何だろう？　じっと目を凝らす。

……舞台だ。

ああ、そうか、あの女の子たちが飛び込んでいった、寺山抜きの芝居。

そう、イチゴジャム皇帝。

少女らのみ、自分たちだけのステージのその最終幕の光景が、今、くっきりと光の中に浮かび上がっていた。


「サブコちゃん！」

駆け寄る長い黒髪の少女は、赤縁メガネの女子を抱いた。

「ユ、ユリコさん……」

息も絶え絶えにメガネを曇らせ、血に染まった震える手で指さす。その先にあるのは、最上段の……そう、赤い椅子だ。

イチゴジャム皇帝席。

血まみれの女子を抱き締めたまま、百合子は、光り輝くその赤い玉座を見上げた。

「さ、は……早くあの席へ……わたしじゃない、ユ……ユリコさんが座るんだ！」

きっぱりとそう言うと、息を引き取った。

わーっと泣き叫んで、百合子はサブコの亡骸《なきがら》を抱き締める。しばし、そうしていたが、やがて涙を拭くと、亡き友の身をそっと床に横たえた。よろよろと立ち上がる。ゆっくりと階段を登っていった。おぼつかない足取りで。

弾丸はびゅんびゅんと飛んでくる。彼女の足元を撃ち砕き、赤い幕に穴を開ける。だけど、百合子にはまったく当たらない。不思議なことに……。

とうとう最上段に到達した。そこには光り輝く赤い椅子がある。

しっかりとうなずくと、百合子はくるりと振り返って、玉座に座った。

目の前に広がる景色を見る。なんという光景だろう。

あちこちで女の子たちが倒れている。日本中から集まってきたアイドルたちが、みんな撃たれて死んでいた。サブコちゃんや、ボクッ娘や、小山デブコや……仲間たちの姿もある。みんなみんな血を流して息絶えていた。そう、イチゴジャムのような真っ赤な血を……。

弾丸はまだ次々と飛んでくる。しかし、周囲をかすめるだけで、彼女には当たらない。

百合子は、うつむいた。そうして、うっすらと笑う。

ああ、そうか、そうだったのか。

わかった……なんで、あたしが弾丸《たま》に当たらないのかって。

あたしには……何もないからだ。

サブコちゃんや悪魔セブンの仲間たちには、個性や、才能や、特技や、きらめきや、輝きがあった。いっぱい、いっぱい、いっぱい。

そうしてスナイパーは、そんな彼女らのきらめきや輝きを標的《まと》にして銃弾を撃つんだ。きらめいてる娘《こ》たちは、その輝きゆえに弾丸に撃たれ、美しい血を流して死ぬんだ。

だけど、あたしには……何もない。

個性も、才能も、特技も……きらめきや輝きなんて、まったくない。

だから、弾丸は当たらないし、こうして生きている。美しく死ぬ権利なんてないんだ、あたしには。生きている。ただ……ただ、生きている。

（さすがだよ、ユリコさん……）

ああ、サブコちゃんの声が聞こえる。

（いいんだ、それでいいんだよ。わたしたちは……虚構だ。かつてのアイドルが虚構だったように。だけど……もう、ダメだ。虚構じゃダメなんだ。ユリコさんは……生きている。虚構じゃなくって、本当に生きている。だから、あなたこそ……新しいアイドルだ。イチゴジャム皇帝なんだ!!）

百合子の瞳がパッと輝いた。

顔を上げる。まっすぐに前を見る。毅然とした表情で。

目の前はもう真っ赤だ。女の子たちの流した血であふれ、さながら真紅の海のよう。

イチゴジャムの海だ。

決して目をそらさない。じっと見る。前を見つめる。

ああ、体が浮き上がったみたい。飛んでいるのか？　いや、そうじゃない。

世界が水没しているんだ。真っ赤な乙女らの鮮血の海によって。

赤い玉座に腰掛けたまま、百合子は……そう、イチゴジャム皇帝は……凛とした瞳で、高らかに声を上げた。

「女の子は、いつも動かない。

世界だけが沈んでいくんだ!!」

明かりが消えた。真っ暗だ。完全暗転。

拍手が鳴った。アンコールの声。

しかし、カーテンコールはない。

役者が素の顔に戻って舞台に現れたら、台無しだ。劇から覚めてしまう。観客は劇を抱えたまま、日常へと帰ってゆくべきである。

だけど。

だけど……そう、思い出せ。

あの『邪宗門』のラストシーンを。

崩壊した舞台に役者たちが次から次へと現れ、自らの言葉を叫ぶ。シュプレヒコールのように、アジテーションのように。精いっぱいの大声で一人一人が名乗りを上げる。

(あれはいいね)(かっこいい)(うん、胸が熱くなる)(やってみようか)(最後に)(もっと劇的に)(もっと華麗に)(もっともっと熱く)(時代を超えて)(天井棧敷を超えて)(はるか、はるか高みへと飛翔して……)


マッチが擦られる。火がともる。

暗闇に浮かび上がるのは、金色の短い髪の女の子だ。血まみれのシャツから片肌を脱ぎ、片ひざを立て、大きな瞳を見開いて、こちらに向かって見えを切る。

「女の子は女らしく……なんて、誰が決めた？　スカートをはけ、髪を伸ばせ、フリフリの服を着ろ……ふざけんな！　余計なお世話だ。ボクの人生なんだ。ボクはボクの好きなように生きる。ボクは自由だ。ボクは……ボクは……新しい女の子だ!!　……ボクッ娘こと……ＴＲＹ48、王蘭童!!」

マッチの火が消えて、真っ暗になった。

再び、火がともる。擦られたマッチをかざすのは巨漢の少女だ。

「ウチは……デブや。太ってる、めちゃめちゃ。ブタ、ブーちゃん、肥満体、デブリン……さんざん笑われたよ、ちっちゃな頃からな。あげくに、デブコやと？　いいんよ、いいんよ。ウチの肉体は……個性や！　たった一つしかない、大きな、大きな体や。ウチは……世界を食べつくす。どすこい、どすこい！　……ＴＲＹ48、小山デブコ!!」

また火が消えて、火がともる。次から次へとマッチが擦られ、暗闇に女の子らが浮かび上がり、見えを切って、自らの火が消えるまでのあいだ、精いっぱいの声を上げる。

「メンヘラー、上等。リストカッター、万歳。自傷系、摂食障害、オーバードーズで突っ走れ！　友達は、のっぺらぼう人形の、るみ子。カゴの中のジョージ、細身でかっちょいい。オカッパ頭で、赤いオベベ、白い眼帯して、片目で現実を、もう一つの目で夢を見てるんだ。バカにする奴ぁ、許さない。噛みついてやる。さあ、行け、ジョージ！　けけけけけ。キモノ姫、ケモノ姫こと……ＴＲＹ48、大蛇姫子!!」

「わたくし、女よ。いや、男かしら？　いやいや、男女？　女男？　もう、どうでもいいわ。どうにでも、して〜。女は女に生まれるんじゃない。女になるのよ。男も男に生まれるんじゃない。女になるのよ。みんな女にな〜れ〜……ＴＲＹ48、男嬢カヲル!!」

「あたしは、かわいそうなマッチ売りの少女。パパは戦争で、ママは結核で、お兄ちゃまは恋に破れ身を投げて……死んだ。（ぶるぶるぶるっ）わらわを、わらわをなんと心得ておる。わらわは、この王国の王女であるぞよ。（ぶるぶるぶるっ）ぐえっへっへっへ〜っ、ええチチしとるな、お姉ちゃんら、ワシと朝までベッドで腰振りダンスや……TRY48、多重子!!」

　また、マッチが擦られて、火がともる。チビで丸っこい、赤縁メガネの女子の姿が浮かび上がる。マッチをかざして、すっくと凜と立っていた。

「時には真っ白な雪のように……観念の降りしきる夜がある。わたしは観念の子供だ。虚構の娘だ。形而上学的な生物だ。でも、ダメなんだ、もう、観念だけじゃあ……生きられない。ユリコさん、どうか、わたしを連れていってくれ。この場所から、はるか、はるか遠く二十億光年の彼方にある、孤独の惑星……そう、現実の世界へ。そこへ、わたしを飛ばせてくれ。ミネルヴァのふくろうは黄昏に飛ぶ。見る前に跳べ。考えるな、感じろ。はじめに行為ありき。さあ！　……TRY48、黒子サブコ!!」

　最後のマッチに火がともる。長い黒髪の少女が、マッチをかざして赤い椅子から立ち上がる。鋭い瞳で、ぐっとこちらをにらみつける。

「あたしには……何もない。個性も、才能も、特技も、ない。きらめきや、輝きなんて、ありはしない。だけど、あたしには……夢がある。憧れや、希望がある。アイドルが好きだ！　大好きだ!!　アイドルになりたい……ああ、叶うことならば。見上げてごらん。ほら、見えるでしょ？　あの夜空に光り輝くものと……あたし……あたし、一体になりたい。そうさ、アイドルは流れ星さ。一瞬だけ、まばゆく光って、きらめいて、消えてゆくんだ。でも……。でもね、一万年に一度、奇跡の起こる夜がある。……それが、今夜だ。ああ、今夜……今夜、あたし、銀河鉄道に乗ろう。ジョバンニ、カムパネルラ、サブコちゃん、悪魔セブンの仲間たち……さあ、みんな、出発だ。どこへ？　そう、新しい時代、新しい世界へ。すごい風景を見せてあげる。大丈夫だ。あたしに、ついてこいっ。あたしが……あたしが、一番新しいアイドルだ！　……ＴＲＹ48、深井百合子!!」


最後のマッチの火が消えた。

暗闇に、何か見える。ふわふわと宙に浮かんだ老人が、ぎょろっとした目で女の子たちの最後の姿を、微笑みながら見つめている。足がない。幽霊みたいだ。

そんなバカな。ありえない。こんなことが……実際に起こるわけがない。すると、どうだろう。寺山修司の幻影は、ゆらゆらと揺れ、明滅しながら、消え失せる寸前に、ニヤッと笑ってきっぱりと言ってのけた。

「実際に起こらなかったことも……歴史のうちである!!」

参考文献

寺山修司の著作

『書を捨てよ、町へ出よう』『家出のすすめ』『誰か故郷を想はざる』『戯曲　毛皮のマリー・血は立ったまま眠っている』『寺山修司少女詩集』『あゝ、荒野』『馬敗れて草原あり』『対論／四角いジャングル』『地球をしばらく止めてくれぼくはゆっくり映画を観たい――さかさま映画論』『さかさま博物誌　青蛾館』（以上、角川文庫）／『新・書を捨てよ、町へ出よう』『死者の書』『地平線のパロール』（以上、河出文庫）／『われに五月を』『ぼくは話しかける』『競馬放浪記』（以上、ハルキ文庫）／『両手いっぱいの言葉――413のアフォリズム』（新潮文庫）／『寺山修司全歌集』（講談社学術文庫）／『私という謎』（講談社文芸文庫）／『ちくま日本文学全集　寺山修司』（筑摩書房）／『寺山修司の仮面画報』『寺山修司幻想劇集』（以上、平凡社）／『密室から市街へ――寺山修司対談集』『田園に死す・草迷宮』（以上、フィルムアート社）／『寺山修司演劇論集』（国文社）／『寺山修司名言集――身捨つるほどの祖国はありや』（PARCO出版）／『寺山修司から高校生へ――時速100キロの人生相談』（学習研究社）／『歴史なんか信じない――寺山修司青春エッセイ集』（飛鳥新社）／『寺山修司の戯曲3』（思潮社）／『書を捨てよ、町へ出よう』『続　書を捨てよ町へ出よう』『アメリカ地獄めぐり』（以上、芳賀書店）／『ヨーロッパ零年』（毎日新聞社）／『遊撃とその誇り』（三一書房）／『藁の天皇――犯罪と政治のドラマツルギー』（情況出版）／『競馬場で逢おう』（JICC出版局）／中島崇編『寺山修司　青少女のための映画入門』（ダゲレオ出版）／『白夜討論』（講談社）／『墓場まで何マイル？』（角川春樹事務所）／森山大道共著『にっぽん劇場写真帖』（新潮社）／映画『トマトケチャップ皇帝』脚本（『寺山修司イメージ図鑑』〈フィルムアート社〉収録）

寺山修司関連書

寺山修司と天井桟敷編『ドキュメンタリー家出』（ノーベル書房／河出文庫）／寺山修司編『ハイティーン詩集』（三一書房）／『人生万才』（JICC出版局）／田中未知編『月蝕書簡　寺山修司未発表歌集』（岩波書店）／寺山偏陸監修『寺山修司劇

場美術館』（PARCO出版）／『演劇実験室　天井棧敷『邪宗門』』（ブルース・インターアクションズ）／九條今日子著『ムッシュウ・寺山修司』（ちくま文庫）『回想・寺山修司――百年たったら帰っておいで』（角川文庫）／寺山はつ著『母の蛍――寺山修司のいる風景』（中公文庫）／田中未知著『寺山修司と生きて』（新書館）／高取英著『寺山修司論――創造の魔神』（思潮社）『寺山修司　過激なる疾走』（平凡社新書）『寺山修司――過激なる疾走』（沖積舎）／美輪明宏著『美輪明宏が語る寺山修司　私のこだわり人物伝』（角川文庫）／萩原朔美著『思い出のなかの寺山修司』（筑摩書房）『「演劇実験室　天井棧敷」の人々』（フレーベル館）／高橋咲著『15歳　天井棧敷物語』（河出書房新社）／前田律子著『居候としての寺山体験』（深夜叢書社）／シュミット村木眞寿美著『五月の寺山修司』（河出書房新社）／三浦雅士著『寺山修司――鏡のなかの言葉』（新書館）／市川浩・小竹信節・三浦雅士著『寺山修司の宇宙』（新書館）／白石征著『望郷のソネット――寺山修司の原風景』（深夜叢書社）／風馬の会編『寺山修司の世界』（情況出版）／『寺山修司・多面体』（JICC出版局）／『寺山修司劇場『ノック』』（日東書院）／山田勝仁著『寺山修司に愛された女優――演劇実験室◎天井棧敷の名華・新高けい子伝』（河出書房新社）／小川太郎著『寺山修司　その知られざる青春』（中公文庫）／杉山正樹著『寺山修司・遊戯の人』（河出文庫）／北川登園著『職業、寺山修司。』（STUDIO CELLO）／長尾三郎著『虚構地獄　寺山修司』（講談社文庫）／田澤拓也著『虚人　寺山修司伝』（文春文庫）／守安敏久著『寺山修司論』（国書刊行会）／堀江秀史著『寺山修司の一九六〇年代』（白水社）／笹目浩之著『寺山修司とポスター貼りと。僕のありえない人生』（角川文庫）／伊藤裕作著『寺山修司という生き方　望郷篇』（人間社文庫）

寺山修司特集（雑誌・ムック等）

『別冊新評　寺山修司の世界』（新評社）／『ペーパームーン　さよなら寺山修司』（新書館）／『現代詩手帖　臨時増刊　寺山修司』（思潮社）／『ユリイカ　臨時増刊　総特集・寺山修司』（青土社）／『コロナ・ブックス　寺山修司』『別冊太陽　寺山修司　天才か怪物か』（以上、平凡社）／『寺山修司メモリアル』（読売新聞社）／『毎日グラフ別冊　寺山修司　反逆から様式へ』（毎日新聞社）／『新文芸読本　寺山修司』『文藝別冊　寺山修司の時代』『文藝別冊　総特集　寺山修司』（以上、河出書房新社）／『アルカディア別冊　寺山修司ワンダーランド』（沖積舎）／『話の特集ライブラリー　寺山修司の特集』（自由國民社）／『新潮日本文学アルバム　寺山修司』（新潮社）／『寺山修司の迷宮世界』（洋泉社）／『寺山修司と演劇実験室◉

天井棧敷』（徳間書店）／「演劇実験室　天井棧敷新聞」第16号（『寺山修司記念館②』〈テラヤマ・ワールド〉収録）

その他

森崎偏陸著『へんりっく　ブリキの太鼓』（ワイズ出版）／J・A・シーザー著『J・A・シーザー黙示録』（東京キララ社）／榎本了壱著『東京モンスターランド』（晶文社）／『中井英夫全集10　黒衣の短歌史』（創元ライブラリ）／柄谷行人著『終焉をめぐって』『ヒューモアとしての唯物論』（以上、講談社学術文庫）／アンディ・ウォーホル著　落石八月月訳『ぼくの哲学』（新潮社）／ジーン・スタイン　ジョージ・プリンプトン著　青山南・中俣真知子・堤雅久・古屋美登里訳『イーディ　'60年代のヒロイン』（筑摩書房）／『鈴木いづみ　1949―1986』（文遊社）／五島勉著『ノストラダムスの大予言』（祥伝社）／竹中労著『「たま」の本』（小学館）／高森朝雄・ちばてつや著『あしたのジョー』（講談社）／大場つぐみ・小畑健著『DEATH NOTE』（集英社）／白土三平著『忍者武芸帳　影丸伝』（小学館）／ハンス・マグヌス・エンツェンスベルガー著　野村修訳『政治と犯罪』（晶文社）／浅利慶太著『時の光の中で――劇団四季主宰者の戦後史』（文春文庫）／四谷シモン著『人形作家』（中公文庫）／カール・マルクス著　三浦和男訳『経済学＝哲学手稿』（青木文庫）／岩井克人著『貨幣論』（ちくま学芸文庫）／ドストエフスキー著　原卓也訳『賭博者』（新潮文庫）／酒井政利著『誰も書かなかった昭和スターの素顔』（宝島社）／中森明夫著『アイドルにっぽん』（新潮社）「敗戦後アイドル論」（「一冊の本」2014年2月号、朝日新聞出版）／J・D・サリンジャー著　野崎孝訳『ナイン・ストーリーズ』（新潮文庫）／黒瀬陽平著『情報社会の情念』（NHK出版）／長谷川晶一著『中野ブロードウェイ物語』（亜紀書房）／切通理作著『怪獣使いと少年』（洋泉社）／島田龍編『左川ちか全集』（書肆侃侃房）／白石かずこ著『青春のハイエナたちへの手紙』（三笠書房）／俵万智著『サラダ記念日』（河出文庫）／軍司貞則著『ナベプロ帝国の興亡』（文春文庫）／小林よしのり・中森明夫・宇野常寛・濱野智史著『AKB48白熱論争』（幻冬舎新書）／矢野利裕著『SMAPは終わらない』（垣内出版）／ユヴァル・ノア・ハラリ著　柴田裕之訳『サピエンス全史』（河出書房新社）／宮台真司著『制服少女たちの選択』（朝日文庫）／三島由紀夫・東大全共闘著『美と共同体と東大闘争』（角川文庫）／村上春樹著『羊をめぐる冒険』（講談社）／松浦寿輝著『不可能』（講談社）／矢作俊彦著『あ・じゃ・ぱん！』（角川文庫）／黒井考人著「月光仮面社会主義共和国建国秘録」（「終末から」1973年8月号、筑摩書房）／金井美恵子・中沢新一対談「犯罪・音楽・神話」（「早稲田文学」1993年12月号、早稲田文学会）／三島由紀夫著「存在しないものの美学

参考文献

――「新古今集」珍解」（『アポロの杯』〈新潮文庫〉収録）／バクーニン著「革命家の教理問答」（ルネ・カナック著　佐々木孝次訳『ネチャーエフ　ニヒリズムからテロリズムへ』〈現代思潮社〉収録）／野田秀樹著『ゼンダ城の虜』（白水社）／宮沢賢治著『新編　銀河鉄道の夜』（新潮文庫）

DVD

『書を捨てよ町へ出よう』『田園に死す』『トマトケチャップ皇帝』『寺山修司&谷川俊太郎　ビデオ・レター』『三島由紀夫vs東大全共闘　50年目の真実』

謝辞

イラストを借用掲載したホリーニョ氏、今日マチ子氏に感謝します。

『イチゴジャム皇帝国歌』の作曲をしてくださった、もふくちゃんこと福嶋麻衣子さん、ありがとう！　もふくちゃんのおかげで小説『TRY48』が現実のアイドルシーンとつながれました。

「TRY48新聞」の素晴らしい題字を描いてくださり、小説全篇にわたってご協力いただいた寺山偏陸氏には、格別の感謝を！

この作品の構想を語ると「まあ、面白い」とご協力をお約束いただいた九條今日子さん、ずっとこの小説を待っていてくださった高取英さん……本作を故・九條今日子氏、故・高取英氏に捧げます。

この作品はフィクションです。（協力・寺山偏陸）

題字　寺山偏陸
新聞デザイン　中島浩
新聞イラスト　ホリーニョ
新聞デザイン原案・表紙地図作成　著者

初出　「新潮」二〇二一年十二月号～二〇二二年九月号
なお単行本化にあたり加筆修正を施しました。

TRY《ティーアールワイ》48

発行　二〇二三年一月二〇日

著者　中森明夫《なかもりあきお》
装幀　新潮社装幀室
発行者　佐藤隆信
発行所　株式会社新潮社
〒一六二-八七一一　東京都新宿区矢来町七一
編集部　〇三-三二六六-五四一一
読者係　〇三-三二六六-五一一一
https://www.shinchosha.co.jp
印刷所　大日本印刷株式会社
製本所　加藤製本株式会社

乱丁・落丁本は、ご面倒ですが小社読者係宛お送り下さい。
送料小社負担にてお取替えいたします。
価格はカバーに表示してあります。
ISBN978-4-10-304633-2 C0093